고등어를
금하노라

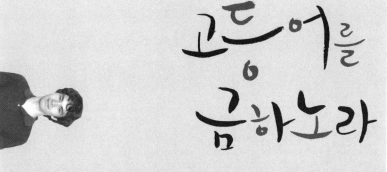

고등어를
금하노라

자유로운 가족을 꿈꾸는 이들에게 외치다

임혜지 지음

푸른숲

괴짜 가족의 식탁으로 초대합니다!

더 늦기 전에 우리도 집을 장만해야 하는 게 아닌가 싶어 집을 보러 다닌 적이 있다. 매물로 나온 집 앞에서 복덕방 직원을 만나기로 했는데 어찌된 일인지 한참을 기다려도 나오지 않았다. 시계를 보며 두리번거리는 우리를 보더니 아까부터 저쪽에 주차해 있던 고급 오픈카가 슬슬 다가왔다. 유난히 번쩍거리는 차에는 한 청년이 모델같이 화려한 여성을 조수석에 대동하고 앉아 있었다. 복덕방 직원이었다. 우리가 자전거를 타고 나타났기 때문에 그는 설마 우리가 고객이라고는 생각하지 않았던 것이다.

거기서 집을 하나 보고 다음 집으로 이동하려 할 때 그가 난감한 표정을 지었다. 2인용 스포츠카라서 우리를 태울 자리가 없다는 거였다. 우리는 그에게 주소를 묻고는 그 집 앞에서 만나기로 하고 힘차게 페달을 밟았다. 시내 안에서는 자전거가 자동차보다 빠르다. 먼저 도착해서 기다리는 우리를 본 스포츠카 임자는 눈이 왕방울만 해졌다.

그날 집으로 돌아가는 자전거 위에서 남편과 나는 허리를 꼬부리고 웃었다.

"어디서 그런 날라리 같은 차를 끌고 나와서 남의 기를 죽인다고 그래? 떽!"

"그런 차 백 대를 끌고 나와봐라. 우리 자전거 두 대를 이길 수 있나."

그 복덕방에서는 자기네 같은 고급 업체와 거래하는 자체가 신분 상승이라는 최면을 걸기 위해 고객보다 더 좋은 차를 끌고 나와 기선을 제압하려 했던 것이다. 하지만 우리가 자전거를 끌고 나타났으니 번지수가 틀려서 허공에 삽질을 한 셈이랄까?

독일은 세계에서 유일하게 속도 제한이 없는 무료 고속도로 아우토반을 운영하는 자동차 강국이다. 그래서 이곳에서는 자동차를 보면 그 사람의 계급과 재력뿐 아니라 교양과 성품까지 알아맞힐 수 있다고 장담할 정도로 자동차가 주인을 상징하곤 한다. 그런 사회에서 자가용 없이 산다는 것은 남이 모르는 특별한 자유를 누린다는 것을 뜻한다. 남과 비교될 일도 없고, 자동차를 사거나 유지하느라 돈 쓰고 신경 쓸 일도 없으니 정신적, 물질적으로 상당히 자유롭다. 또한 지구 환경을 위해서 옳다고 생각하는 일을 실천에 옮기니 양심도 가볍고, 당당한 주인 의식도 생긴다. 자유가 화두인 고집 센 여자와 환경보호가 화두인 고집 센 남자가 만나서 꾸린 가정에 자가용이 없는 것은 당연한 귀결이 아닐까?

우리는 대학에 다닐 때 주거 공동체에서 만났다. 세 명의 남녀 학생이 작은 아파트를 하나 빌려 부엌과 욕실을 같이 사용했는데, 그곳에서는 부엌이 유일한 공동 공간이었다. 그래서 그랬는지 아니면 두 사람 사이에 다른 공통점이 없어서 그랬는지 우리는 만나기만 하면 요리 이야기로 꽃을 피웠다. 소담스럽게 눈이 내리던 어느 겨울밤에 옆방 남학생은 부엌에서 요리 이야기를 하다 말고 내게 프러포즈를 했다. 거절했더니 며칠 있다가 또 물어보고, 한참 있다가 또 물어봤다.

그로부터 25년이 흘렀다. 서로 너무 다른 것이 신기해 기웃거리다가 자석처럼 딱 붙어버린 걸 보니 진짜로 상극인가 보다. 상극끼리 만나서 치고받고 물고 밀고 하다 보니 그 관계 안에서만 성립되는 묘수를 터득해 이제는 같이 늙어갈 생각도 하게 되었다. 인간관계도 건축 설계와 똑같다. 단 하나의 정답이 있는 게 아니라 여러 가능성 중에서 가장 마음에 드는 안을 하나 골라 끈질기게 갈고 닦아 최고의 답으로 만들어내는 기술이기 때문이다.

우리는 여전히 부엌의 식탁에서 만난다. 이제 우리 곁에는 우리를 닮은 십대 후반, 이십대 초반의 자식들이 앉아 있다. 별것 아닌 음식을 차려놓고도 식탁 분위기 하나는 참 화기애애하다. 우리 집에서 화기애애하다는 말은 불꽃 튀는 토론의 장이라는 뜻이다. 엄마의 나라인 한국식 장유유서도 없고 아빠의 나라인 독일식 예의범절도 없다. 논리와 말발의 치열한 대결만 있을 뿐이다. 화두는 여전히 '자유'와 '환경'이다.

두 고집이 만나서 네 고집이 되었다. 그러니 자신의 고집을 지키기 위해서는 남의 자유부터 철저히 인정하는 평등한 민주주의의 원칙이 자리 잡을 수밖에. 그것은 시대의 산물이기도 했다. 우리 부부는 독일 학생 운동의 주역인 68세대의 연장선에서 청춘을 보내며 인권과 평화와 환경에 대해 깊이 고민하던 세대였다. 68정신을 이어받은 개혁의 세대답게 우리의 스승은 나치의 역사였다. 전대미문의 야만의 역사가 생겨나는 과정과 그 안에서 인간 개개인이 반응하는 양상과 후세에 와서 이를 청산하는 자세를 면밀히 관찰해 인생의 교훈으로 삼았다.

변화무쌍한 시대의 주인으로 살아가려면 스스로의 양식과 양심 이외에는 어느 것에도 기댈 수 없다는 걸 우리는 알고 있었다. 그래서 각자의 양식과 양심이 건강하게 작동하는지 늘 서로 감시하고 격려했다. 그러다 보니 어느새 우리는 남의 이목에 초연하고 상호 의존도가 높은 괴짜 가족이 되어 있었다.

독일 뮌헨에 사는 괴짜 가족의 식탁으로 여러분을 초대한다. 첫눈에는 어쩌면 실망할지도 모르겠다. 독일 사회의 평범한 중산층 가정이기 때문이다. 성실하게 일하고 규칙을 준수하며 남에게 피해 주지 않으려고 노력하는 소시민적 삶을 꾸려나가는 이야기가 뭐 그리 대단하다고 바쁜 세상에 초대까지 하느냐고?

빽! 대단하지 않다니? 앞에 나서서 구호를 외치는 소수가 더 무서울까, 기반을 이루는 다수의 묵묵한 실천이 더 무서울까? 휘황찬란하게 내리꽂히는 천둥 번개가 세상을 움직일까, 서서히 밀려 내려오는 산사태가 세상을 움직일까? 천둥 번개 백 날 쳐보라, 하염없이 쏟아지는 무수한 빗방울이 없으면 산사태가 일어나는가? 평범한 일상만큼 위력 있는 정치가 어디 있겠는가?

남 보기엔 보잘것없는 빗방울이지만 자기야말로 세상을 움직이는 주인이라고 자부하는 주인공들을 소개한다. 산사태를 일으켜 세상을 바꾸겠다는 소명 의식이나 선각자로서 좋은 일을 주도한다는 공명심에서가 아니라 '내가 내 삶의 주인인데 옳다고 생각하는 길을 가지 않을 핑계가 없다'는 소박한 이유에서 주인으로서의 자존심을 지키려고 노력하는 사람들이다. 같은 길을 가는 가족의 존경과 사랑이 세상의 잣대를 대신하므로, 행복의 기준을 내 마음속과 가족의 마음속에 심어둔 사람들이다.

아빠(49세)　독일 병정으로 상징되는 북독일 출신의 아빠는 물리학 박사이고, 첨단 기기를 개발하는 독일 회사에서 말단 직원으로 일하고 있다(독일 회사는 직급이 따로 없이 모두가 평사원이고 월급만 능력에 따라 각각 다른데 그 액수는 본인과 직속 상사만 아는 비밀이다). 컴퓨터를 만드는 엔지니어 일을 주로 하고 있는데, 남을 관리하는 일보다 직접 창조하는 일이 적성에 맞고 보람도 있고 숭고하다고 여겨서 승진할 마음이 터럭만큼도 없단다. 상사보다 학력도 높고 나이도 많지만 전혀 개의치 않는다(콩깍지 부인의 독백: 고럼, 실력 있고 돈 잘 버는데 그런 일에 개의할 이유가 있나?). 하고 싶은 말은 때와 장소를 가리지 않고 툭툭 다 하면서도 자기가 아주 조용하고 유순한 사람인 줄 아는 점이 어떤 때는 매력이고 어떤 때는 밉상이다.

엄마(52세)   한국에서 자란 시간의 두 배나 되는 35년을 독일에서 살아온 서울 댁. 남들은 이 여자가 한국인인지 독일인인지 헷갈린다고 하는데 본인만 줄기차게 자기가 전형적인 한국인이라서 성격이 좋은 거라고 우긴다. 프리랜서로 문화재 실측 조사를 하고 있고, 일감이 없을 땐 글을 쓰고 살림을 하느라 허둥댄다. 자기가 돈을 잘 못 버니까 남편이 갖다 주는 월급을 하늘같이 여기고 알뜰하게 쓰는 일로 가정 경제에 크게 기여하고 있으며, 있는 돈도 다 못 쓴다며 남편더러 그만 벌어 오라고 말린다. 돈 벌 궁리는 안 하고 돈 안 쓸 궁리를 하는 걸 보면 정말로 경제관념이 뚜렷한 여자일 텐데, 왜 남편은 "너는 공기 먹고 사느냐, 너는 사랑 먹고 사느냐? 나 죽으면 너 어떻게 살려고? 절대로 이혼하지 마라" 하면서 걱정하는지 모르겠다.

아들(21세)   대학에서 물리를 공부하는 이 청년은 정말로 자기 하고 싶은 짓은 다 하고 사는데도 마치 없는 듯이 조용하고 온순하다. 아빠는 아들이 자기를 빼닮아서 그렇다고 우기고, 엄마는 한국식으로 업어 길러서 한국 사람처럼 성격이 좋은 거라고 우긴다. 친구들과 어울려 맥줏집에는 잘 다니지만 술,

담배는 입에도 안 댄다. 맛이 없다는 단순한 이유에서다. 그래서 성인인데 커피도 안 마시고 코코아나 우유를 마신다. 친구들이 놀리지 않느냐고 물으면 어깨를 으쓱하며 씩 웃고 만다. 지난겨울에는 샌들을 신고 학교에 가더니 올 오뉴월 염천에는 등산화를 신고 다닌다. 필히 부모가 모르는 합당한 이유가 있겠지 싶어서 아무도 참견하지 않는다. 공부를 잘하는지 어쩐지는 우리도 모른다. 물어보지 않아서.

딸(18세)　　이 집 딸은 아직 고등학생이고 제일 꼬맹이지만 식구 중에 유일하게 술도 마시고 디스코텍에도 다닌다. 빚내서 옷 사 입는 멋쟁이이기도 하다. 담배는 피부 미용에 나쁘다고 안 피운다. 식구 중에서 자기 하나만 정상적인 인간이라고 철석같이 믿고 있고, 괴상한 집안에 태어난 돌연변이의 인권 투쟁에 유년기와 사춘기를 홀딱 다 바쳤다. 집에서는 입만 열면 공포의 딱따구리인 것이 학교에서는 얌전하고 새침한 모범생으로 알려졌다니 알다가도 모를 일이다. 한번은 빵점을 받아왔기에 혹시 낙제할까 봐 걱정이 된 부모가 학교로 몰래 상담을 받으러 갔는데, 이 사실을 알고는 자기 허락도 없이 선생님을 만났다고 아주 난리가 났다. "너! 너처

럼 건전한 젊은이 있으면 나와 보라며 큰소리치는데 말이
야, 십대인 딸이 밤에 춤추러 가서 새벽까지 안 들어와도
딱 믿고 쿨쿨 자는 우리 같은 부모 있으면 나와보라 그래!"

여러분의 눈에 이 집 식구들이 어떻게 보일지 궁금하다. 다른 세상,
먼 나라의 남의 일 같을까? 얼핏 그렇게 보일 수도 있을 것이다. 하지만
맞으면 아프고 빼앗기면 억울하다는 점에서 사람은 다 똑같다고 생각한
다. 찬찬히 들여다보면 상황은 달라도 사람 사는 느낌은 다 같을 것이
다. 자, 이제부터 이 가족의 이야기를 들려드리겠다.

차 례

프롤로그   괴짜 가족의 식탁으로 초대합니다!   **4**

자유로워라, 즐거워라

자유를 구하라   **19**

돈 대신 시간을 선택하는 인생   **25**

어디 부부 살림왕 대회 없나요?   **33**

포기한 만큼 품위 있는 삶   **44**

지구를 지키는 내 사랑 물주머니   **53**

식탁에서 고등어를 금하노라   **60**

정치적이고 경제적이고 사회적인 과일 쇼핑   **65**

파티의 여왕, 기부의 여왕   **72**

행복의 기회비용   **78**

내가 자유로운 만큼
내 아이도 자유롭게

놀이 실력이 곧 인생 실력 **91**

흔들려도 좋아. 네 힘으로 해! **98**

한두 번 실수로 망가지는 인생은 없어 **106**

모든 딸은 자라 여자가 된다 **120**

존재의 기쁨은 평가의 대상이 아니다 **125**

열정 없는 턱걸이 인생만은 금물 **134**

아이가 내 품을 떠나려 할 때 **140**

내 맘대로 춤출 권리 **150**

아이의 좌절에 대응하는 엄마의 자세 **157**

공존을 위한 예의

이성이 잠들면 괴물이 눈뜬다 **167**

사람은 어떻게 나치가 되는가 **181**

야만의 역사를 바로잡는 작은 조약돌의 힘 **190**

무지개 색을 모른다고? **203**

굴러 들어온 돌과 박힌 돌이 공존하는 방법 **213**

평범한 재능이 특별한 실력이 되는 비결 **232**

과학 기술 강국 독일의 대학 평준화 정책 **240**

사람을 위한 법, 자연을 위한 법 **250**

키를 낮춰 곁에 눕는 마음 **261**

완경의 섹스 **267**

에필로그 자유와 자긍심에 빛나는 삶 **276**

어느 일요일 아침, 침대에서 살그머니 빠져나와 인터넷을 하며
놀고 있는데 남편이 아침상을 차려놓고 나를 불렀다.
길가로 창문이 난 거실에선 안 보였는데 부엌에서 보니 뒤뜰에 눈이 쌓여 있었다.
감미로운 음악을 들으며 카스텔라를 커피에 찍어 먹었다. 아이들이 항상
늦잠을 자는 덕에 부부만 단둘이 하는 주말의 아침식사가 새삼 고맙게 느껴졌다.
이 순간만으로도 내 인생이 성공이라는 생각이 들었다.

자유로워라, 즐거워라

자유를 구하라

　나는 내가 쓴 글을 즐겨 읽는다. 두고두고 문장을 손보고 다듬는 재미도 재미지만, 마치 남의 내면을 훔쳐보듯이 그 글을 썼던 당시의 내 심리를 엿보는 맛도 새삼스럽다. 나는 독일어로 작문하다가 실수로 글이 지워지면 암만 많은 양이라도 그대로 다시 쓸 수 있지만, 한글로 썼던 글은 도저히 재현할 수 없다. 다 커서 배운 독일어는 이성으로 제어할 수 있는 뇌의 한 부분에 저장되어 있고, 최초의 언어인 한국어는 뇌의 좀 더 깊은 곳에 자리 잡고 있어서 글 쓰는 당시의 순간적인 감성이 보다 큰 영향력을 행사하는 것이라고 나름대로 진단한다.

　그래서 그런지 가끔 내가 예전에 쓴 글을 읽으며 남의 글을 읽는 듯한 착각에 빠지기도 한다. 내 얘기라는 걸 깜빡 잊고 누군지 참 재밌게도 산다고 선망을 품기도 한다. 그러다가 후딱 제정신이 들면 그 글이 진짜 내가 현재 느끼는 삶과는 다르다는 사실에 깜짝 놀라서 나도 모르게 글에서 내 삶을 미화하고 있지 않은지 다시 한 번 엄중하게 검토한다.

　하나하나 따져보면 거짓으로 쓴 것은 없는데 왜 전반적으로는 실제보다 더 나아 보이는지 고개를 갸웃하지만 실은 이상한 일이 아니다. 내가 쓰는 글은 내 삶의 일부분만을, 행여 나쁜 일일지라도 내가 명쾌하게 소화한 부분만을 조명하기 때문이다. 나는 가까운 사람들에게 내 일상의 소식을 전해주는 일기와 같은 글이 아니라, 불특정 다수가 공감할 수 있는 정돈된 글을 쓰려고 노력한다. 그것이 나를 잘 모르면서도 내 글을 읽어주는 분들에 대한 예의라고 생각하기 때문이다.

하지만 문제는 그 불특정 다수의 일부가 내 친구로 변하기도 한다는 것이다. 정기적으로 내 글을 애써 찾아 읽으며 요즘 무슨 생각을 하고 사는지 궁금해하는 사람들은 개인적인 친분을 쌓지는 않았지만 나와 공감대를 형성하는 친구들이다. 나와 꾸준하게 교류하는 친구들이 내 삶에 대해 위신적인 정보를 가지게 되는 건 찜찜한 일이 아닌가?

그렇다면 우짠다? 춤추다가 플로어에서 신랑한테 등짝 얻어맞은 사연을 풀어봐? 마초를 짝사랑하는 딸아이 미행기? 구구절절 환상을 깨줄 만한 애깃거리는 많구먼. 그런데 가만 생각해보니, 문제는 테마에 있는 것이 아니라 글의 성격에 있었다. 관찰자의 입장에서 진지하게 고민하며 쓴 글에선 평범하고 구질구질한 내 인생도 그럴듯하게 보이는 것이다. 천지 사방에 널려 있는 들꽃도 자세히 들여다보면 아름답듯이.

자유를 얻기 위한 검약의 습관

"완벽한 삶—좋아하는 일, 잘 이해해주는 남편과 정다운 가족, 살기 좋은 환경—을 살고 계시는 것 같아요. 정말 부럽습니다. 저도 그런 삶을 꿈꾸지만 어느 것 하나도 갖추지 못해서 슬플 뿐입니다. 제게 용기를 북돋아주세요."

오랫동안 내 글을 읽어온 분이 보낸 메일이다.

"아이고, 오해입니다. 저는 그렇게 완벽한 삶을 살지 않아요."

이런 대답보다는 좀 더 진지한 답장을 드리고 싶었다. 객관적으로 성공한 인생은 아니지만 나 스스로는 만족하는 삶이기 때문이다. 그 이유를 진중하게 생각해보았는데, 내 인생이 편안한 가장 큰 이유는 돈이 없다는 것이다.

세계를 누비며 왕성하게 활동하고 있는 커리어우먼 친구가 몇 년 전에 내게 경제적으로 풍요롭지 않아도 삶이 풍요로울 수 있는 방법을 담은 책을 재미있게 읽었다며 추천했다. "혹시 나한텐 필요 없는 책 아니야?" 하고 물었더니, 좀 생각해보던 친구가 대답했다.

"맞아, 자기는 벌써 그렇게 살고 있어."

20년 전의 일이다. 남편 친구의 부인이 한 달 생활비 3천 마르크(약 250만 원)로는 두 사람이 도저히 살 수 없어서 부부 싸움을 했노라고 내게 하소연했다. 그때 나는 우리 가정의 총수입은 월 1600마르크이고, 그 돈에서 다달이 7백 마르크씩 집세를 내고 아기를 기르면서도 돈이 남아서 저축까지 한다고 대답했다. 그러고도 큰돈은 아니지만 기부도 하며 살았고 남에게 돈도 꿔줬다. 물론 외식이나 비싼 문화생활은 당연히 생략했고, 꼭 필요한 물건만 샀다. 다행히 환경보호에 대한 신념과 맞아떨어져 자동차 없이 산 덕분에 큰돈이 절약됐다. 옷, 가구 등 우리 손으로 만들 수 있는 건 만들어 쓰면서도 구차스럽단 생각은커녕 오히려 자랑스럽게 여겼다.

그런 생활은 학생 부부에게 아기가 생긴 것이 계기가 되어 시작되었다. 핵가족 안에서 아이들을 사랑으로 기르기 위해선 무엇보다도 부모의 시간이 귀중하다고 생각했으므로 우리는 항상 돈 대신 시간을 선택했다. 그렇게 하는 것은 모험이었기 때문에 우리는 간혹 휘청거렸지만 이 선택은 오늘까지 이어졌다.

불과 몇 년 전의 일이다. 남편이 회사에서 일주일에 36시간 근무를 40시간으로 늘리라는 제안을 받았다. 아이들도 다 컸으니 하루에 30분 더 일한다고 사생활에 지장이 있는 건 아니었지만 나는 이렇게 말했다.

"맘대로 해. 일이 재미있으면 더 해. 하지만 돈 때문에 더 하지는 마. 우린 지금 버는 돈도 다 못 쓰는데."

"집에 일찍 와봤자 신문이나 읽고 노는걸."

"신문이나 읽고 노는 건 안 중요해?"

신문이나 읽고 노는 것도 중요하다고 생각해서 그랬는지 남편은 일을 더 하지 않았다(몇 달 후에 회사에선 남편을 일주일에 40시간 일해야 하는 위치로 승격시켰다. 그것은 또 다른 책임감과 성취감이 따르는 일이었으므로 나는 남편을 위해 진심으로 기뻐했다).

내가 좋아하는 일을 할 수 있는 이유도 돈 벌기를 포기해서다. 버는 돈의 액수가 아니라 나의 만족도로 일을 평가하기에 내가 항상 즐겁게 일하는 것처럼 보이는 것이다. 어쩌다 돈의 액수로 나의 값어치와 자존심을 매기는 실수를 범할 때도 있는데, 그럴 때마다 나는 항상 초라한 패자가 된다. 내가 암만 돈을 많이 받아도 내 위에는 승자들이 층층 계단처럼 한없이 존재하기 때문이다. 자본주의 사회에 살면서 평가의 기준을 돈에 두는 한 나는 항상 패자로서 우울할 수밖에 없다. 나는 소중한 존재이고 내 노동력 또한 소중하기 때문에 그 평가를 남에게 맡기거나 돈으로 재고 싶지는 않다.

그 대가로 우리 부부는 학력에 비해서 적은 보수와 실력에 비해서 낮은 사회적 위상을 떳떳하게 감수한다. 또한 무섭게 절약한다. 아직도 크루아상 하나를 온전히 먹는 법 없이 꼭 둘이서 나눠 먹고 물 한 방울, 토마토 한 알도 헛되게 쓰지 않는다. 세 정거장 전철 탈 일이 있으면 한 정거장은 걸어가 단거리 요금을 낸다. 내 옷장에는 20년 넘은 옷들이 대부분이다. 내가 처녀 시절 몸매를 유지하는 이유에는 옷을 새로 사지 않으려는 의지도 포함되어 있다. 기본 생활비가 우리도 모르는 새 야금야금 올라가지 않도록 조심하는 일에도 습관이 들었다. 다달이 기본적으로 드는 생활비가 높으면 높을수록 사람은 생존이 부담스럽고, 선택의 자유가 줄어들고, 물질의 고마움을 모를 것이라 믿고 있다. 그 덕에 항상 돈이 남는다. 돈 쓸 일이 생기면 편안하게 쓸 여유가 있어서 오히려 남보다 부자라는 기분으로 살고 있다.

남편과 내가 직접 만든 가구와 빨래 너는 철봉.
우리 집에서는 에너지 절약을 위해 다리미와
건조기를 사용하지 않고 옷을 철봉에 널어 말린다.

자유를 구하기 위한 검약의 습관은 20년이 지나는 동안 우리 부부 사이에 유별난 동지 의식을 키웠다. 그 누구 앞에서도 당당하게 크루아상을 둘로 가르는 순간 우리가 은밀하게 주고받는 교감이라니. 그 자신감과 자긍심이라니. 파트너를 향한 존경과 신뢰를 담은 이 동지 의식은 우리 가정의 버팀목이다. 남편은 사랑에 시큰둥하고 나는 사회적 관습에 시큰둥한 사람이기에, 이 동지 의식이야말로 우리의 결혼생활을 숱한 유혹과 위기에서 지켜주는 유일한 울타리인 셈이다.

돈 대신 시간을 선택하는 인생

　직업상 나는 고건축을 사랑하지만 잘 지은 현대 건축물도 좋아한다. 근래에 본 현대 건축으로는 루체른의 호숫가에 있는 문화학술센터 KKL 이 특히 맘에 남는다. 주변의 수려한 풍광을 건물 안의 장식적 요소로 끌어들여 밖에서는 그냥 순하게 가슴에 안기던 경치가 창문을 통해 벽에 걸린 예술품이 되고, 테라스에서는 상하의 여백을 과감하게 살린 극적인 파노라마 사진처럼 보인다.

　이 건물의 진수는 뭐니 뭐니 해도 연주회장이다. 세계적인 건축가(장 누벨)와 음향 전문가(러셀 존슨)의 합작품인 이 연주회장은 어떤 음악에도 맞춤형으로 반응하는 완벽한 음향 효과를 자랑한다. 그래서 세계적인 교향악단들이 가장 선망하는 공연 장소라는데, 그 비밀은 폭, 높이, 길이가 1:1:2의 비율인 길쭉한 구두 상자형 공간이다. 이런 비율은 옛날에 오페라하우스를 지을 때부터 적용한 수치란다. 음향이 좋기로 소문난 오스트리아 비엔나의 연주회장 비엔나 무지크페라인잘도 구두 상자형이다.

집에 돌아와 다음 날 아침 식탁에 앉은 나는 크루아상을 커피에 찍어 먹으며 남편에게 말했다.

"아, 정말 멋졌어. 클래식 좋아하는 당신 생각 많이 나더라. 그런데 참 신기해. 고전 철학에 의거한 공간 비율이 오늘에도 완벽한 음향을 내는 비결이라니!"

"공간의 비율보다 클래식 음악의 역사랑 상관있는 거 아닐까? 우리가 듣는 클래식 음악은 대부분 2, 3백 년 전에 작곡된 거잖아? 그리고 그때는 연주회장이 구두 상자형이었고. 그러니까 애초에 그런 공간에서 가장 좋은 연주가 나오도록 곡을 만든 거 아닐까?"

"아, 그렇구나. 음악 자체가 당대의 연주회장에 맞춤형으로 작곡된 거라서 아직도 그런 공간에서 최대 효과가 나는 거구나. 아, 루체른에서 말러의 심포니를 들으면 얼마나 웅장할까? 우리 평생에 그런 고급 연주회에 갈 수 있을까?"

"이봐, 난 말이야, 당신이 우리 통장에서 몇 천 유로 척척 꺼내서 필하모니 일등 좌석표를 주문하고 호텔도 예약하고, 남편한테 아양 떠는 여자라면 참 행복하겠어."

"어머머? 우리가 몇 천 유로를 그렇게 써도 돼? 그럼 나…… 저기…… 쉼터……."

"앗, 그건 안 돼! 거기에 몇 천 유로씩 기부하긴 힘들어!"

우리 부부가 돈 쓰고 싶어 하는 분야는 이렇게 다르다. 뿐만 아니라

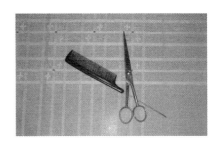

내가 남편과 아이들의 머리를 깎아주는 가위와 빗.
가위는 25년이나 되었지만 아직도 잘 든다.
우리 가족은 딸을 제외하고는 미용실에 거의 가지 않는다.

남편은 달걀 자르는 기구나 카푸치노 거품기 등 자잘하고 신기한 주방
용품 사는 걸 즐기지만 나는 돈도 아깝고 짐이 늘어나는 게 싫어서 정신
을 바짝 차리고 따라다니며 말린다. 그 대신 내가 우리 어디 분위기 좋
은 데서 커피나 한잔 마시자고 하면 남편은 집에 가면 자기가 더 맛있게
끓여준다고 손목을 마구 잡아끈다. 이렇게 관심사가 다르니, 기분 전환
하자고 두둑한 지갑 두드리며 호기 있게 나섰던 부부는 결국 빈손에, 빈
속으로 집에 돌아오면서 서로에게 투덜거린다. 구두쇠와 결혼해서 인생
이 삭막하다고. 하지만 속으로는 은근히 안도한다.

　아이들을 잘 키우기 위해 돈 대신 시간을 선택하는 인생을 살기로 한
우리 부부는 꼭 필요한 물건만 사고 꼭 필요한 일만 하는 데 불편함을
못 느낄뿐더러 부끄러움도 없다. 케이크 한 조각도 꼭 둘이서 나눠 먹
고, 웬만한 거리는 걷거나 자전거를 탄다. 이발비를 아끼기 위해 남편과
아이들의 머리는 내가 집에서 직접 깎아준다. 또 환경보호를 위해 자가

용을 굴리지 않고, 제철 야채와 과일을 사 먹고, 철저하게 쓰레기를 남기지 않는다. 이런 사소한 생활 습관은 돈을 절약하는 데 한몫한다. 최저 생활비를 유지하는 이런 습관 덕에 수입이 암만 적어도 돈이 남으니까 돈으로부터 자유롭다.

독일에서 대부분의 부부들이 그렇듯이 우리도 재산을 공동으로 관리한다. 용돈 같은 걸 따로 못 지어 나누지 않고 공동 명의의 계좌에서 각자 필요한 때, 필요한 만큼 꺼내 쓴다. 그렇기 때문에 둘 다 비슷한 수준의 씀씀이를 유지하는 것은 신뢰의 문제다. 독일 친구들 중에는 각자의 수입을 따로 관리하는 부부들도 있다. 집세는 남편이, 생활비는 부인이 내기로 약속을 하거나 공동의 지출은 공평하게 나누고 용돈은 각자 번 돈으로 해결하거나 쇼핑이나 외식을 한 번 할 때마다 누가 돈을 낼 건지 의논하는 등 가지각색이다. 그러나 이런 사실은 옆에서 짐작한 것일 뿐 물어봐서 안 것은 아니다. 독일에선 남의 돈 사정에 대해서 묻는 것이 굉장히 큰 실례이기 때문에 우리 시부모님도 아들의 월급 액수를 모르시고, 우리 아이들도 부모의 경제력에 대해서 아는 바가 없다.

아이들은 우리 삶의 스타일을 그냥 어려서부터 자연스럽게 따라 배웠다. 보통 독일인들이 아침에 먹는 주먹만 한 빵 브뢰첸보다 약간 비싼 크루아상은 원래 반씩만 먹는 음식인 줄 알고 커서 나중에 다른 집에서는 그렇지 않다는 것을 알았을 때 오히려 이상하게 생각했다. 어려서부터 자전거를 타거나 대중교통을 이용하는 것을 다른 집 아이들이 자가용 문을 여는 것만큼이나 쉽게 생각했으므로 오히려 사회 적응이 빠른 면도 있었다. 환경보호가 무엇인지 아직 이해하지 못했던 어린 시절에도 아이들은 엄마 아빠와 자전거를 타거나 전차와 기차 타는 것을 좋아해서 남의 집 자가용을 부러워하지 않았다.

구두쇠 부모와 극과 극 남매

아들은 만 세 살 때 벌써 돈을 벌었다. 거리의 악사들을 보고 감명을 받았는지 하루는 집 앞 길가에 악기를 들고 나가서 연주하는 시늉을 했다. 아기가 그러니 귀여워서 그랬는지 지나가던 행인들뿐 아니라 자동차를 타고 가던 사람들도 일부러 차를 세우고 돈을 주고 갔다. 나는 참견하지 않으려고 일부러 집 안에 있었는데, 나중에 모자에 수북이 담아 온 돈을 보고 기절할 뻔했다.

나도 한 시간에 돈을 그렇게 많이 벌어본 적이 없었다. 구멍가게에 동전 한 닢 들고 가서 새콤달콤한 곰 젤리를 낱개로 사 먹는 일에 막 재미를 붙인 아이에게 그렇게 쉽게 번 돈이란 불행의 씨앗이 아닐 수 없었다. 다음 날, 나는 또 돈벌이에 나선 아이가 서 있는 뒤쪽 벽에 큼지막한 종이를 하나 붙여놓았다. 교육적인 차원에서 제발 단위가 낮은 동전만을 넣어주시기를 부탁하는 부모의 간절한 호소문이었다. 아이는 글을 읽을 줄은 몰랐지만 동전의 색깔이 달라진 것은 알아챘다. 그래서 그랬는지 곧 그만두었다가, 나중에 초등학교에 들어가서 다시 한 번 돈을 벌었다. 길가에 좌판을 만들어놓고, 공원에서 주워 온 큼지막한 나뭇잎을 팔았다. 공원에 가면 천지로 널려 있는 게 나뭇잎인데 그걸 누가 사겠나 했는데 아이디어가 기막혔다. 나뭇잎에 매직펜으로 하트를 그리고 이름을 써서 데이트하는 커플에게 팔았다는 것이다. 친구가 옆에서 행운의 나뭇잎이라나 뭐라나 바람까지 잡아줬다고 한다.

그러나 가만히 지켜보니 돈벌이를 재미있어 하는 것이지 돈 자체에는 흥미가 전혀 없는 듯했다. 아이들이 어렸을 때 우리는 다른 부모들과 의논해서 용돈의 수준을 통일했다. 초등학교 5학년이면 일주일에 5유로, 6학년이면 6유로가 당시 우리가 정한 용돈 액수였다. 그런데 대학생이 된 후에도 아들의 용돈은 여전히 한 달에 25유로로 초등학교 6학년 때와 같은 금액이다. 게다가 그 돈도 우리가 넣어주는 대로 계좌에 차곡차곡 쌓인다. 아이가 그 돈을 이자가 좀 붙는 적금 통장으로 옮기는 즉시 우리도 용돈을 올려주기로 했는데, 벌써 몇 년째 기다리고 있는 중이다.

도무지 돈 쓸 일이 없는 아이라서 그렇다. 남이 하는 걸 따라 하지도 않고 남의 이목에 신경 쓰지도 않는 성격이다. 오랫동안 자기 반에서 유일하게 시계와 핸드폰이 없는 아이였고, 여름 바지 두 벌로 사철을 나고 12월에도 샌들을 신고 등교하는 아이다. 그런 것이야 개인의 자유에 속하는 일이라 우리도 참견하지 않는다.

그런데 같은 뱃속에서 나왔는데도 딸은 또 어찌나 다른지……. 제 오빠보다 세 살이나 어린데도 한 달 용돈은 옷값 포함하여 75유로나 받는다. 정기적으로 구입해야 할 옷의 종류와 가격을 적어놓고 자기 아빠랑 치열하게 흥정해서 3년 전에 정한 가격이다. 얼마 전에 용돈을 올려달라기에, 이제 너는 키가 다 컸으니 옷을 옛날처럼 그렇게 자주 살 필요가 없지 않느냐며 도리어 깎자고 했다. 아이가 끈질기게 요구했으면 우리도 양보할 생각이었는데 순순히 수긍하기에 용돈을 올려주지 않았다.

딸은 늘 돈이 떨어져서 쩔쩔맨다. 사고 싶은 것도 많고 하고 싶은 일도 많기 때문이다. 유행에 따라 옷 사는 것도 즐기고 친구들과 어울려 카페나 클럽에 다니려니 씀씀이가 헤프다. 햇볕이 쨍한 날씨에는 돈을 꿔서라도 아이스크림을 사 먹어야 인생이 좀 아름답게 보인단다. 자기 오빠 졸업식에 갈 때도 빚을 내어 옷을 샀다. 왜 남이 졸업하는데 자기가 새 옷을 사는지 우리 식구의 상식으론 도저히 이해가 안 간다. 가을에 열리는 뮌헨 맥주 축제 '옥토버페스트'에 갈 때 입는다고 바이에른 전통 의상도 한 벌 미리 사뒀다. 그런 것에도 유행이 있는 줄은 딸이 아니었으면 모를 뻔했다.

딸은 돈이 떨어지면 집에서 청소해서 돈을 번다. 꼭 필요할 때, 필요한 만큼만 벌지 미리 벌어두려는 생각은 꿈에도 안 한다. 딸이 우리와는 달리 돈도 좀 쓰며 인생을 즐기는 것이 내 눈에는 좋아 보인다. 그러나 돈이라는 건 도깨비 방망이에서 필요한 만큼 솟아나는 게 아니라는 사실을 깨우치고, 정해진 수입에 맞게 지출하는 습관을 들였으면 하는 바람에서 우리는 딸아이 앞에서 약간의 쇼를 한다. 꿔준 돈은 꼬박꼬박 다 받고 그 많은 돈을 다 어디에 썼느냐고 놀라는 표정을 짓기도 하고 1, 2유로 주면서 엄청나게 생색을 내기도 한다. 그러나 대개 나는 청소 값을 후하게 쳐주고 가끔은 슬그머니 돈을 쥐어주기도 한다.

사실 우리 부부가 딸아이보다 못하는 것이 하나 있다. 있는 만큼 즐기지 못한다는 점이다. 물론 우리는 이렇게 사는 게 아주 재밌다고 굳세게 믿고 있다. 그러나 어떤 때는 우리가 하는 짓이 노망성 궁상의 범주에 드는 건 아닐까 걱정이 되기도 한다. 그래서 조심하는 차원에서 가끔씩 호기를 부린다. 그런데 자기한테는 차마 못 하고 꼭 남에게 호기를 부린다.

몇 년 전에 남편이 내게 무슨 기념으로 좋은 시계를 하나 사주고 싶어 했다. 그런데 내게 보여주며 어떠냐고 묻는 시계를 보니 1천 유로나 하는 게 아닌가? 비싼 시계라고 더 정확한 것도 아닌데. 나는 깜짝 놀라서 얼른 다른 시계를 집어 들고 "예쁘고 튼튼하게 생겼다. 이거 사줘" 하고 아양을 떨었다. 그때 산 35유로짜리 시계를 볼 때마다 나는 남편의 1천 유로짜리 진심을 떠올리며 고마워한다. 나는 그 돈으로 남편에게 루체른의 콘서트를 선물하고 싶다.

몰래 알아봤더니 1천 유로면 숙박까지 충분히 해결될 것 같다. 그런데 이 사람이 "뭐 거기까지 가냐? 뮌헨에도 콘서트 많은데" 할 것 같아서 걱정이다.

남편의 진심이 가득 담긴 35유로짜리 시계.

어디 부부 살림왕 대회 없나요?

한국에서 가장 많이 떠올리는 독일인의 덕목은 근면과 검소일 것이다. 그렇다. 한국 사람에 비하면 독일인들은 정말로 검소하고 실속 있게 돈을 쓴다. 특히 독일 여자들은 알뜰하다. 그러나 독일에도 유한마담은 있다. 우리 가족이 몇 년 전에 뮌헨으로 이사 오기 전까지 나는 독일에서 빈부의 차이를 별로 의식하지 못하고 살았다. 내가 대학생 시절에 사귀었던 독일 친구들은 부모의 재력에 상관없이 대부분 생활비를 스스로 벌어가며 공부했고, 부잣집 아이들도 친구들 앞에서 티를 내지 않았다.

내가 결혼하여 큰아이가 열 살이 될 때까지 살았던 중소 도시에서 교류하던 사람들도 마찬가지였다. 돈이 있으면 있는 대로 없으면 없는 대로 절약을 미덕으로 알고, 쪼잔하다면 쪼잔하고 검소하다면 검소한 모습으로 비슷하게들 살았다. 돈이 많다는 걸 과시하는 가정이 아주 없지는 않았지만, 그들은 절대적인 소수로 근검한 이웃들 사이에서 비웃음의 대상이었지 선망의 대상은 아니었다.

돈 많은 내조의 여왕님들

그러나 뮌헨으로 이사를 오니 사정이 달라졌다. 대도시에는 가난한 사람도 많고 부자도 많은 법이다. 나는 뮌헨에서 작은 냉장고를 새로 장만하기 위해서 2년 이상 저축하는 가정, 가스레인지가 고장 났는데 중고로라도 살 돈이 없어서 몇 주 동안이나 요리를 못 하고 빵으로 때우는 가정도 보았다. 그에 반해서 부자 도시로 소문난 뮌헨이니만큼 엄청난 부자들도 많았는데, 그들은 끼리끼리 몰려다니며 노골적으로 돈 자랑을 하는 부자 문화를 형성하고 있었다. 대개는 살면서 나와 아주 다른 부류의 사람들과 부딪힐 기회가 별로 없게 마련이지만 학교에 다니는 우리 아이들을 통해서 나는 부자와 극빈자 가정을 한꺼번에 만나게 되었다.

1년에 두 번씩 학교에서 열리는 정기 학부모회의 이외에도 가끔씩 한 학급의 부모들이 의논할 거리가 생기면 음식점에서 모이기도 하는데, 이때 재수가 없으면 치사한 방식으로 돈 자랑을 하는 졸부들을 보게 된다. 독일은 외식비가 비싸기 때문에, 그런 회의 성격의 모임에서는 음료수 한 잔으로 저녁을 때우는 사람들도 흔하다. 그런데 그들 앞에서 유난히 비싼 음식을 주문하며 자기네들은 평소에도 외식을 자주 한다고 자랑하는 사람들이 있다(독일에서는 한 테이블에서 여럿이 식사를 하더라도 보통은 각자 계산한다). 나는 모처럼 외식이라도 하려는 마음으로 저녁을 굶고 회의에 참석했다가 그런 사람들 때문에 갑자기 밥맛이 떨어져 형편이 안 되는 다른 사람들과 함께 물 한 잔으로 저녁을 때우는 일도 많았다.

내가 이렇게 가난한 사람과 부자가 골고루 섞인 모임에 익숙해져갈 무렵, 부자들이 주를 이루는 모임에 낄 기회가 있었다. 우리 아들아이가 교환학생 프로그램에 참여했던 해의 일이다. 아들은 5학년 때 제1외국어로 영어를 택했고 7학년 때 제2외국어로 불어를 선택했다. 학생들이 불어로 더듬거릴 실력이 되는 8학년 초에 학교에서 주선해 프랑스의 한 고등학교와 열흘씩 서로 교환학생을 보내는 프로그램이 있었다. 물론 희망하는 신청자에 한해서였다.

이 프로그램에 참여하자면 돈도 좀 들고, 무엇보다도 상대 학생에게 그럴듯한 숙식과 문화생활을 제공해야 한다는 부담감이 앞서 지레 신청을 포기하는 부모들도 많았다. 우리는 자가용도 없고 집도 없는 처지여서 객관적으로 볼 때 부자는 결코 아니지만, 오히려 그런 이유에서 빚도 없고 특별히 돈 나갈 일도 없었으므로 항상 넉넉하다는 기분으로 살고 있었다. 그래서 자식 교육에 관한 일이라는 것만으로 기쁘게 신청했다.

그런데 신청을 해놓고 보니 내심 불안했다. 혹시 독일 학생의 숫자와 프랑스 학생의 숫자가 맞지 않아서 우리 아들이 탈락하면 어떡하나, 엄마인 내가 독일인이 아니라고 프랑스 쪽에서 꺼려하면 어떡하나 하는 걱정이 들었다.

교환학생 프로그램을 위한 첫 학부모회의가 열리는 날이 왔다. 나의 기우와는 달리 도리어 프랑스 쪽에서 학생이 남는다고 했다. 담당 선생님은 참석한 학부모들에게 혹시 다른 독일 가정에 이 학생들을 소개해줄 수 있는지 간곡하게 물었다. 남편과 나는 잠시 눈을 맞추었다. 남편이 고개를 끄덕이자 내가 손을 들고 우리가 한 학생을 더 맡겠다고 말했다.

우리 아이가 탈락할까 봐 가슴 졸이던 사람으로서 당연한 일이었다. 선생님은 매우 놀랍고 기쁘다는 표정으로 우리에게 거듭 감사했고, 다른 학부모들도 우리 부부를 돌아보며 경의를 표했다. 나의 예상과 달리 우리 이외에 다른 희망자는 더 이상 나타나지 않았다.

그날 회의에서 부부 동반으로 참석한 가정은 우리 집뿐이었다. 평소의 학급별 학부모회의와는 달리 그 회의에 참석한 사람들은 이상하게도 전부 어머니들이었다. 모두들 우아한 옷차림에 세련된 말투를 쓰며 당당하게 행동했다. 그녀들은 활발하게 회의를 이끌었다. 교환학생을 위한 이별 파티에 준비해야 할 음식에 대해서도 순식간에 많은 아이디어가 나왔고, 파티를 원활하게 진행하기 위한 준비물 리스트와 연락망을 미리 만드는 등 회의에 참석한 대부분의 여성들이 숙련된 기획자의 태도를 보였다. 실로 오랜만에 만나는 시원시원하고 적극적인 회의 진행을 나는 유쾌한 기분으로 지켜보았다.

나중에야 나는 그 자리에 참석했던 여성들이 내로라하는 집안의 마나님들이라는 사실을 알게 되었다. 이들은 성공한 남편의 내조를 대외적으로 하는, 사교가 본업인 여성들이었다. 살림을 하건 사교를 하건 내조를 한다는 사실은 결코 비난받을 일이 아니다. 오히려 나는 내조를 확실한 경제력의 하나로 친다. 하지만 사교를 주로 하는 여자들은 몰려다니면서 돈 자랑을 하거나 자식 교육같이 중요한 일도 죄다 돈으로 사려고 드는 경향이 좀 있다. 게다가 내로라하는 집안의 아버지들은 너무나도 바빠서 아이들 학교에 와볼 시간이 없는 모양이었다.

우리 집은 아들과 딸의 친구들로 늘 북적인다.

부모를 돈으로 하나?

교환학생 프로그램은 성공리에 끝났다. 프랑스 학생들은 열흘간의 독일 생활을 알차게 보냈다. 두 명을 받았던 우리 집은 그 기간 동안 뭇 학생들의 아지트가 되어 항상 북적거렸다(나중에 프랑스의 부모들에게서 편지가 왔는데, 그들은 자기네 아이들이 이번 기회에 독일만 배우고 온 것이 아니라 한국 엄마인 나를 통해서 세계를 배우고 왔다는 사실을 커다란 행운으로 생각한다고 감사의 말을 전해 왔다. 나는 학생들이 왔을 때 일부러 독일 음식만 해줬는데, 정작 학생들은 마지막 날 먹은 한국 음식만이 머리에 남는다고 했단다).

프랑스 학생들이 돌아가기 전날, 학부모들은 학교의 교직원 휴게실을 빌려 방과 후에 이별 파티를 열어주었다. 남편과 나는 직장에 결근계를 내고 아침 일찍부터 부지런을 떨었다. 금방 간 고기를 사 와서 우리가 준비해 가기로 약속한 프리카델레를 한 바구니 그득히 지져냈다. 양이 많아서 일이 생각보다 더뎠던 탓에 우리는 기름 냄새가 진동하는 집안을 치울 새도 없이 대충 샤워만 하고 청바지 차림으로 허둥지둥 자전거 페달을 밟아 학교로 향했다.

우리가 음식 바구니를 들고 숨이 턱에 닿아 파티장에 들어서니 이미 많은 중년 여성들이 단정하고 우아한 맵시로 오가며 파티장을 예쁘게 꾸미고 있었다. 탁자마다 촛불과 냅킨이 맵시 있게 놓였다. 뷔페 상에 프리카델레 바구니를 내려놓는데, 이상하다는 생각이 들었다. 집에서 요리한 음식을 해 온 사람은 우리뿐이었고 다들 가게에서 파는 과자나 빵, 과일을 사 왔던 것이다. 더 이상한 것은 대부분이 크리스마스 시즌에 대량으로 파는 다디단 과자 종류여서 점심식사를 겸한 파티 음식으로는 좀 부적절해 보였다. 이상하다, 지난 회의 때 나왔던 좋은 의견들은 다 어디 가고 이런 싸구려 과자만 잔뜩 쌓여 있지? 우리의 프리카델레는 점심시간을 맞아 허기진 학생들에게 각광을 받았고 금세 동이 났다.

양국 학생들의 불어와 독일어가 섞인 발표가 끝난 후, 삼삼오오 모여 앉아 먹고 마시며 대화를 했다. 이들의 대화 방식은 참 재미있었다. 독일 학생들이 독일어로 뭐라고 말을 하면 프랑스 학생들은 불어로 대답을 했다. 각자 모국어로 얘기를 하는데 뜻이 다 통하는지 여기저기서 웃는 소리가 들렸고, 웃다가 장난으로 주먹질이라도 하는지 의자 넘어지는 소리도 들렸다.

엄마들은 엄마들끼리 대화를 나눴다. 독일 아이들과 프랑스 아이들의 어학 실력을 비교하면서 독일 학생들의 불어 실력이 프랑스 학생들의 독일어 실력보다 훨씬 낫다는 말도 나왔고, 프랑스 아이들이 독일 아이들보다 대체로 가정교육이 좋다는 소리도 했다. 나도 아들에게 "얘, 네가 프랑스에 갈 차례가 되면 너도 매일 아침 이렇게 이불 잘 개어놔야 해. 그리고 너도 매일같이 샤워해야 해, 흉잡히지 않으려면"이라고 말했다며 입을 열었다.

내가 말문을 열자, 옆 테이블에서 먼 곳으로 휴가 갔던 자랑이며 골프 얘기를 하고 있던 한 무리의 여자들이 기다렸다는 듯이 내게 말을 걸어왔다. 한 엄마가 그간 궁금했다는 듯 우리 집이 얼마나 크기에 학생을 둘이나 받을 수 있었느냐고 물었다. 그 전에 있었던 학부모회의 때, 뮌헨 근교에 있는 자기네 별장으로 교환학생을 데리고 가다가 교통사고가 나면 학교에서 보험 처리를 해주는가에 대해 끝없이 토론을 벌이던 여자였다. 별장이 있는 사람도 자기 집이 작다고 여겨 학생을 하나 더 받는 일을 꺼렸다는 걸 나는 그제야 알았다. 우리가 자진해서 두 배의 지출을 부담하며 두 아이를 맡았다는 이유로, 이들은 우리를 무척 부자로 여기고 있었다.

나는 상냥한 목소리로 우리는 시내에 있는 작은 아파트에 세 들어 살고 있고, 교환학생 중에 남학생은 아들 방에서, 여학생은 딸 방에서 우리 아이들과 함께 지냈으며, 다른 학생들까지 전부 우리 집으로 몰려와 진을 치고 놀아도 부족함이 없었다고 필요 이상으로 상세하게 설명해주었다. 그날 그들이 내 말을 듣고 나를 실망의 눈으로 보았는지, 존경의 눈으로 보았는지는 잘 모르겠다. 그들의 반응을 살피지 않았기 때문이다.

그때가 마침 파티가 끝날 즈음이라 서둘러 자리에서 일어나느라 그랬는지, 아니면 그들의 반응을 중요하게 생각하지 않아서 그랬는지는 나도 모르겠다.

우리 부부의 건강한 생활력

모두 우르르 일어나 주섬주섬 자기네 물건을 챙기며 갈 채비를 했다. 나는 산더미같이 쌓여 있는 그릇을 가리키며 설거지는 누가 하는 거냐고 물었다. 그들은 서로 얼굴을 쳐다보며 어깨를 으쓱하더니 그건 학교 청소부의 일이라고 했다. 나는 학교 청소부들이 최저 임금을 벌기 위해 한 시간에 교실 몇 개를 청소해야 하는지를 알고 있었기에 그들이 교직원실의 설거지까지 담당한다는 말을 믿을 수가 없었다.

불어 선생님에게 물어보았더니 아니나 다를까 설거지는 교직원들이 스스로 한다고 했다. 그 말은 우리가 설거지거리를 남겨놓고 가면 선생님들은 학생들 행사에 자신들의 휴게실을 빌려주는 것에 대해 다시 생각하게 될 거라는 뜻이었다. 또 프랑스의 독일어 선생과의 개인적인 친분으로 교환학생 프로그램을 주선한 불어 선생님이 이 부담을 나누어져야 할 다른 선생님들에게 눈총을 받을지도 모를 일이었다. 그 손해는 누구에게 돌아올까. 결국 학생, 곧 우리 아이들에게 돌아오는 것이다.

나는 팔을 걷어붙이고 그릇을 나르며 주변을 정리하기 시작했다. 내가 일을 시작하자 다른 사람들도 차마 자리를 뜨지 못하고 하나둘씩 돕기 시작했다. 한 엄마가 세척기에 그릇을 넣었는데 에구머니나, 생전 처음 세척기를 사용하는 건지 그릇 몇 개로 세척기를 다 채워버렸다. 나는 그 사이사이에 접시를 차곡차곡 넣어서 세척기를 돌렸다. 그 엄마는 감탄했다는 듯 "오, 당신은 세척기 채우기 선수군요" 하고 멋쩍게 말했다.

그들이 어영부영 책임을 회피하고 집에 가려고 했던 이유는 파렴치해서가 아니라 정말로 일을 할 줄 몰라서 그랬던 것이다. 일을 계획할 줄만 알았지 실행하는 것은 평생 남의 일이었기 때문에, 회의는 잘해도 실행은 허술했던 것이다. 그릇이 아직도 산더미같이 남아 있어서 나는 개수대에 물을 받아 설거지를 하기 시작했다. 우리 남편이 늘 말하는 것처럼 나는 어느 손이 놀고 있는지 둘러보지 않아도 뒤통수로도 보이는 사람이다. 그래서 아직도 머뭇거리고 서 있는 몇몇 엄마들에게 그릇의 물기를 닦아서 어디에 넣으라고 일러주는 등 제각기 할 일을 주었다. 솔직히 말하자면 나는 손끝이 그다지 야문 편이 아니어서 살림을 잘하는 축에 들지 않는다. 그러나 그릇을 처음 잡아보는 부잣집 마나님에 비하면 살림 선수 소리를 들을 만했다.

내가 설거지를 하고 있는 동안 남이 시키지 않아도 스스로 알아서 실내를 정리하고 청소하는 사람이 하나 있었으니, 그는 바로 남편이었다. 그의 옆에도 다른 여성들이 쫄레쫄레 붙어서 눈치껏 일을 돕고 있었다. 내 남편은 이 파티에 참석한 유일한 아버지였다. 돈이 많거나 직책이 높아서 항상 바쁜 다른 부모들과 달리 그다지 책임이 막중하지 않은 직책에 있어 이렇게 아이들의 학교 파티를 위해 결근을 할 수 있는 나와 남편의 처지가 새삼 감사했고, 선수급은 아니더라도 일용할 양식을 제 손으로 요리하고 치울 수 있는 우리 실력이 자랑스러웠다.

뒷마무리가 끝나자 다른 여성들이 환호성을 질렀다. 어쩌면 남편이 이렇게 일을 잘 하느냐고 입에 침이 마르도록 감탄을 했다. 자기네 집에서 파티를 할 때, 남편을 파티 서비스로 모셔 가야겠다는 사람도 있었다(나중에 이 말을 들은 우리 친구들은 사람을 뭘로 보고 그런 소리를 하느냐고 분개하긴 했지만). 나는 이들이 어떤 의도에서 그런 말을 했는지 모르겠다. 정말로 남편을 존경해서 그랬는지, 아니면 얕보고 그랬는지. 솔직히 말해서 별로 궁금하지도 않다. 단단한 다리와 날렵한 두 손을 가진 나는 자신만만했기 때문이다. 그날만큼은 내가 독일 사회의 주인이었다.

***

프리카델레는 지방에 따라 플라이슈퀴힐레, 플라이슈플란첼, 불레텐이라 불리는 독일식 햄버거스테이크의 일종이다. 대개는 겨자를 발라서 감자하고 같이 먹거나 빵에 얹어서 먹는다. 독일의 가정에 전수되는 요리법은 다음과 같다.

독일에서는 아침식사로 즐겨 먹는 흰 주먹빵이나 바게트가 남으면 버리지 않고 딱딱하게 말려서 보관해두었다가 각종 요리에 쓴다. 말린 주먹빵을 세 개쯤 식수에 풍덩 담가놓았다가 빵이 물을 완전히 먹으면 가제 수건에 싸서 꼭 짠다. 돼지고기와 쇠고기를 섞어 간 고기 약 5백 그램에 양파 두어 개와 파슬리 한두 묶음을 다져 넣고, 달걀을 한두 개 풀어서 골고루 반죽한다. 간은 소금과 후추로 한다. 나는 마늘과 고춧가루도 약간 넣는다. 반죽이 질다 싶으면 빵가루를 조금 넣어도 좋으나 너무 많이 넣으면 슈퍼나 레스토랑에서 파는 것같이 속이 뻑뻑하게 된다. 두세 입 크기로 동글납작하게 빚어서 프라이팬에 기름을 넉넉하게 두르고 지져낸다. 물에 불린 빵이 들어갔기 때문에 겉은 바삭바삭하고 속은 촉촉하고 부드러운 맛이 난다.

감자 크림 만드는 도구. 감자 크림은
으깬 감자에 우유를 섞은 다음 거품을 내서
만든다. 프리카델레와 같이 먹으면 맛있다.

포기한 만큼 품위 있는 삶

며칠 전에 나는 목욕을 하는 호강을 했다. 그것도 욕조에 물을 받아놓고! 요즘 세상에 목욕하는 게 무슨 대수냐고 하겠지만, 우리 가족에게 목욕은 특별한 사치다. 아들이 다리를 다쳐서 목발을 짚고 다녔을 때나 혹시 샤워하다 미끄러질까 봐 욕조에 앉아서 목욕을 했을 정도다. 보통 가정집의 욕조에 물을 가득 받아놓고 목욕을 하면 약 2백 리터의 더운 물이 소비된다. 이에 비해 샤워는 훨씬 적은 양의 물을 쓴다. 샤워하는 습관에 따라 여기에도 차이가 있는 것은 물론이다.

나는 꼭 필요할 때만 물을 틀고 안 쓸 때면 잠깐이라도 꼭 잠그며 샤워를 하는데도 20리터를 소비하는데, 남편은 몸을 씻다 마는지 한 번 샤워하는 데 9리터 미만의 물을 소비한다. 아마도 우리 아들은 나와 남편의 중간쯤 소비할 것이고, 욕실에서 샤워만 하는 게 아니라 무슨 뷰티 프로그램이라도 수료하시는지 꽤나 오래 욕실을 점령하는 딸은 어쩌면 나머지 식구 셋을 합친 것만큼이나 소비할지도 모른다.

에너지의 노예로 전락하지 않는 방법

목욕할 때 소비하는 물 2백 리터를 섭씨 10도에서 40도로 데우는 데드는 열량은 7킬로와트시이고, 이는 독일의 에너지 가격으로 계산하면 가스보일러의 경우 0.38유로, 전기보일러일 경우에 1.50유로어치이다. 독일에서 뭐 하나 사 먹을 수 없는 우스운 금액이지만, 아프가니스탄이나 인도의 천막 교실을 백 촉짜리 보통 백열전구 하나로 70시간 동안, 에너지 절약형 전구로는 2백 시간 이상 밝힐 수 있는 에너지다. 또한 건설 공사장의 크레인이 7톤짜리 자재를 367미터 높이로 올리거나 운반할 수 있는 양의 막대한 에너지이다. 문명의 혜택에서 가장 거리가 먼 사람들의 생활 터전이 지구온난화로 물에 잠기거나 사막으로 변하는 현상을 생각하면, 최근 오일 전쟁으로 뿌린 피를 생각하면 감히 웃을 수 없는 에너지의 양이다. 러시아에서 인권 유린과 언론 탄압으로 독재 체제를 굳힌 푸틴 대통령에게 그 잘났다는 유럽의 국가수반들이 똑똑하게 항의를 못 하는 이유도 러시아가 천연가스 보유국이기 때문이다. 이렇게 에너지는 우리를 노예로 만들어 할 말도 못 하게 만들기까지 한다.

에너지를 쓰지 않고 살 수 없는 문명인으로서 에너지의 노예로 전락하지 않는 방법을 나는 딱 하나밖에 모른다. 에너지가 그다지 아쉽지 않은 생활 습관을 실천하는 것이다. 쉽지 않겠다고 생각하는 사람도 있겠지만 사실 별로 어렵지 않다. 자가용 대신 대중교통과 자전거를 이용하고, 겨울에 집에서 내복을 입고 지내며 난방을 줄이는 일은 마음먹기가 어려워서 그렇지 막상 해보면 별거 아니다. 따지고 보면 마음먹기도 그렇게 어렵지 않다. 환경이라는 공동의 자산을 지키는 일이 내 것을 남에게 주는 것보다 훨씬 더 공평하고 당연할 뿐 아니라 쉽기도 하다는 간단한 이치만 깨치면 되기 때문이다.

하지만 독일에도 공동의 물건을 지키기로 마음먹은 사람들이 그렇게 많지는 않다. 예를 들면, 우리 옆집에 사는 독신 여성이 혼자 쓰는 물의 소비량은 우리 식구 네 사람 분의 두 배나 된다. 이런 분위기 때문인지 '환경보호'라는 우리 가족의 공동 관심사는 우리만의 은밀한 동지 의식을 높여주고 각자 인생의 활력소가 되기도 한다. 남편은 내가 샤워할 때 물을 너무 많이 쓴다고 투덜대곤 한다. 나는 당신보다 머리가 길지 않냐고 변명해도 막무가내다.

"머리는 무슨? 그건 당신 샤워하는 테크닉이 부족해서 그런 거야."

세상에, 부인 샤워하는 테크닉까지 참견하다니 남자치고 여간 괴팍하고 쪼잔한 남자가 아닐 수 없다. 평생 별의별 괴팍 쪼잔함을 견디고 푼수처럼 잘 맞춰온 부인에 대한 예의가 아니지 않은가? 하지만 사실 이해가 안 가는 것도 아니다. 남편의 마음에 앙금이 남아 있어서 그런 것이다. 언젠가 남편이 샤워 꼭지에 뭘 달아서 수압을 낮추면 물이 절약된다는 소리를 하기에 나와 딸이 기겁을 한 적이 있다.

"아, 안 돼, 아빠. 그러면 머리 감을 때 샴푸가 안 빠져."

"안 되긴? 졸졸 흐르는 물에 오래 씻으면 안 깨끗해지는 게 어디 있어? 다 테크닉의 문제라고."

"아, 안 된다니까! 우린 여자야. 당신은 머리카락이 없어서 몰라요."

"내가 왜 머리카락이 없어?"

(모녀 합창으로) "대머리 일보 직전!"

시원한 물살을 사랑하는 나와 딸은 남편이 우리의 조그만 행복을 짓밟을까 봐 이렇게 진실을 왜곡해가며 필사의 저항을 했다. 남편은 그때 나하고 딸이 와악 달려들며 초반에 기선을 제압해서 두말도 못 하게 입을 막아버린 일에 아직 억하심정이 남아 있다. 그래서 두고두고 테크닉 운운하며 시비를 거는 것이다.

남편이 며칠 전에 또 그 얘길 꺼냈다. 나는 물살이 세면 그만큼 빨리 씻으니까 물의 소비가 더 많지는 않을 거라고 믿고 있다. 그래서 약한 물에 오래 씻는 게 정말로 물을 절약하는 거라는 걸 과학적으로 증명해 보이라고 했다. 남편은 수학 공식으로 증명이 가능하다고 했다. 그러나 내가 꼬치꼬치 캐물으니까 버럭 화를 냈다. 흥, 화내는 거 보니까 자기도 확실히는 모르는 모양이군.

이 끈질긴 남자가 이튿날 또 입을 열었다. 에너지 절약형으로 나온 신형 세탁기와 식기세척기가 바로 그런 원칙에 의해서 작동된다고 구구절절 설명했다. 몰래 공부한 모양이다. 그리고 화학 공장에서도 적은 양의 화학 물질을 반복해서 투척하는 원리로 환경에 해가 되는 요소들을 분해하고 용해한다고 했다. 자세한 내용은 몰라도 그 말을 들으니 남편의 말에 믿음이 좀 갔다. 화학 공장에서는 분명히 효율성과 경제성을 가장 높이 칠 테니까.

고백하자면, 다른 부분에는 협조적인 내가 유독 이 문제에 대해서만큼은 남편에게 어깃장을 놓는 데에는 다른 이유가 있다. 내게도 남편에 대한 억하심정이 있기 때문이다. 같은 절약이라도 남편은 더운 물에 대한 애착, 즉 연료에 대해 애착을 보이는 반면 나는 물 자체에 대한 애착을 가지고 있다. 아마도 1960년대에 한국에서 어린 시절을 보내면서 '기우제'라는 단어를 요즘의 '바겐세일'만큼이나 흔하게 들으며 자랐기 때문일 것이다. 여름이면 논바닥이 거북이 등짝처럼 갈라지고, 논에 물을 대다가 물꼬 싸움이라도 벌어지면 자칫 살상으로까지 번지기 일쑤인 농업 국가에서 자란 내 마음속엔 물에 대한 경외심이 상처처럼 깊이 새겨져 있음이 분명하다.

그래서 나는 사시사철 골고루 비가 와서 대지가 늘 촉촉한 나라에 살면서도, 아직도 물이 귀하고 고마워서 감자나 샐러드 씻은 물을 모았다가 발코니의 화분이나 화단에 꽃물로 주거나, 그릇을 세척기에 넣기 전에 애벌 설거지용으로 사용한다. 이를 두고 남편은 쓸데없는 짓이라고 타박을 하곤 했다. 우리가 지금 살고 있는 고장은 물이 남아도는 곳이고, 여기서 물을 아끼는 것이 지구 저쪽의 가뭄을 막지 못한다는 게 이유였다.

그 당시 나는 마음속에 아픔처럼 남아 있는, 물에 대한 특별한 감정을 나 스스로도 정확하게 알지 못했다. 그래서 그런 말을 들을 때마다 감정과 논리가 뒤섞여 횡설수설했고, 남편은 의기양양하게 내가 하는 말마다 조목조목 조리 있게 반박하며 내 사고 패턴이 비과학적이라고 갖은 오만을 떨었다. 논리가 달려 할 말을 제대로 하지 못한 게 매번 너무나 분했다. 모든 게 다 과학적이어야 하나? 어디 두고 보자.

나는 품위 없이 사는 사람일까?

　욕조에선 힘차게 물 떨어지는 소리와 함께 수증기가 뽀얗게 피어올랐다. 실로 오래간만에 욕조에 누우니 행복에 겨워 입이 벙긋 벌어졌다. 느닷없는 감기 덕분에 작업 스케줄에 차질이 생겨 지난 며칠 동안 나는 샤워도 못 할 만큼 바빴다. 가뜩이나 찝찝했는데 바로 전날 밤샘을 하는 바람에 수족 냉증까지 겹쳐 컨디션이 여간 저조한 것이 아니었다. 이런 상황에서 따끈한 물에 몸을 담그니 뼈까지 짜르르 녹는 느낌, 그야말로 황홀경이었다. 세상에 부러운 것이 하나도 없었다.

　남편 몰래 목욕하는 일에 나는 짜릿한 스릴과 통쾌함을 느꼈다. 내가 목욕하는 걸 보면 틀림없이 남편이 배신감을 느낄 거다. 정말 그런지는 확인한 바 없지만 내가 그렇게 믿는 한 내게는 진실인 것이다. 나는 물을 첨벙거리고 이리저리 돌아누우며 옛날 고리짝에 시어머니가 내게 섭섭하게 한 일까지 되새기면서 고소해했다.

　욕조가 3분의 1 정도 차자 물을 잠그고 거품을 풀었다. 수면 위로 나온 부분이 좀 춥다 싶으면 요리 누웠다, 저리 엎어졌다 엎치락뒤치락하며 때를 골고루 불려서 '이태리타올'로 박박 문질렀다. 살갗에는 이태리타올이 남긴 분홍빛 열기가 행복감처럼 번졌다. 남편에 대한 복수심 뿐 아니라 목욕을 한다는 그 자체만으로 나는 죄의식을 동반한 스릴을 느꼈다. 사탕을 몰래 훔쳐 먹는 아이의 심정이 이럴까? 이브가 하나님 몰래 따 먹은 사과의 맛이 이럴까? 물 위로 나온 내 몸을 부드럽게 덮어 주며 사치스럽게 반짝이는 거품을 바라보고 있자니 내가 참 퇴폐적일

만큼 부유한 생활을 하는, 지구상의 몇 퍼센트 안에 드는 행운아라는 사실이 실감났다.

뒤이어 이런 사치를 누릴 수 있는 시기가 우리 대에서 끝나게 될지도 모른다는 생각이 들었다. 우리의 자식 대에서는 목욕이란 풍습이 존재했던 호시절을 환상처럼 그리며, 선조들이 참 파렴치하게 지구를 말아먹었다고 원망할지도 모른다. 아, 나는 파렴치한 사치를 누리고 있구나. 누가 이런 나를 본다면 참 궁상스럽게 산다고 생각하겠지? 어쩌다가 목욕 한 번 하면서, 그것도 물을 아낀다고 반도 안 채운 욕조에서 엎치락뒤치락하면서 행복에 겨워 사치니 행운이니 어쩌고저쩌고 말도 많구나.

나는 품위 없이 사는 사람일까? 아니다. 몰락해가는 로마에서 우유에 목욕하는 귀족 여인네들이 품위 없는 사람이지, 에너지의 불평등한 분배에 항거하고 물질의 속박에서 자유롭기 위해서 목욕을 자제하는 것은 대단히 품위 있는 행동일 것이다. 생각이 로마의 여인네에게 미치자 나의 호기가 슬금슬금 가라앉기 시작했다. 지구 저편에서 식수마저 부족한 사람들이 나를 본다면 뭐라고 할까? 사람이 마시는 물에 비누 거품을 풀어놓고 들어가 앉은 나를 본다면 그들은 무슨 생각을 할까? 우유에 목욕하는 로마의 여인네들을 떠올릴 것이 분명하지 않은가?

어쨌든 그날 저녁, 나는 몸과 마음이 가뿐했다. 감기 끝에 오래간만에 목욕을 해서 몸도 호강했겠다, 남편에게 복수해 마음도 고소하겠다 참으로 나긋나긋한 부인으로 변해 있었다. 저녁 식탁에 앉아 이런저런 대화를 나누다가 내 입에서 나도 예상치 못한 말이 툭 튀어나왔다.

"우리 샤워기 꼭지에 물살 줄이는 장치 달자."

* * *

이 글을 쓰면서 나는 남편에게 목욕할 때 드는 에너지 양을 계산해달라고 부탁했다. 계산이 취미인 남편은 목욕할 때 드는 물 값까지 산정해냈다. 따져보니, 물 2백 리터의 수도세는 송·배수 합해서 60센트 상당으로 그 물을 데우는 데 드는 가스 값 38센트보다 훨씬 더 많이 나가는 게 아닌가? 지하수가 풍부해 대부분의 수돗물이 땅에서 절로 솟아나는 나라에서 이건 또 웬일이람? 나는 고개를 갸우뚱하며 남편에게 물었다.

"물이 흔한 나라에서 목욕하는 데 드는 물 값이 수입하는 가스 값보다 더 많이 나가는 건 이상하지 않아?"

"그래, 그렇군."

"송수·하수·정수 시설에 에너지가 많이 들어가서 그런가?"

"글쎄, 그것밖에는 이유가 없을 것 같은데?"

잠시 후에 나는 부엌 바닥에 엎드려 세탁기를 수리하고 있는 남편에게 물었다.

"그렇다면 물을 절약하는 게 에너지를 절약하는 거네?"

"아, 물론이지!"

나는 잠시 망설이다가 다시 물었다.

"근데 전에 자기가 그러지 않았어? 독일에서 물을 절약하는 게 지구 환경보호에 그다지 도움이 안 된다고?"

남편은 편리에 따라 참으로 건강한 망각 능력을 가지고 있는 사람이라서, 나는 그가 '난 그런 말 한 적 없다'라고 딱 잡아뗄 줄 알았다. 그런데 그의 입에서 뜻밖의 말이 튀어나왔다.

"그때 당신 말이 맞았던 거였어."

예상치 않았던 반응이라 나는 그가 무릎을 꿇고 세탁기를 뜯는 모습을 멀뚱히 바라보았다. 그가 처음으로 고개를 들어 활짝 웃으며 말을 이었다.

"그래서 나도 가끔은 부엌 물을 모았다가 꽃에 물 준다구. 당신 따라서."

남편이 얌전히 무릎 꿇고 앉아서 방글방글 웃는 모습에 푼수 마누라는 복수하는 것도 잊어버린 채 호호 웃었다.

가족 누구도 목욕을 하시 않아서 걸레 빠는 곳으로 전락한 우리 집 욕조.

지구를 지키는 내 사랑 물주머니

19세기의 독일 화가 카를 슈피츠벡은 소시민의 고단한 일상을 따스한 시선으로 섬세하게 표현했다. 1838년에 그린 대표작 〈가난한 시인〉은 책을 들고 침대에 누워 있는 노인의 머리 위에 펼쳐진 우산 덕분에 유명해졌다. 춥고 비가 새는 다락방에서 모자까지 쓰고 침대에 누워 시를 쓰는 가난한 시인의 모습이 비참하기보다는 낭만적으로 느껴져 보는 이의 마음에까지 온기가 느껴진다.

1830년대 유럽을 지배한 소시민적 문화에 대해서, 또 뮌헨 근교의 부잣집에서 태어나 좋은 성적으로 약사의 길을 걷던 슈피츠벡이 하루아침에 화가가 되기로 결심하고 독학으로 이룩한 예술 세계에 대해서 등 할 말은 많지만, 이번에는 그가 그린 〈가난한 시인〉 속 시인이 침대에서 쓰고 있던 모자에 대해 이야기하고 싶다.

온 가족이 합의한 겨울철 실내 온도 18도

독일에는 '잘 때 쓰는 모자'라는 뜻의 '슐라프뮈체'라는 말이 있다.

연료가 지금처럼 흔하지 않았던 옛날 독일의 보통 가정집에선 겨울에도 부엌과 거실만 난방을 했다. 그래서 모든 식구들이 거실에 오글오글 모여 시간을 보내다가 밤이 되어 각자 싸늘한 침실에 들어갈 때면 뜨거운 물통을 안고 들어가는 것도 모자라 털양말을 신고 모자까지 쓰고 잤다 (모자는 방한의 역할도 하지만 머리에 이가 옮는 것을 막기도 한다).

그런 전통 탓인지 오늘날에도 독일에선 보통 침실에 난방을 하지 않는다. 대부분의 독일인들은 밤에 잘 때 난방을 하면 공기가 건조해져서 감기에 걸리기 쉽다고 믿는다. 윗집 할머니는 겨울에 푹신한 오리털 이불 위에 담요를 덧덮고 모자까지 쓰고는 코만 빨갛게 내놓은 채 창문을 조금 열어놓고 자는 것이 건강에 좋다고 주장한다.

나도 오랜 독일 생활에 길이 들어 침실에는 난방을 하지 않는다. 침실이 따뜻하면 숙면을 하지 못하고 자주 깨어 이불을 덮을까 젖힐까 고민을 하게 된다. 하지만 나는 추운 겨울밤에 침대에 들 때의 섬뜩한 느낌은 싫어한다. 게다가 잠들기 전에 침대에 누워 책이라도 읽을라치면 이불 밖으로 나온 손이 시려워 책을 한 손으로 번갈아가며 잡는 일이 수고스럽다. 그래서 한동안은 전기요를 무척 애용했다. 침실의 냉랭한 공기를 호흡하면서 절절 끓는 온돌방같이 따끈한 침대 속으로 쏙 들어갈 때면 "아으, 아으" 소리가 절로 나왔다. 물론 잘 때는 끄고 자야 잘 잔다.

그러다가 내 사랑 전기요가 고장이 났다. 남편은 고장 난 것은 뭐든지 다 제 손으로 고쳐야 직성이 풀리는 사람이다. 그런데 어떤 일이든 자기가 하고 싶을 때만 하는 사람이라서 전기요는 고장 난 채로 몇 년 동안이나 방치되었다. 내가 대단히 아쉬우면 난리를 쳐서라도 금방 해결했겠지만 그 당시에는 전기요가 그다지 아쉽지 않았다. 그 무렵 우리 집이 사춘기 딸의 반항으로 그리 춥지 않았기 때문이다.

지구온난화와 에너지 고갈의 시대를 맞아 겨울의 실내 온도를 섭씨 18도 이하로 유지하고 싶어 하는 남편에 대항해서 사춘기에 돌입한 딸아이는 평범하게 살 권리를 주장하며 팽팽하게 맞섰다. 왜 자기는 하필이면 이런 집에 태어나서 남들이 다 편안하게 즐기는 휴가도 꼭 자전거로 다니면서 고생을 사서 하고, 겨울에는 아침에 침대에서 나오기도 싫을 정도로 춥게 살아야 하는지, 아빠는 무슨 권리로 자식들에게 자신의 가치관을 강요하는지 조목조목 따지며 반항했다.

부모 자식 간에 권위보다는 우정을 중요하게 생각하는 우리 부부는 아이를 설득하고자 했지만, 번번이 딸아이의 말발에 밀려 결국 실내 온도를 높이는 수밖에 없었다. 그러다가 우여곡절 끝에 딸아이가 심경 변화를 일으켜 자발적으로 환경 운동에 앞장서게 되었다. 그리하여 우리 딸은 사춘기 청소년답게 설익은 풋사과의 단호함으로 우리 집 실내 온도를 하루아침에 섭씨 20도에서 18도로 뚝 떨어뜨렸다.

재미있는 것은, 예전에는 집이 춥다고 9월부터 털모자에 목도리까지 두르고 식탁에 나타나 데모를 하던 애가 이제는 한겨울에도 춥다는 소리는커녕 반팔 티셔츠를 입고도 호기롭게 집 안을 활보하는 것이다. 부당하게 강요받는다는 느낌이 있었을 때는 마음이 추웠던 모양이고, 이제 스스로의 결정이라 생각하니 젊은 피가 펄펄 끓어 하나도 춥지 않은 모양이다.

그에 반해 중년기도 무르익어 노년기에 접어들려고 하는 우리 부부는 손을 호호 불면서 견딘다. 섭씨 18도에선 내복을 두텁게 입어도 책상 앞에 가만히 오래 앉아 있으면 좀 추운 건 사실이다. 특히 밤 10시면 그나마 하던 난방까지 중단하다 보니 뭘 쓰느라고 밤늦게까지 시간 가는 줄 모르고 있다 보면 발이 어느새 얼음장처럼 싸늘해져 있다. 그 발로 차가운 침대에 들면 아무리 피곤해도 잠이 저만치 달아난다. 나를 구원해줄 전기요도 아직 고장 난 채로 처박혀 있겠다. 궁여지책으로 아이들이 어렸을 때 쓰던 물주머니를 꺼냈다.

오늘은 어느 놈의 서비스를 받아볼까

우리는 큰아이가 대여섯 살이 될 때까지 온 가족이 한 침대에서 같이 잤다. 아이 어른 할 것 없이 모두 그것을 즐겼기에 그게 교육적으로 나쁘니 어쩌니 하는 소리는 귓등으로도 안 들었다. 그러던 어느 날 아이들이 자기들도 다른 집 아이들처럼 자기만의 방을 가지고 싶다고 하기에 그날로 우리 부부는 그 방에서 이사를 나왔다. 부모의 온기가 빠져나간 침대에서 혼자 자면서 행여 마음이 허전할까 봐(그래서 다시 우리 부부 침대로 쳐들어올까 봐) 나는 아이들의 침대에 따뜻한 물주머니를 넣어주었다.

아이들이 어렸을 때는 하루하루를 보내는 일이 시간과의 전쟁이라 처음에는 물을 끓여 고무주머니에 넣는 시간을 절약해보려고 별 꾀를 다 썼다. 전날에 사용한 물이 들어 있는 물주머니를 전자레인지에 넣고 왱 돌리다가 물주머니를 몇 개나 녹여버렸는지 모른다.

그러나 전자레인지만 멀리 하면 '메이드 인 저머니' 물주머니는 튼튼

나에게 황홀한 밤을 선사하는 15년 된 물주머니.

하기가 이를 데 없다. 분홍색과 하늘색 천을 씌운 아이들의 고무주머니는 15년이나 되었는데도 여전히 건재하다. 물이 샌 적도 한 번 없다. 끓는 물을 반쯤만 넣고 살짝 눌러 공기를 뺀 후에 뚜껑을 돌려서 막아주면, 베고 자고 깔고 앉아도 끄떡없는 것이 얼마나 기특한지 모른다. 고무도 수명이 있을 텐데 우리 물주머니가 대체 몇 년이나 더 버텨줄지 쓸 때마다 신기하고 궁금하다.

한겨울에도 온기라고는 전혀 없는 냉랭한 침실에서 잠옷으로 갈아입고 차가운 이불 속으로 들어가 따끈한 물주머니를 끌어안을 때의 기분은 말로 다 표현할 수가 없다. 나는 우선 가장 차가운 발밑에 물주머니를 넣고 이리저리 굴린다. 조금 있으면 종아리가 샘을 낸다. 그러면 물주머니를 조금 위로 올린다. 종아리가 더워지면 허벅지로 옮기고, 급기야는 엉덩이 밑에다 깐다(남편의 이론에 의하면 지방은 단열성이 높아서 엉덩이 피부가 차가운 거란다). 물주머니는 내 몸의 이곳저곳을 덥히면서 점점 위로 올라와 마지막으로 목덜미와 어깨 사이에 머문다. 그러면 나는 물주머니를 베고 그대로 잠이 들기도 하고, 다시 발쪽으로 내려 보내기도 한다. 물주머니의 위치가 조금씩 바뀔 때마다 내 입에서는 신음 소리가 나온다.

"아, 황홀해."

내가 물주머니랑 이렇게 친한 줄 모르는 남편이 언젠가 내가 감기 걸렸을 때 전기요를 사 왔다. 남편은 자기는 전혀 사용하지 않으면서도 전기요를 좋아한다. 몸에 딱 붙이고 난방을 하니 효율성이 더없이 높다는 것이다. 배터리 문제를 해결해 아예 전기요로 옷을 해 입고 다니면 건물 전체에 난방을 하는 것에 비해 파격적인 절약 효과가 있을 거라며 이렇게 저렇게 계산을 해보느라 난리도 아니다.

그런데 참 이상한 일이다. 어쩌다가 물주머니 두 개를 안고 잘 때면 그야말로 천당에 온 것 같아서 침대 전체가 물주머니라면 얼마나 근사할까 상상을 하곤 했는데, 막상 전기요를 깔아 침대 전체가 따뜻해지니 기분이 별로 좋지 않았다. 예전에는 물주머니의 위치에 따라 종아리가 발을 부러워하며 자기 차례가 오기를 기다리는 맛이 있었는데, 이제 전기요로 온몸이 한꺼번에 뜨거워지니 아쉬운 부위도, 부러운 부위도 없이 서로 무심해져버렸다. 발은 아직 시린데 등에서는 땀이 나는 파렴치한 현상이 오기도 하고, 전체적으로는 풍족한데 차별이 심화되어 온기에 감사하는 마음조차 못 느끼는 도덕 불감증 사회(?)로 변한 것이다. 나는 다시 물주머니를 애용하기 시작했다. 나를 위해 전기요를 사 온 남편은 섭섭한지 가끔 놀린다.

"당신은 밤사이 식어빠진 물주머니를 아직도 안고 있어."

"식어빠지긴? 만져봐. 아직도 얼마나 따뜻한가."

"따뜻하긴? 섭씨 36도겠지. 당신은 체온으로 물주머니까지 데우고 있는 거야."

"내 물주머니 미워하지 마. 전기를 절약하니 기특하잖아?"

"물 끓이는 데 필요한 전력이랑 전기요에 드는 전력을 계산해볼까?"

나는 다급하게 외쳤다.

"아니, 싫어. 계산하지 마. 당신 그거 계산하면 가만 안 둘 거야!"

그런데 이 글을 쓰노라니 궁금증이 나서 남편에게 계산을 부탁했다. 물주머니에 들어가는 반 리터의 물을 끓이는 데 백 킬로와트시의 전력이 든다. 전기요를 가장 높은 온도로 한 시간 동안 켜놨다가 잘 때 끄고 자면 그것의 반인 50킬로와트시의 전력이 소비된다. 물주머니 대신 전기요를 사용하면 전기세 0.8센트, 백 촉짜리 백열전구를 30분 동안 밝히는 전력이 절약되는 셈이다. 그러나 나는 내 이불 속 세상을 살기 좋게 만들어주는 물주머니가 그 정도 값어치는 한다고 생각한다.

요즘은 기분에 따라 전기요와 물주머니를 번갈아 쓴다. 자기 전에 오늘은 어느 놈의 서비스를 받아볼까 간택하는 것도 즐거운 일이다. 특별히 호강하고 싶은 밤에는 물주머니를 대령시킨다. 따끈따끈 말랑말랑한 놈을 안고 누우면 세상에 아쉬운 게 없다. 나중에 애인 생기면 물주머니를 선물해야지. 메이드 인 저머니 물주머니를.

식탁에서 고등어를 금하노라

같은 유럽이라도 프랑스와 독일의 식생활 문화는 참 다르다. 프랑스
인들은 비싼 재료로 정성껏 요리해서 몇 시간에 걸쳐 식사를 즐기는 반
면, 보통의 독일 사람들은 값싸고 양 많은 음식을 후딱 먹어치운다. 국
민소득이 높은 독일 국민이 식생활을 위해 쓰는 비용은 프랑스나 이탈
리아보다 훨씬 적다. 그런데 건축사를 연구하다가 재미있는 사실을 발
견했다. 옛날부터 프랑스의 주택에는 복도의 자투리 공간에다 식탁을
놓았는데, 독일의 주택에는 식사만 하는 방이 따로 있어 제2의 거실로
애용됐다는 것이다. 그런 것을 보면 프랑스 사람들은 맛과 품질로 음식
을 즐기고 독일 사람들은 분위기로 즐기는 모양이다.

우리 집도 그런 면에서는 꽤나 독일식이다. 별것 아닌 음식을 차려놓
고 둘러앉아서 입이 음식을 먹느라 바쁜 게 아니라 이야기하느라 더 바
쁘다. 테마는 학교 선생님 흉보기와 친구들과의 갈등, 사회, 정치, 환경
등 무궁무진하다. 하루는 독일 통일에 대해 얘기하다가 테마가 동·서독
의 국경선을 지키던 군용 셰퍼드들의 운명으로 흘렀다. 동독과 서독 사
이의 철조망을 지키던 수많은 군견들의 용도가 통일과 함께 사라졌기

때문이다. 당시 신문에는 한국 정부에서 그 셰퍼드들을 사고 싶어 했지만 독일에서 거절했다는 기사가 실렸다. 그때 나는 한국에서 그 개들을 식용으로 쓸까 봐 독일 정부에서 안 팔았을 거라고 생각했다.

"미안하지만 그때 우리나라에서 잡아먹으려고 개를 사 가려는 건 아닐까 하는 생각이 먼저 들었다니까."

"에이, 무슨. 한국에는 아직 휴전선이 있으니까 그런 훈련견이 필요했겠지."

아이들과 남편은 우리나라에 대한 내 선입견을 두고 깔깔 웃었다. 뒤이어 우리는 브리지트 바르도가 한국에서 개고기 먹는 것을 야만스럽다고 성토한 사실에 대해 대화했다.

"개고기 먹으면 야만이야? 야만이라 단정 지을 수 있는 잣대가 과연 있을까?"

"자고로 음식 문화는 민중들이 굶어 죽지 않기 위해서 형성되었겠지? 생선이 많이 나는 곳에선 생선을 먹었고, 농토가 비옥한 곳에선 채식을 많이 했고, 알래스카 같은 동토에선 육식에 의존했을 거야."

"그래, 그래서 호주에선 캥거루를, 남미에선 기니피그를 먹었어. 소나 돼지를 길러 잡아먹듯이 개를 길러서 잡아먹는 나라도 있는 거지."

"맞아, 어느 동물을 먹으면 야만이라고 말할 수는 없을 거야. 야만스러운 음식 문화는 따로 있어. 정력에 좋다고 까마귀의 씨를 말리고 코뿔소를 도륙하는 일. 아, 또 있다! 먹을 것이 풍부한 일본인들이 굳이 멸종 위기에 처한 고래를 먹겠다고 떼쓰는 일."

"그렇다면 달리 먹을 것이 있는데도 남들이 자식처럼 사랑하는 애완동물을 취미 삼아 먹는 것도 변태에 들지 않을까?"

"그렇겠네. 하지만 나는 개한테 유산을 물려주는 사람들이 더 이상하더라."

"독일에서 비둘기도 먹는 거 한국 사람들이 보면 변태라고 그럴걸?"

"비둘기 먹는 게 왜 변태야? 토끼는 괜찮고?"

제철 아닌 딸기가 변태인 이유

이때 아들이 후식으로 나온 딸기를 입으로 가져가다 말고 물었다.

"엄마, 지금 4월인데 왜 벌써 딸기를 샀어? 이기 원산지가 어디야?"

"몰라……. 오마나, 설마 아프리카나 남미는 아니겠지? 이렇게 싱싱한데 5백 그램에 1유로밖에 안 해서 확인도 안 하고 샀네."

먼 곳에서 재배하고 운송해 온 부도덕한 과일을 싱싱함과 싼값에 홀려 덥석 산 죄로 나는 말까지 더듬으며 변명했다. 꼭 이럴 때 눈치 없이 나를 배신하는 남편.

"옛날에 우리 엄마도 크리스마스 때 아스파라거스를 요리해서 나한테 말 들은 적이 있지."

아니, 내가 늘 그러는 것도 아니고 어쩌다가 한 번 철 이른 과일을 샀기로서니 나를 시어머니와 비교하다니? 나중에 우리 아들이 천하에 불효막심한 자기처럼 나한테 막되게 굴면 좋겠는가? 얄미워서 반격할 기회를 노리고 있는데 남편은 잘 걸렸다는 듯이 접시에 남은 고등어 가시를 가리키며 말을 이었다.

"그러고 말이야, 앞으로 고등어나 참치는 먹지 말자. 독일에서 바다 생선까지 먹는 것은 변태야, 변태."

"어라? 고등어 먹는 게 왜 변태야? 개고기는 괜찮고 고등어는 변태야? 자기는 독일 사람이니까 생선 안 먹고 자랐지. 나는 한국 사람이라서 고등어가 고향 음식이란 말이야."

"그럼 앞으로는 당신만 먹어. 다른 사람들까지 먹을 필요는 없잖아. 바다 생선 안 먹고도 잘 살아온 사람들까지 맛을 들여 엄청나게 먹어대니 씨가 안 마르겠어? 정작 생선에 의지해온 사람들은 먹을거리를 빼앗긴 셈이고 말이야. 그건 변태야."

"으이그, 그럼 나도 먹지 말라는 소리지. 그냥 안 먹고 말지, 어떻게 나 혼자 먹으려고 고등어를 굽겠어? 근데 당신 말이 맞네. 알았어."

"불쌍한 우리 엄마. 북해에서 잡은 새우도 안 먹는데 그럼 엄마는 먹을 게 점점 없어지잖아?"

"어이구, 그래도 내 딸이 최고네. 괜찮아. 그깟 새우나 고등어 안 먹어도 먹을 것 많잖아."

독일 연안인 북해에서 잡은 새우는 지구를 빙 돌아 인건비가 싼 아프리카에서 껍질을 까서 다시 독일로 돌아온다. 운송에 막대한 에너지가 들어도 그게 독일에서 까는 것보다 비용이 더 싼 것이다. 다른 대륙에서 재배해서 운송한 딸기가 독일산 제철 과일보다 더 싼 것도 같은 이치다. 모든 것을 돈으로 환산하자니 별 해괴한 일이 다 일어난다. 같은 사람에게 나라에 따라 각기 다른 값을 매겨놓고 계산기를 두드리며 국경을 넘나드는 세계화의 세상은 분명히 비합리하고 비인간적이다. 변태가 따로 없다.

　이런 변태를 이용해서 돈 버는 놈들은 대체 어떤 놈들이야? 절대로
앞으로는 한두 푼에 눈이 멀어 그들에게 이용당하지 말아야지. 푼돈으
로 일상을 꾸려야 하는 아줌마들이 가장 빠지기 쉬운 함정이 바로 값싸
고 질 좋은 물건이 아닐까? 싼 가격에 혹하는 구두쇠 기질이 문제가 아
니라 값싸고 질 좋다는 함정에 빠지는 순간 우리도 모르게 변태적 사업
에 일조하게 된다는 걸 모르는 게 문제다. 세상이 모두 그렇겠지만 독일
에도 그런 사실을 모르고 시장에 다니는 사람, 알아도 작은 가격 차이에
넘어가 그런 사실을 모른 체하는 사람들이 많다. 나 역시 그랬다. 내가
시장의 주인인데 앞으로는 주인 의식을 가지고 절대로 변태 딸기를 사
지 말아야지. 그게 인간의 품위를 지키는 길 아닐까.

정치적이고 경제적이고
사회적인 과일 쇼핑

전쟁이니 자살이니 하는 흉흉한 소식들을 접할 때면 따뜻하고 편안한 집 안에 앉아 세끼 밥 먹는 일이 문득 부끄럽게 느껴진다. 이라크로, 아프리카로 달려가는 의사들이나 보다 나은 세상을 바라며 현장에서 온몸을 던지는 투사들을 보고 있자면, 아무 생각 없는 밥벌레처럼 내 앞가림하기에만 급급한 내가 참 한심하다는 생각이 든다.

나의 하루는 매일 아침 6시 25분에 자동으로 켜지는 라디오 방송을 비몽사몽 들으면서 시작된다. 우리는 도이칠란트풍크(독일 방송)라고 하는, 정치적으로 중립을 지향하는 정보 방송을 듣는다. 집에 텔레비전도 없고 일간 신문도 정기 구독하지 않는 우리에게 이 라디오 방송은 그날 그날의 정보를 속달하는 유일한 대중매체다.

조용하지만 믿음직스러운 '캅 아나무어'

제일 먼저 들리는 프로그램은 소비자를 위한 5분짜리 안내방송이다.

광우병의 위험이 없는 쇠고기 사는 방법에서부터 노후 대책에 대한 정보까지 내용이 아주 다양하고 유익하지만 졸다 깨다 하며 듣다 보니 태반은 놓치기 일쑤다. 6시 30분에 이어지는 5분 뉴스가 끝남과 동시에 남편은 벌떡 일어나 샤워실로 간다. 나는 혼자 누워서 '아침 예배'를 듣는다. 독일 전역의 목사님과 신부님이 돌아가며 하는 5분간의 설교 방송인데, 종교적인 내용보다 대개 인권, 시민의 용기 등 이웃과 어울려 사는 방법에 대한 좋은 말씀이라 즐겨 듣는다.

'아침 예배'가 끝날 무렵 남편은 샤워를 마친 후 커피를 올려놓고 돌아와 다시 침대에 눕는다. 사회적, 정치적 테마를 다루는 인터뷰를 듣기 위해서다. 초대 손님이 누구인가에 따라, 또 내용이 어떤가에 따라 우리는 속이 시원해서 킬킬 웃기도 하고, 라디오를 향해 큰소리로 야유하고 비난하기도 한다. 한번은 가정부 연방장관이 나와서 마음에 안 드는 소리를 하기에, 우리는 그 장관 앞으로 며칠에 걸쳐(어휘를 고르느라 부부싸움까지 해가며) 항의 메일을 써 보낸 적도 있다.

오늘 아침에는 독일의 봉사단체인 '캅 아나무어(Cap Ananmur)'의 대표 엘리아스 비어델(Elias Bierdel) 씨가 나왔다. 캅 아나무어는 배 이름으로, 1979년에 한 독일인 부부가 베트남 난민들이 쪽배 하나에 의지해 바다를 떠돌다가 폭풍을 만나 물에 빠져 죽거나 굶어 죽거나 아니면 해적들의 표적이 되어 약탈, 살해당한다는 보도를 접하고 이들을 돕기 위해 급조한 화물선이다. 이들 부부는 보트피플의 현실을 보면서도 달리 손쓸 방법이 없다는 말만 되풀이하는 위정자들만 믿고 마냥 앉아 있을 수가 없어 몇 명의 친구들과 함께 무작정 구조 활동을 벌이기 시작했다. 이 활동은 독일 국민들의 열렬한 성원 덕에 수많은 인명을 구하고 성공리에 막을 내렸다.

이들은 뜻하지 않은 독일 국민들의 후원과 격려에 힘입어 계속해서 세계의 분쟁 지역을 무대로 의료 활동을 펼쳤고, 이때 단체의 이름을 이미 유명해진 배 이름 캅 아나무어로 정했다. 캅 아나무어는 현재 아프리카와 아시아 그리고 동유럽의 분쟁 지역에서 주로 활동하고 있는데, 이들의 원칙은 '꼭 현장에 가서 직접 일한다'와 '돈으로 돕지 않고 반드시 직접 몸으로 돕는다'이다. 분쟁 지역의 기득권층이 외국에서 들어오는 물자를 빼돌리는 것을 막고, 고생하는 국민들이 직접 혜택을 받을 수 있도록 하기 위한 방편이다. 이런 원칙은 해당 국가의 정부와 갈등을 초래하기도 해서 2001년에는 5년에 걸쳐 해오던 북한의 병원과 고아원 프로젝트를 눈물을 머금고 중단해야 했다.

그날 비어델 대표는 나이지리아의 비참하고 잔혹한 현실을 이야기했는데, 뜻밖에도 그는 현장에서 싸우는 투사의 이미지가 전혀 느껴지지 않는 사람이었다. 마치 학자같이 조용한 목소리로 몸소 겪은 나이지리아의 실상을 조리 있게 보고했다. 극한에 몰린 인간들이 보이는 비인간적인 행태를 매일 온몸으로 접하고 사는 사람 같지 않게 증오의 감정이 전혀 실리지 않은 평온한 말투로 몇 명의 독일 의사들이 당일 아침에 어디를 향해 출발했고, 그들은 어떠한 환경과 분위기 속에서 어떤 일을 펼칠 거라는 계획을 담담하게 이야기했다.

나는 그런 어마어마한 활동을 벌이는 단체가 자주성과 중립성을 유지하기 위해 국가의 보조는 절대 받지 않겠다는 원칙을 세워놓았다는

데 놀랐다. 게다가 그 많은 사업비가 순전히 독일 국민들의 자발적인 후원금으로 충당된다는 사실에 또 한 번 놀랐다. 내 주위에 있는 여러 계층의 독일인들을 차례로 떠올려보아도, 그런 돈을 성큼 낼 만한 사람들이 별로 떠오르지 않았다. 내가 아는 독일인이라면 대부분 돈이 있든 없든 똑같이 검소하고, 한두 푼에 벌벌 떠는 짠돌이처럼 보였기 때문이다 (독일 사람들은 우리나라가 구제 금융 위기를 겪을 때 국민들이 순식간에 단결하여 벌였던 '금 모으기 운동'을 대단히 특이한 일로 기억하고 있다).

이 과일 남아공산인가요?

비어델 씨는 크리스마스 즈음에는 특별히 많은 성금이 전달된다면서 국민들에게 감사의 뜻을 전했다. 그는 이 단체가 이제까지 이룩한 모든 성과의 공로를 성금을 내준 개개인에게 돌렸다. 현장에서 목숨을 내놓고 직접 뛰는 사람들의 발품보다 본국에서 국민들이 보태주는 한 푼 한 푼이 더욱 큰 위력을 가지고 있고, 행동대가 활동할 수 있는 실제적인 힘이라는 사실을 일깨워주었다.

그러면서도 방송이 끝날 때까지 청취자들에게 계좌 번호를 알려주거나 성금을 내달라고 호소하지 않는 비어델 씨와 방송국 아나운서의 고집스러운 태도에 깊은 인상을 받았다. 나도 올해는 크리스마스를 기해서 캅 아나무어에도 성금을 보내야겠다고 생각했다. 그러면 나도 나이지리아에서 일어나고 있는 폭력과 공포의 사슬을 끊는 일에 확실히 일조를 한다는 뿌듯한 마음이 들 것 같았다.

방송이 끝난 후에 이런저런 생각을 하다가 내가 한 일 한 가지가 떠올랐다. 넬슨 만델라가 남아프리카공화국의 오랜 고질병인 인종차별에 대항하여 감옥을 드나들며 피 맺힌 투쟁을 하던 때였다. 세계의 여러 나라에서는 인종차별에 반대한다는 의지를 천명하고 인종차별의 주체인 남아공 정부에 압력을 넣는 방편으로 이 나라에 대해 경제적 고립 정책을 폈다.

　　유럽으로 농작물을 수출하는 것이 남아공의 중요한 외화 벌이였으므로 그 당시 유럽에서는 여러 시민단체들을 중심으로 남아공 농작물에 대한 보이콧이 대대적으로 일어났다. 국가적인 선동이 그다지 큰 힘을 발휘하지 못하는 유럽에서는 국민들 개개인의 자발적인 참여에 의지하는 수밖에 없었다. 그 당시 대학생이었던 나도 '남아공 과일을 사지 말자'는 스티커를 냉장고에 붙여놓고 장을 볼 때마다 원산지를 꼭 확인하곤 했다.

　　하루는 한 독일 친구와 장을 보러 갔는데, 이 친구가 원산지 표시가 없는 과일 무더기 앞에서 발을 멈췄다. 어차피 그 과일을 살 계획이 없었으니 나는 그냥 지나치려 했는데, 친구가 과일 장수 아줌마를 불러 이것이 혹시 남아공에서 온 과일이냐고 물었다. 순해 보이는 과일 장수는 아니라고 하며 남아공 과일을 찾느냐며 주문이라도 해줄 듯 반색을 했다. 그러자 평소에 말수가 적은 그 친구는 과일 장수에게 왜 소비자들이 남아공 과일을 사지 말아야 하는지 또박또박 설명하기 시작했다. 나는 그때 처음으로 알았다. 보이콧을 하는 사람들이 유럽에서도 소수였다는 것을.

　　그 후로 나도 웬만큼 피곤한 날이 아니면 과일을 사기 전에 상인들에게 일부러 "이 과일 남아공산인가요?" 하고 물어보곤 했다. 그럴 때면 "혹시 남아공 과일이 더 맛있어서 찾는 건가요?"라고 되묻는 상인들이 적지 않다 보니, 나도 자연스럽게 내가 남아공 수입품을 기피하고 있으며 왜 그러는지 이야기하게 되었다.

나중에 남아공에서 인종차별법이 철폐되고 흑백 차별 없이 자유 총선거를 치러 정치적으로나마 인종차별이 없어지는 일에 외국의 경제적 압력이 큰 영향을 미쳤다는 이야기를 듣고 괜히 마음이 흐뭇했다. 남아공의 인종차별을 정치적으로 종결시키는 데 내 힘도 한몫한 게 아닐까 해서.

이 세상 사람들이 모두 합심해서 한꺼번에 들고 일어나 한순간에 이룩한 일이 아니라 여러 곳에 모래 알갱이처럼 흩어져 있는 소수가, 제자리에서, 오랜 시간에 걸쳐, 묵묵히 행동으로 보여준 작은 노력이 합쳐져 그런 결과를 가져왔다는 사실이 아침 방송을 들으며 새삼스럽게 떠올랐다.

환경보호도 마찬가지다. 원자력 발전소의 높은 굴뚝에 매달려 시위하거나 원시림의 원목을 수입하는 대형 선박에, 또 고래 사냥을 하는 선박에 고무보트를 타고 바싹 접근하는 그린피스 행동대원들의 용기 못지않게, 조용히 실천하는 나의 일상 역시 값진 일이라고 믿는다. 환경보호 단체의 행동 대원들이 목숨을 걸고 설득하려는 대상이 바로 '나'이며, '나'의 작은 행동 하나를 바꾸는 것이 바로 세상을 바꾸는 것으로 이어진다는 간단한 사실을 다시 한 번 되새겼다.

야채나 과일 씻은 물을 모아 마당의 화초에 물을 주고, 장바구니를 늘 챙겨 가 물건을 살 때 딸려오는 비닐봉지를 거절하고, 귀찮더라도 쓰레기를 분리하여 멀리 있는 공동 수거장으로 가져가고, 재생지를 사용

우리 동네의 유기농 야채 가게. 대형 마트에 잡아먹히지
않도록 주민들이 의식적으로 지켜주는 곳이다.

하고, 원시림에서 벌목한 나무로 만든 가구나 생활용품을 피하고, 생산
에 많은 에너지가 드는 은박지와 알루미늄 캔 음료를 피하고, 겨울에는
난방을 조금만 덜 하려고 집 안에서 스웨터를 입는 나의 사소한 일상을
다른 투사들의 무용담과 비교하여 하찮은 일이라 과소평가하지 않으리
라 다짐했다.

　세상은 앞에서 활약하는 주연들로만 이루어지는 것이 아니라 뒤에서
배경을 이루는 보통 사람들에 의해 돌아간다는 사실을 잊지 말아야겠
다. 주연이 아님을 부끄러워하는 대신, 이 '배경'의 위력을 항상 생각하
며 '좋은 배경'이 되겠다는 뜻으로 묵묵히 제자리를 지키며, 조용히 씨
를 뿌리며 사는 일에 자부심을 가지기로 했다. 티끌인 나에게 태산을 움
직이는 힘이 있다는 사실을 기억하며.

파티의 여왕, 기부의 여왕

우리 부부는 동네 댄스 학원에서 몇 년째 사교춤(스포츠 댄스)을 배우고 있다. 다른 사람들에 비해서 나이가 지긋한 편인 우리 커플은 춤추면서 양양거리는 걸로 유명하다.

며칠 전에도 그랬다. 남녀가 허벅지를 딱 붙이고 상체를 백합꽃처럼 벌려서 추는 유럽식 탱고에서 새로운 동작을 배웠다. 내가 낭창낭창한 허리를 한껏 뒤로 젖혀 요염한 동작을 취하려고 하는데 남편이 자꾸만 내 등을 앞으로 잡아당기는 것이었다. 멋진 포즈는커녕 내가 앞으로 고꾸라질 판이었다. 나는 팩하고 신경질을 부렸다.

"아유, 여기 좀 봐. 왜 사람을 잡아당기고 그래?"

"허리를 그렇게 뒤로 젖히지 말란 말이야. 그렇게 하는 거 아니야."

"왜 아니야? 당신이 여자 포즈를 어떻게 알아?"

"그걸 내가 왜 몰라?"

이렇게 싸우다가 남편이 손을 번쩍 들고 선생님에게 일렀다.

"얘가 허리를 이렇게(시범을 보임) 뒤로 젖히는데 이게 맞는 건가요?"

선생님뿐 아니라 우리 코스의 예닐곱 커플의 눈이 우리에게로 향했다.

선생님이 뭐라고 대답도 하기 전에 내가 물었다.

"제가 어떤 포즈를 취하든지 얘가 참견할 박자인가요?"

순간 와르르 웃음이 터지며 사람들이 전부 나를 향해 엄지손가락을 치켜 올렸다. 그날 집에 가면서 남편이 툴툴거렸다.

"불공평해. 사람들은 만날 당신 편만 들어."

"어머머, 뭐가 불공평해? 당신이 레이디에게 불손한 댄스 파트너니까 그렇지."

"뭐가 불손해? 난 그러다가 당신이 허리 삘까 봐 그런 건데. 사람들이 당신 편만 드는 건 순전히 밥의 위력이라구."

순전히 밥의 위력일 리는 없지만 우리 댄스 코스 친구들이 나를 좋아하는 것도 사실이고, 내가 요리하는 한국 음식을 좋아하는 것도 사실이다. 얼마 전에도 나는 우리가 속한 댄스 코스의 멤버 전원을 집으로 초대해서 돼지갈비, 야채 튀김, 잡채, 닭찜을 대접했다. 딸려온 어린애들까지 합쳐서 스무 명이 넘는 인원이 좁은 집에 겹쳐 앉고 포개 앉고 바닥에까지 앉아서 먹었지만 모두 배를 두드리며 좋아하고 황송해했다.

공사가 분명하고 사람 사이의 관계가 차가운 편인 독일인들에게 이런 단체 초대는 드문 일이다. 그렇다고 해서 내가 모든 사람들을 집으로 초대하는 파티의 여왕이냐 하면 그런 건 아니다. 나는 바쁘다는 핑계도 있고 살림을 그다지 잘하는 사람이 아니어서, 아이들 손님 외에는 웬만해선 사람을 집으로 초대하지 않는다. 그런 내가 같은 댄스 코스에 다닌다 뿐이지 나이대도 다르고 직업군도 각양각색인, 별로 가까운 사이도 아닌 그들을 가끔씩 초대하는 이유를 궁금해하기에 솔직하게 대답해줬다.

"내 인생에서 내가 가장 자주 만나는 사람들이 바로 너희들이야. 암만 친한 친구라도 매주 만나지는 못하거든. 그렇게 자주 보는 사람들과 그냥 인사만 하고 지나치기엔 인생이 좀 아깝다고 생각해. 가끔 편안하게 앉아서 대화하는 기회를 가지면 우리가 매주 만나는 시간이 좀 더 즐겁지 않겠어?"

고지식한 예쁜이들

그날 초대받은 사람들은 우리가 미리 부탁한 대로 아무런 선물도 사오지 않았다. 이전에 초대했을 때 사람들이 돈을 추렴해서 고급 선물을 사 왔는데, 정성은 고맙지만 수고스럽다는 생각이 들었고 내 돈은 아니지만 그 돈이 좀 아까웠다. 그래서 선물 대신에 그 돈으로 좋은 일을 하기로 했다. 복도에 모금함을 하나 갖다 놓고, 손님들이 각자 지갑에 있는 동전을 털어놓고 가면 우리가 그 금액만큼 더 얹어서 '핸디캡 인터내셔널(국제장애기구)'에 전하겠다고 약속했다.

사실 우리는 이 기구에 돈을 보내기로 벌써 몇 달 전에 마음을 먹고는 차일피일 미루고 있는 중이었다. 분쟁 지역의 지뢰를 제거하고 전쟁 피해자들에게 의족을 제공하는 일을 우리 대신 해주는 사람들이 있다는 사실에 감사하고 그들을 돕겠다는 결심을 하긴 했지만 당장 내게 급한 일이 아니다 보니 미루다가 흐지부지 잊어버리기 일쑤였다. 그러나 남의 돈을 맡아놓으면 그럴 수는 없으리라는 생각에서 그런 꾀를 낸 것이다. 또한 우리 시부모님은 금혼식이나 장례식을 치를 때, 선물이나 화환

핸디캡 인터내셔널에서 보내준
기부에 관한 안내 편지와 모금함.

을 일절 사양하는 대신 초대장에 당신이 지원하는 자선단체의 계좌 번호를 알려주시곤 했는데, 나는 그 가풍을 계승하고 싶었다(독일에는 '부조'의 풍습이 없다).

화기애애한 시간을 보내고 마지막 손님이 떠난 후에 우리는 모금함을 흔들어봤다. 모두 만족하게 잘 먹고 잘 놀다 갔으니 그만큼 묵직하리라는 기대와 달리 가뿐하니 아무 소리도 나지 않았다. 재밌게 노느라고 다들 잊어버리고 그냥 갔나 싶어서 초조하게 열어봤더니 웬걸? 지폐가 가득 들어 있었다. 독일 사람들은 대체로 기부를 잘 하는 편이지만 형편에 맞추어 큰돈은 쓰지 않는 버릇이 있는데, 놀랍게도 백 유로나 되었다. 남편과 나는 좋아서 환호했다. 핸디캡 인터내셔널에 한 50유로 정도 기부할 생각이었던 우리는 '모금액만큼'이라는 약속대로 도합 2백 유로를 송금하며 마음이 아주 뿌듯했다.

얼마 후 또 춤을 추러 갔는데 모두 우리에게 몰려와 그날 정말 즐거운 시간을 가졌다며 고마워했다. 나는 나대로 백 유로나 모인 것에 감사하며 그 돈을 무사히 송금했다고 전했다. 그런데 독일 사람들 고지식한 건 알아줘야 한다. 그날 너무 재밌게 노느라고 돈 집어넣는 것을 깜빡 잊었노라 고백하며 뒤늦게 봉투를 주는 사람이 있었다. 그걸 본 다른 사람이 자기도 돈 넣는 걸 잊어버렸는데 당장은 돈이 없다며 미안해했다. 나는 그만하면 충분하니 다음번에 하라고 위로했다. 이때 남편이 끼어들었다. 돈 안 드는 송금 심부름이라면 얼마든지 할 수 있으니 언제든지 가져오라는 거였다.

'이궁, 주책바가지. 무슨 농담을 그렇게 진담처럼 하나?'

그런데 정말로 다음 주에 봉투가 두 개나 더 들어왔다. 집에 와서 세어보니 모두 45유로였다. 남편이 내게 물었다.

"이것도 두 배로 만들어서 90유로 송금할 거야?"

"글쎄, 자기 맘대로 해."

느긋한 마음에 이렇게 대답하고 생각해보니 나의 순간적인 결정에 따라 45유로의 돈이 왔다 갔다 하는 것이었다. 나는 정신이 번쩍 들었다. 그 돈으로 가난한 대륙에서 할 수 있는 일이 얼마나 많겠는가? 한 아이의 인생이 결정되는 일일 수도 있다.

'90유로 송금하자고 해야지. 아니, 화끈하게 백 유로를 만들어 보낼까? 아니야, 그러다간 고지식한 독일제 남편에게 원칙 없이 헤픈 여자로 찍힐 염려가 있어. 10유로 때문에 남편의 신뢰를 잃어 그가 앞으로 구두쇠 작전을 펴게 되면 더 손해야.'

나는 기분이 좋아서 싱글벙글했다. 하루저녁에 290유로를 벌어들이다니, 얼마나 장한가? 그 외에 덤으로 또 하나의 횡재가 있었는데, 그것은 바로 마음의 횡재였다. 경제 위기를 맞아 남편이 다니는 회사도 해외 수주가 딱 끊겼다며 계약직을 해고하고 단축 근무에 들어가는 등 분위기가 심상찮았다. 내가 프리랜서로 하는 일도 경기를 예민하게 타는 편이라 이럴 때 초점을 내 인생에 맞추면 미리부터 화병이 나려고 한다. 행여 패자의 그룹에 속할까 겁나고, 겨우 요 정도밖에 이루지 못한 내 능력이 부끄럽고, 죄 안 짓고 부지런히 살아온 나를 패자로 만든 사회와 국가와 세계가 원망스럽다.

이럴 때 초점을 나에게서 전체로 돌리면 또 다른 진실이 보인다. 아하! 이건 나 개인의 문제가 아니로구나. 내가 이 시스템 안에서 승패의 자존심을 세우고 있는 동안 그 여파로 굶어 죽는 사람도 있구나. 나 역시 이 시스템의 수혜자였구나. 이렇게 생각하면 나 하나 어떻게 될까 봐 엄살을 부릴 염치가 사라진다. 전체를 위해 작은 힘이라도 보탤 열정이 솟는다. 무기 수출국인 독일에서 내가 290유로나 빼돌려 피해자 어린이들의 의족을 마련하는 사업에 힘을 보탰으니 얼마나 장한가? 당장 내 힘으로 할 수 있는 일이 얼마나 많은지를 확인하는 일이 바로 내 존재의 가치를 확인하는 기쁨 아니겠는가? 사회가 뒤집어지거나 말거나 변치 않는 나의 가치를 확인한 것, 이것이 인생의 횡재가 아니고 무엇이겠는가?

행복의 기회비용

어느 일요일 아침, 침대에서 살그머니 빠져나와 인터넷을 하며 놀고 있는데 남편이 아침상을 차려놓고 나를 불렀다. 길가로 창문이 난 거실에선 안 보였는데 부엌에서 보니 뒤뜰에 눈이 쌓여 있었다. 감미로운 음악을 들으며 카스텔라를 커피에 찍어 먹었다. 아이들이 항상 늦잠을 자는 덕에 부부만 단둘이 하는 주말의 아침식사가 새삼 고맙게 느껴졌다. 이 순간만으로도 내 인생이 성공이라는 생각이 들었다. 나는 행복에 겨워서 남편에게 콧소리를 냈다.

"우리가 인생에서 못 한 것도 많지만 우리에게 소중한 것은 다 성공했지?"

"단지 우리가 성공한 것을 우리에게 소중한 거라고 개념 짓는 것일 뿐이야."

남편의 무뚝뚝한 대답에 나는 흥이 화악 깨졌다. 눈치 없는 남편은 계속 말을 이었다.

"사람은 언젠가는 자기만의 거짓말을 만들어. 자기 인생이 뜻있는 것이었다고 믿기 위해서."

내가 속으로 '이걸 그냥 콱! 코드도 무드도 안 맞는 인간아!' 하고 욕하는 것도 모르고 남편이 말했다.

"솔직히 말해서 나는 자식에 대한 생각이 전혀 안 서 있는 상태에서 당신한테 휘둘려서 아이를 가진 거야."

"웃겨. 누가 누구한테 아기를 만들었는데?"

"당신이 괜찮을 거라고 해서 콘돔을 안 쓴 거잖아?"

"그땐 괜찮을 줄 알았지. 의사가 임신이라고 했을 때 좋아서 운 사람이 누구지?"

"당신 아니야?"

"아니야, 무슨 소리! 자기가 먼저 그랬어. 자기가 좋아하니까 나도 좋아한 거야."

"그럼 당신은 낙태 생각도 한 거야?"

"그렇지는 않았지만 임신이 기쁘지만은 않았다구."

"그랬어? 결혼식 올리자마자 임신을 해서 난 당신이 되게 원한 줄 알았어."

나는 꽥꽥거렸다.

"나도 꿈이 있는 여자였다구."

오래 같이 살다 보면 푼수가 다 되어서 이런 정도론 화도 안 난다. 우리는 히히 웃으며 후딱 포옹하고 급하게 헤어져 각자 자기 컴퓨터 앞으로 향했다.

세끼 식사를 다 함께하는 가족

우리 딸의 말에 의하면 자기는 친구들 사이에서 행복의 조건을 완벽하게 갖춘 사람으로 통한다고 한다. 특히 가정환경이 좋은 걸로 또래의 부러움을 산다고 하니, 평소 우리 가정에 대한 불평불만으로 끊임없이 앙앙거리는 딸애도 사실은 그렇게 불행하지 않은지도 모르겠다.

우리 가정이 화목할 수 있는 비결은 참으로 사소하다. 바로 세끼 식사를 온 식구가 함께한다는 것이다. 비결이라 하기엔 대단치 않아 보이겠지만, 독일에서도 대다수의 사람들에겐 절대로 불가능한 일이다. 우리 부부는 불가능한 일을 가능케 하기 위해 대가를 치르고 있다. 남편은 학교에서 갓 돌아온 아이들에게 학교 이야기를 듣는 것이 아버지로서 대단히 유익하다며 매일 점심을 집에서 먹는데, 이렇게 하다 보면 회사 동료나 상사와의 친분에서 오는 이익은 포기할 수밖에 없다. 프리랜서로 문화재를 실측 조사하는 나 역시 먼 곳에 있는 일거리는 웬만하면 거절하다 보니 일감이 오래 끊어지기 일쑤다. 하지만 그럴 때면 글 쓸 시간이 많아져 그런대로 괜찮다고 생각한다.

우리는 절약하며 살기 때문에 돈이 더 필요한 것도 아니고, 남들 눈에는 별 볼일 없을지라도 우리 스스로 하는 일에 만족하고 있기에 승진이나 출세에 욕심을 내지도 않는다. 더 이상의 성공을 바라지 않는데, 가족과 함께하는 점심시간의 행복을 포기할 이유가 어디 있을까?

그래도 가끔 눈코 뜰 새 없이 바쁘거나 밥순이 노릇이 지겨울 때가 있는데, 그럴 때마다 나는 부엌일이 영재 교육의 일환이라 생각하며 스

스로를 위로한다. 우리 아이들이 "내가 아는 모든 것은 식탁에서 배웠다"라고 진지하게 말하는 것을 들었기 때문이다. 우리 아이들은 학교 성적은 그저 그래도 영재임에 틀림없다. 학교라는 거대한 사회에 적응하면서도 그 시스템의 노예가 되지 않는 것, 적성이 비슷한 아빠를 따라 도약하는 아들, 취향이 다른 부모 밑에서 자신의 고유성을 지켜내는 딸, 자긍심 지수를 학교 점수와 동일시하지 않는 현명함, 이런 점들이 모두 우리 아이들이 영재라는 증거다.

새 생명의 위력

우리 부부의 이런 인생관은 절대로 우리 스스로 만든 작품이 아니다. 격동의 시기에 주어진 운명에 반응하며 살다 보니 이렇게 된 것일 뿐이다. 내 인생에서 가장 낯간지러운 사건이라면 아마도 내가 허니문 베이비를 가진 것이겠다. 도수 높은 안경을 낀 딸이 연애 박사인 줄을 모르시는 친정어머니는 아무것도 모르는 애를 덜컥 임신부터 시켰다며 사위를 원망하셨다. 사실은 내가 피임의 달인인데 어쩌다 실수한 거라고 실토할 수도 없고, 참 난감했던 기억이 난다. 계획하지 않은 임신으로 당황하기는 우리도 마찬가지였다. 세속의 경쟁이라면 피한 적도, 져본 적도 없이 줄기차게 달려온 나나 남편의 계획에 출산과 육아를 위해 비워둔 공간은 없었기 때문이다.

하지만 우리의 추상적인 사랑이 내 몸 안에서 하나의 생명으로 자라고 있다는 구체적인 사실은 우리를 압도하기에 충분했다. 우리는 우리에게 물어보지도 않고 제 맘대로 찾아온 운명에 감사한 마음을 품었고, 임신하기에 이보다 더 좋은 시기는 또 없을 거라 믿게 되었다. 게다가 잘할 자신도 있었다. 아이는 우리 인생을 더욱 풍요롭게 해줄 덤이라 믿었고, 아이를 키우면서도 우리의 모든 계획은 차질 없이 추진될 거라 믿었다.

그러나 아기는 자기가 누군가의 인생을 풍요롭게 해주기 위한 덤이 아니라 하나의 고유한 인생이라는 것을 태어나는 순간부터 분명하게 주장했다. 출산 사고와 함께 태어난 첫 아이는 인큐베이터의 신세를 질 정도로 병약했고, 막연히 자신만만했던 우리는 아이 살리기에 급급했다. 그것은 차라리 다행이었다. 출산 사고에 얽힌 사연으로 남편과 나는 사이가 극도로 나빠졌지만, '너'와 '나'보다 더 중요한 임무 앞에서는 힘을 합치는 수밖에 없었다. 그만큼 새 생명의 위력은 막강했다. 자신의 의지와 능력으로 세상에서 이루지 못할 것이 없으리라는 우리의 오만함을 아기는 단숨에 날려버렸다.

큰아이가 네 살 때 우리 부부가
아이를 하나씩 안고 싸우고 있는 모습을
시어머니가 사진을 찍어 남겨두셨다.

우리는 또한 거대한 역사의 흐름 앞에서 개인의 노력이나 능력은 참
으로 보잘것없는 허상이라는 사실을 뼈저리게 경험했다. 첫아이 출산
직후에 베를린 장벽이 무너졌고, 꽃피는 낙원이 될 거라던 정치가들의
호언장담과 달리 통일 독일은 지독하게 춥고 긴 불경기의 터널로 접어
들었다. 대학생들이 졸업도 하기 전에 취직을 보장받던 호시절은 가고,
이제는 어떤 과목을 어떤 성적으로 졸업해도 백이면 백 이력서가 모두
되돌아오는 무서운 실업의 시절이 왔다. 그런 와중에도 가뭄에 콩 나듯
잘 나가는 사람들의 얘기가 들려와 우리의 패배감을 가중시켰다.

그래도 세상에 열 번 울다가 한 번 방긋 웃는 아기 얼굴만큼 소중한
건 없다는 사실을 경험한 우리 부부는 우리가 가진 것에 대한 자긍심으
로 도도했다. 우리에게 깊은 사랑을 보내는 아기의 눈빛을 보고 있으면

한없는 신뢰를 받는 우리 자신이 얼마나 귀중한 존재인지 절로 느낄 수 있었다. 아이의 눈빛은 우리가 어려운 시절을 함께 견딜 수 있게 하는 버팀목이자 어떻게 살아야 할지를 제시하는 이정표였다.

아이들이 선물한 풍요로운 인생

남편은 하는 일마다 실패했고 동업했던 친구들과도 파탄을 겪었다. 게다가 자동차 강국이자 무기 수출국인 나라에서 자동차 산업과 방위 산업에 관계되는 일을 거부하기로 한 자연과학도에겐 불경기에 이력서를 내볼 만한 직장이 거의 없었다. 그러던 중에 대기업 지멘스에서 면접을 보러 오라는 연락을 받았다. 이런 불경기에 철밥통으로 알려진 회사에 취직하는 것은 기적에 가까운 행운일 터였다. 와이셔츠를 깨끗하게 다려 입고 면접에 다녀온 남편은 감이 좋다고 했지만, 결국 떨어졌다.

몇 년 후에 우연히 알게 된 사실인데, 그때 지멘스에서는 남편이 국제 결혼한 사실을 눈여겨보고 국제적인 일꾼으로 양성하려 했다고 한다. 그런데 장소와 시간에 구애받지 않고 역동적으로 일할 의향이 있느냐는 질문에 남편은 "나는 어린아이의 아빠이기 때문에 절대로 그렇게 살 수 없다"라고 대답했다고 한다. 그러고도 붙을 줄 알고 감이 좋다니 (이 사실을 내가 그 당시에 알았더라면 남편을 가만두지 않았을 것이다)!

내가 엑스포 건으로 외국에서 일할 기회를 얻었을 때 남편은 망설임 없이 전업주부의 역할을 맡아주었다. 남편의 지론은 그래야 아이들이 행복하고, 아이들이 행복해야 자기가 행복하다는 거였다. 엑스포가 끝난 뒤에는 내가 아이들을 돌보며 남편의 취업을 도왔다. 남편이 가까스로 안정된 직장을 구하고 아이들이 제 앞가림을 할 나이가 되자 우리 부부는 다시 나의 자립을 위해 힘을 합쳤다.

지금은 둘 다 예전의 꿈과 거리가 먼 일을 하고 있다. 그렇지만 돈은 못 벌어도 시간이 넉넉한 일, 즉 우리 인생관에 어울리는 일이라 더욱 소중하게 여기며 열심히 하고 있다. 아이들에게 가장 필요한 것은 부모의 돈이 아니라 부모의 시간이라는 것을 깨닫고 이를 평생에 걸쳐 철저하게 실천할 수 있었던 걸 우리는 자랑스럽게 여긴다. 그리고 아이들에게 감사한다. 아이들이 없었다면 이렇게 풍요로운 인생을 맛볼 생각도 못 했을 것 아닌가?

하지만 솔직히 말해서, 그렇게 할 수 있었던 데는 우리가 결혼 초반에 직업 세계에서 승승장구하지 못했다는 이유도 일부 작용했을 것이다. 우리의 인생관이 확고하게 서기 전에 일에 대한 유혹이 먼저 들어왔다면, 승부욕 강한 우리의 성격으로 보건대 진로를 그 방향으로 결정했을지도 모른다.

물론 그랬어도 괜찮았을 것이다. 그랬다면 우리는 지금과 다른 종류의 기쁨을 맛보았을 것이다. 내가 지금 아무런 후회 없이 이렇게 행복한

남편은 큰아이가 고등학교에 다닐 때까지
아이들에게 책을 읽어주었는데, 이것은
우리 가족이 가장 즐기는 놀이 중 하나였다.

데, 내가 가지 않은 길이라고 해서 폄하할 이유는 없다. 나는 이런 행복감이 나만의 거짓말인지 아닌지 고민하지 않는다. 중요한 것은 내가 지금 갖고 있는 것, 누리고 있는 것을 무척이나 사랑한다는 사실이다.

아이들 나이가 십대 후반에 들어서면서 우리 부부는
그나마 쥐고 있던 고삐도 늦추고 느긋하게 바라보게 되었다.
어른이라고 우리가 더 잘하는 것도 없으면서, 부모라는 이유로
아이들을 과소평가하고 참견하는 일이 낯간지럽게 느껴졌기 때문이다.
이제 우리는 아이들 곁에 친구처럼 있어줄 뿐이다.

내가 자유로운
만큼

내 아이도
자 유 롭 게

놀이 실력이 곧 인생 실력

작년에 아이들 학교에서 외국으로 답사 여행을 가는데 여성 인솔자가 필요하다고 해서 나도 따라갔다. 같이 따라간 어른 중에는 자식들을 통해 친구가 된 타냐도 있었다. 타냐의 아들과 우리 딸은 초등학교 3학년 때부터 8년 동안이나 쭉 한 반에서 공부한 소꿉동무다. 애네들이 친한 줄은 알고 있었지만 가만 보니 좀 수상했다. 나이가 만으로 열일곱이나 된 것들이 버스에서도 나란히 앉아서 머리를 맞대고 자더니 춥다고 남자애가 우리 딸 어깨를 껴안고 다니지를 않나, 한번은 우리 딸이 남자애 머리도 빗겨주고 안마도 해주는 것이 정말 가관이었다. 이것들은 단순한 친구 사이라며 천연한데, 타냐와 나는 서로 쿡쿡 찔러 눈짓을 하고 '몰카'도 찍는 등 촌스런 짓은 다 했다.

그러던 어느 날 여가 시간에 남자애 방에 놀러가겠다는 딸을 내가 말렸다.

"걔 시험이 얼마 남지 않았다고 오늘은 자기 엄마랑 라틴어 공부하기로 했대."

딸은 킥 웃으며 "타냐는 인생관이 이상해" 하더니 뒤도 돌아보지 않고 나갔다. 조금 있다가 타냐를 만난 나는 이 사실을 고자질했다.

"네 아들 오늘 공부해야 된다고 내가 말렸는데도 이것이 콧방귀도 안 뀌고 네 아들 방에 놀러갔다."

"아니, 이것들이?"

버르장머리 없는 요새 것들에 대한 테마로 재잘재잘 얘기꽃을 피우느라 타냐는 그날 아들 공부시키는 것도 잊어버렸다. 타냐도 나도 혹시 나중에 사돈댁이 될지 몰라 내 자식이건 남의 자식이건 대놓고 험담하기가 은근히 조심스러웠다. 공부 잘하는 아이들만 모아놓은 김나지움이라 그런지는 몰라도 우리 딸 주변에는 타냐 같은 엄마들이 많다(독일의 학제는 초등학교 4년을 마치면 김나지움, 실업학교, 직업학교로 나뉘어 진학하게 되어 있는데, 상위 30퍼센트만이 김나지움에 간다). 아니, 내 주변에는 아이들의 숙제를 봐주고, 성적을 챙기고, 단어 공부를 같이 하는 엄마들이 압도적으로 더 많다. 나같이 언제 시험을 보는지도 모르고, 받아온 점수도 모르는 엄마는 예외에 속한다.

독일 사람들은 내가 '조용한 아침의 나라'에서 온 엄마라서 아이들을 들볶지 않는 줄 알지만 사연인즉슨 이렇다. 아들이 초등학교에 입학하여 첫 숙제를 받아 왔을 때였다. 처음 배우는 글자인 M을 공책에 세 줄 써 오라는 숙제였는데 아들은 M을 길게 늘여서 한 줄에 하나씩, 딱 세 개를 써서 세 줄을 채웠다. 안 그래도 첫 아이를 학교에 보내놓고 조마조마하던 나는 그걸 보고 너무 놀라서 숙제는 그렇게 하는 게 아니라고 하면서 지우개로 박박 지웠다. 뜻밖에도 아들은 마구 울면서 다시 그렇게 쓰는 것이 아닌가?

아이의 결연한 태도에서 나는 아이가 선생님의 말귀를 못 알아듣고 그렇게 한 것이 아니라 나름대로 머리를 쓴 것이라는 걸 깨달았다. 불현듯 아이가 아기였을 때의 모습이 떠올랐다. 뒤집기 하나를 익히려고 백 번이고 천 번이고 끊임없이 고개를 들고 뒤집어대던 모습이 얼마나 경이로웠던가? 배움을 향한 갓난아기의 의지는 얼마나 본능적이고도 강력한 욕구인지! 그 연장선에서 새로운 배움의 단계를 맞아 글자를 늘여 쓰는 아이의 해결책은 얼마나 기발하고 참신한 아이디어인지! 아이니까 야단을 치지, 만약 어른이 그랬다면 천재라고 칭찬했을 것이다. 나는 지금까지도 그때 내가 아이의 독창성을 몰라봤던 일을 참 미안하게 생각한다.

세상 물정에 어두운 아들 못지않게 둘째인 딸도 꽤나 늦되었다. 초등학교 2학년쯤 되었을 때, 8 더하기 3을 하는데 얼마나 느린지 난 애가 계산하다가 잠이 든 줄 알았다. 자기 손가락을 하염없이 들여다보더니 새끼손가락을 한번 살짝 구부려보고는 11이라고 했다. 그때 나는 아이가 내가 모르는 사고 패턴으로 계산했다는 느낌이 들었다. 그리고 앞으로도 아이의 사고 패턴을 함부로 방해하지 않으리라 결심했다.

우리 집 아이들은 둘 다 난독증이 있었고, 암만 노력해도 구구단을 못 외웠다. 턱걸이로 김나지움에 들어간 후에도 한동안은 간신히 낙제를 면해가며 학교에 다녔다. 그렇지만 교우 관계도 좋았고 스스로 실력이 없다고 생각하지도 않는 듯했다. 우리는 아이들에게 실력과 점수는 동의어가 아니라고 가르쳤다. 성적이 별로 좋지 않다고 걱정하는 선생님들께 나는 우리 아이들은 정서가 안정되었으니 너무 심려하지 마시라고 도리어 위로를 해드렸다.

아이들의 놀이를 진지하게 보호하라

　나와 남편은 공부를 많이 한 편이지만 공부 덕분에 부귀영화를 누려 본 적도 없고, 또 부귀영화가 없다고 해서 불행하게 느낀 적도 없다. 그런 면에서 우리는 학력에 대한 강박관념이 적다. 그래도 그렇지 우리도 초보 부모인데 자식의 앞날이 불안하지 않을 리가 있나? 그렇지만 아이들의 성적에 참견해 아이들이 자신의 인생을 관리하는 방법을 터득할 기회를 앗을 수는 없었다. 자녀 교육의 궁극적인 목적은 부모의 도움으로 잘 사는 게 아니라, 부모의 도움 없이 잘 사는 것이기에.

　성적에 무관심하다고 해서 우리가 교육에 무관심한 것은 결코 아니다. 자녀 교육은 남편과 내 인생에서 늘 우선순위이다. 단지 우리는 아이들이 본능적인 열정으로 공부하게 하려는 것일 뿐이다.

　갓난아기가 누가 시키지 않아도 뒤집기 연습을 열심히 하듯이, 어린 아이들에게도 스스로 열정을 바치는 놀이들이 있다. 우리 아이들은 레고나 인형 놀이같이 스스로 택한 프로젝트를 할 때 엄청난 에너지를 쏟아 몰두했다. 그것을 보고 우리는 이보다 더 나은 학습은 없다고 느꼈고, 어떤 선생님도 이보다 더 잘 가르칠 수는 없다고 여겼다. 우리는 사명감을 가지고 아이들의 놀이를 진지하게 보호하고, 행여 아이들이 도움이라도 청할라치면 갖은 상상력을 동원해 도와주었다. 이런 것이 바로 영재교육 아니겠는가? 다행스럽게도 독일의 학교는 점심 무렵이면

남편이 탁자를 만드느라 늘어놓은
공구를 장난감 삼아 가지고 노는 아들의 모습.

파해서 놀 시간은 늘 충분했다(몇 년 전까지만 해도 독일에는 오전 수업만
있었다. 지금은 초·중·고 과정이 총 13년에서 12년으로 줄면서 오후에도 수업
을 한다). 아이들이 학교에서 받아 오는 점수에 우리가 초연할 수 있었던
것도 아이들의 놀이 실력을 믿었기 때문이다. 아이들의 창조력과 집중
력이 놀이를 통해 꾸준히 계발되고 있음을 알았기 때문이다. 놀이 프로
젝트가 학교의 교과과정과 일치하지 않는 것은 애들 책임이 아니지 않
은가?

우리 가정의 교육은 두 가지 원리에 기초했다. 인간의 자연스러운 호
기심과 창조성을 유발하고 충족시킬 수 있는 환경을 만들어주는 일, 그
리고 친구들이 기꺼이 놀러 오는 분위기를 만들어주는 일이었다. 우리
집은 텔레비전이나 비디오가 없는 대신 아이들이 모든 살림과 공구를 장

난감처럼 가지고 놀 수 있었다. 그래서 아이들은 스스로 뭔가를 찾아서 하는 적극적인 놀이에 습관이 들었다. 또한 우리는 또래 친구들만 한 선생님이 없다고 여겨서 아이들의 친구를 극진히 대접했기 때문에 우리 집은 늘 남의 아이들로 북적거렸고, 식사 시간이면 동네 밥집으로 변했다.

이렇게 큰 틀을 만들어준 후에는 모든 것을 아이들의 자율성에 맡겼지만, 아이들이 십대 중반이 될 때까지 우리는 남몰래 정신을 바짝 차리고 감시했다. 아이들이 컴퓨터 게임같이 중독성이 있는 놀이에 빠지지 않도록 조심했고, 밖에서 충분히 뛰어놀도록 유도했다. 그리고 성적에는 왈가왈부하지 않았어도 학업을 제대로 따라가고 있는지는 면밀히 관찰했다. 기초가 너무 뒤떨어져서 혼자 힘으로는 만회하기 힘들겠다 싶을 때는 다른 집 아이들까지 서너 명씩 불러다 맛있는 음식을 해 먹이며 같이 가르쳤다.

아이들 나이가 십대 후반에 들어서면서 우리 부부는 그나마 쥐고 있던 고삐도 늦추고 느긋하게 바라보게 되었다. 어른이라고 우리가 더 잘하는 것도 없으면서, 부모라는 이유로 아이들을 과소평가하고 참견하는 일이 낯간지럽게 느껴졌기 때문이다. 이제 우리는 아이들 곁에 친구처럼 있어줄 뿐이다. 아이들은 학년이 높아지면서 점차 성적이 올라 안정권(우등권이 아님!)에 들었다. 이제 와서 생각하니 당연한 일인 것 같다. 공부의 내용과 순서가 학교의 교과과정과 일치하지는 않았지만 아이들은 꾸준히, 자발적인 집중력을 바쳐 머리 쓰는 훈련을 해온 셈이니 말이다. 하지만 성적이 오르는 현상은 부수적으로 따라온 것이지, 우리의 궁극적인 목표는 아니었다.

우리 교육의 목표는 아이들이 우리 품을 떠나기 전에 자신의 고유한 특성과 재주를 스스로 발견하도록 하는 것이다. 우리 아이들이 그간 열중해서 노는 와중에 자신이 원하는 것, 잘하는 것이 무엇인지 알아내서 계발해왔을 거라고 나는 믿는다. 내 아이들이 그렇게 중대한 과업을, 그 나이에, 자기 힘으로 이룩했다는 자신감을 안고 세상으로 걸어 나가 어렸을 때 자긍심 지수를 학교 성적에 두지 않았듯이, 커서도 행복 지수를 부귀나 영화에 두지 않는 현명하고도 소박한 인생을 살기를 기원한다.

흔들려도 좋아. 네 힘으로 해!

곧 고등학교 졸업반이 되는 딸은 대학을 외국에서 다니고 싶어 한다. 한창 나이에 세상 경험을 좀 해보고 싶다는 것이 그 이유다.

"내가 공부 열심히 해서 하버드나 옥스퍼드에 붙으면 보내줄 거지?"

"미쳤니? 그 비싼 등록금을 우리가 왜 내주니? 등록금이 싼 독일 대학을 놔두고(독일 대학에는 원래 등록금이란 게 없었는데 근래에 한 학기에 5백 유로를 내는 등록금 제도가 도입되어 이에 반대하는 고등학생, 대학생의 데모가 끊이지 않고 있다)."

"어머, 쩨쩨해라. 다른 부모 같으면 좋아하겠구먼."

"왜 하필이면 하버드나 옥스퍼드냐고? 어쩐지 남다르고 근사해 보여서 그런 거지, 너?"

"그래, 허영심이다. 그러면 좀 어때? 유명한 대학 나와서 출세하려고 그래. 난 출세해서 멋있게 살고 싶다구."

"그럼 공부 열심히 해서 장학금 받아서 가면 되잖아? 그건 우리도 안 말려."

"공부 열심히 해서 장학금 받을 자신 없으니까 그러는 거지. 내가 장학금 받을 실력이면 엄마 아빠한테 물어나 보겠어? 내 맘대로 하지."

내가 내 인생의 주인이라는 자신감

그러더니 언제부터인가 남아프리카공화국에 대해 열심히 조사하기 시작했다. 꼭 한번 살아보고 싶은 나라라는 것이다.

"거기 대학은 미국이나 영국에 비해서 등록금이 비싸지 않대. 그 정도는 엄마 아빠가 보태줄 수 없을까?"

"그걸 우리가 왜 보태주니? 우리는 독일 대학생의 평균 생활비만 대줄 거야. 그 이상으로 돈이 드는 곳에 가고 싶으면 네가 벌어서 가든지 장학금을 받든지."

딸은 팩하고 삐쳤다.

"그럼 엄마는 딸이 위험한 도시에서 값싼 숙소에 살다가 죽어도 괜찮다는 말이야?"

"누가 가래? 죽어도 자기 책임이지 그걸 왜 부모한테 뒤집어씌워?"

"부모로서 좀 무책임하지 않아? 부모가 자식한테 돈 가지고 치사하게 군다는 생각은 들지 않아?"

"누가 가지 말래? 하고 싶은 건 네 힘으로 하라구. 나야 내 돈 가지고 내 취향대로 결정하는데 정당하지, 뭐가 치사하냐?"

딸은 왕왕 대들려고 숨을 좀 고르는 듯하더니 이내 배시시 웃었다.

"말은 맞네. 내가 맡겨놓은 돈도 아닌데."

내가 줄 건 주고 받을 건 받는, 계산이 철저한 독일식 엄마라서 그런 건 아니다. 난 자식 교육을 위해선 집이 아니라 내 목숨이라도 팔 의지가 있는 전형적인 한국 엄마다. 더구나 우리 부모님은 불우한 환경을 순전히 실력 하나로 극복한 분들이었으니 교육에 대한 내 의지는 남보다 굳건하지 않을 수 없다. 또한 나는 젊은이들이 일찍부터 부모의 그늘에서 벗어나 세상 경험을 하는 일에 대찬성이다. 독일이든 외국이든 어디로든 멀리 떠나서 제 삶을 개척하는 것이 행복과 성공의 지름길이라고 믿고 있다. 하지만 그런 일을 순전히 부모의 지원으로 하려 든다면, 그것은 모순이 아닐 수 없다. 진정한 독립이 아니기에 진정한 자유를 찾을 수 없다.

나는 참으로 행복하고 알찬 학창 시절을 보냈다. 그 당시 칼스루에 공대 건축과에선 디플롬(학사+석사)을 마치는 데 평균 8년이나 걸렸는데, 나도 그 기간을 꽉 채우고 졸업했다. 공부도 재미있고, 인생도 즐거워서 되도록이면 오래 공부하기로 마음먹고 실천했다. 그런 결정은 내가 경제적으로 독립했기 때문에 가능했다. 만약 내가 집에서 돈을 받는 상황이었다면 부모님께 미안해서라도 학업을 서둘렀을 것이다.

내가 대학에 입학하고 얼마 안 되어 가세가 급격히 기울었다. 성년이 되고도 부모님에게 기대어 안일하게 살던 나는 정신이 번쩍 들어서 홀로서기에 박차를 가했다. 시끄러운 깡통 공장에서 엄청나게 빨리 돌아가는 기계의 노예 노릇도 해봤고, 변기 닦는 솔로 환기통 격자까지 닦으라고 하는 깐깐한 독일 할머니 집에서 청소도 했으며, 공립 노인 병원에서 시간에 쫓기며 노인들에게 죽을 먹여드리거나 기저귀를 갈아주는 간호조무사 노릇도 했고, 술집에서 서빙하다가 인종차별성 발언을 하는 손님이 준 팁을 던지며 쌈박질도 하는 등 많은 일을 겪었는데, 그 가운데 내 인생에 도움이 되지 않은 경험은 하나도 없다.

그러나 나보다 훨씬 더 어린 나이에 홀로 섰던 우리 부모님의 인생에 비하면 그까짓 대학생 아르바이트야 도리어 호강이었고, 그런 부모님의 딸이라는 자부심으로 나는 어떤 일에도 항상 자신이 있었다. 장학금을 신청하거나 설계 사무소에서 아르바이트를 하기 위해선 실력을 인정받는 것이 중요했기 때문에 나는 성적 관리에도 신경을 쓸 수밖에 없었다. 바쁜 생활이긴 했지만 나는 '내 인생의 주인은 나'라는 자신감으로 늘 당당했고, 자유가 충만한 젊음을 보냈다. 적당한 시기에 도움의 손길을 끊어주신 부모님께 감사한다. 그런 의미에서 나는 집안이 참 좋은 사람이다.

젊은 시절 나의 긍정적인 경험은 자식에 대한 교육관에도 영향을 미쳤다. 자기 인생의 주인으로 산다는 것이 얼마나 행복한 일인지 경험하고, 그렇게 되기 위해서는 자립을 통한 자유가 필요하다는 사실을 경험한 나는 아이들의 자율성을 어려서부터 존중했다. 아이들의 관심사가 무엇인지 관찰하고 내가 거기에 맞췄다. 책을 많이 읽어줬지만 아이들이 글자에 관심을 보이지 않았기 때문에 굳이 가르치지 않았다. 그래서 우리 아이들은 초등학교에 입학할 때 제 이름도 제대로 쓰지 못했다(알파벳이 세 개 들어가는 이름만 쓸 줄 알았지 성은 쓰지도 읽지도 못했다). 학교에서 스스로의 힘으로 하나씩 배워가는 기쁨을 맛보는 것이 인생에 유익한 일이지, 그 나이에 남보다 조금 더 먼저 안다는 게 무슨 의미가 있을까?

"너에 관해서 너보다 더 잘 아는 사람은 없어"

성장 발육에도 순서가 있다. 자신의 신체적 한계를 발견하고 이를 극복하는 것을 연습해야 할 시기에는 충분히 뛰어놀아야 뇌도 발달하고 똑똑해진다. 그런 시기의 아동에게 엉뚱하게 글자나 숫자를 가르치는 것은 정상적인 발달을 저해하고 자발적인 학습 욕구를 방해하는 행위라는 연구 결과는 학계에 수두룩하다.

미취학 아동을 위한 음악, 미술, 체육 조기교육(영재교육이 아니라 놀이를 통해 기초를 다지는 준비 교육에 가깝다)을 받지 않은 아이들은 주변에서 우리 아이들밖에 없는 것 같다. 나도 아이에게 유익한 일이라면 뭐든지 한 번씩 데리고 가기는 했지만, 우리 아이들은 즐겨 하던 일이라도 단체로 줄 서서 하라면 싫어했다. 암만 재능을 길러줘도 본인이 즐기지 않으면 무슨 소용이 있나 싶어서 굳이 강요하지 않았다. 우리는 아이들의 학교 공부도 돌봐주지 않았다. 암만 성적이 좋아도 본인의 학구열이 싹트지 못하면 무슨 소용이 있을까? 부모가 재능을 길러준답시고 설치다가 도리어 흥미를 꺾지나 않을까, 도와준답시고 주인 의식을 빼앗지나 않을까 우려하고 조심했다. 교육의 목적은 도토리 시절의 키 재기가 아니지 않은가?

우리 아이들은 부모가 적극적으로 공부시키는 아이들에 비해서 학교 공부와 예체능이 늦되었다. 그러나 성년이 된 지금 남보다 못하는 일은 별로 없다. 시기상조로 배우려면 힘든 일도 적절한 나이에 이르면 쉽게 배울 수 있다. 글을 세 살에 깨쳤는지, 일곱 살에 깨쳤는지는 나중에 하나도 중요하지 않다. 어른이 되었을 때 글이라는 문명의 이기를 얼마나 즐겨 사용하는가가 중요한 것이다. 혼자 힘으로 여기까지 온 우리 아이들은 부모 품을 떠난 후에도 흔들리지 않을 것이다. 이것이 우리 교육의 목적이었다.

또 하나 우리 교육의 목적은 아이들이 평생 신념과 사랑을 가지고 전념할 일을 스스로 찾아낼 수 있는 기회를 주는 것이다. 공부든 기술이든 상관없다. 공부 잘해서 성공한 판사나 교수도 조직의 노예가 될 수 있고, 평범한 기술자도 주인 의식을 가지고 살 수 있다. 나는 아이들이 유치원에 다닐 때부터 늘 강조했다.

"너에 관해서 너보다 더 잘 아는 사람은 없어. 엄마 아빠도 네 일에 관해서 너보다 더 잘 알 수는 없어."

우리와 교류하는 대부분의 독일 가정은 부자는 아니더라도 학력이 평균 이상이고 교육열이 높은 중산 지식층이다. 유치원이나 학교 등 공교육의 질을 높이기 위해 부모들이 합심해서 노력하는 한편 개인적으로도 자식 교육에 힘쓴다. 아이들 숙제를 봐주고 시험공부를 함께하는 등 학교 성적에도 신경을 쓰는 사람들이지만 성적을 올리기 위한 사교육에 돈을 쓰지는 않는다. 성적이 너무 떨어져 따라가기 힘들 지경이 되면 부모들이 돌아가며 남의 아이들까지 모아서 함께 가르친다. 사교육으로 돈이 드는 경우는 악기나 운동을 배우는 취미 활동을 할 때뿐이다. 비용은 보통 한 달에 몇 십 유로 선으로 저렴한 편이다. 무료 기회도 많다.

독일에도 자식 교육을 돈으로 해결하려는 사람들이 있다. 부모가 둘 다 강도 높은 직업을 가졌을 경우에는 그럴 수밖에 없다. 학교 성적이

남편은 종종 딸과 딸의 친구들의 공부를 도와준다.
아이들은 별로 고마워하지도 않는데 갖은 수모를 감내하며
지극정성인 남편이 안쓰럽기 그지없다.

너무 떨어졌을 때 일시적으로 학교 상급생에게서 한두 과목 과외를 받기도 한다(과외비는 뮌헨 기준으로 시간당 10~15유로). 언제부터인가 독일에 개인의 일을 사회에, 부모의 일을 학교에 미루는 추세가 만연해 있는데, 자녀의 성적 관리를 아예 처음부터 가정교사에게 일임하는 부모도 있고, 일반 고등학교에서 못 따라가는 자식을 스위스나 영국에 있는 사립학교에 보내는 졸부들도 있다. 기숙사 시설까지 갖춘 고급 사립학교에서는 학생들의 방과 후 학습지도까지 책임지기 때문에, 일반 학교에서 낙제하거나 제적당할 실력의 학생들이라도 턱걸이일망정 졸업장은 딴다.

　하루는 딸이 자기 반 친구 얘기를 하며 웃었다. 수업 시간에 가난이라는 주제로 토론을 하는데 갑부의 아들인 친구가 "가난이란 공부 못하는 자녀들을 사립학교에 보내지 못하고 실업학교에 보내는 부모의 슬

품"이라고 했단다. 그러고 보니 갑부의 자녀들에겐 안전망 하나가 더 있는 셈이다. 내겐 그 아이가 처음부터 목발을 짚고 걸음마 연습을 하는 약골처럼 느껴져 도리어 안쓰러웠다. 그에 비하면 공부에 취미 없는 사람이 대학에 다니는 것만큼 실패한 인생도 없는 거라고, 남들 다 한다고 어설프게 진학하는 것보다는 기술 하나 똑 부러지게 배우는 것이 낫다고 역설하는 부모와 세속적인 성공을 부추기는 사회 사이에서 갈등하며 제 길을 찾아 더듬거리는 우리 아이들의 환경은 얼마나 현실적이고 건강한지.

며칠 전에 딸과 단둘이 아침을 먹었다.

"엄만 요즘 무슨 테마로 글을 써?"

"교육적인 가정환경에 대해서. 아참, 네 외할머니랑 외할아버지가 고아원에서 만났다는 거 너 알고 있었니?"

"응, 엄마가 벌써 말했어."

나는 부모님에 대한 자부심이 내 인생에 미친 긍정적인 영향에 대해서 딸에게 자랑스럽게 얘기했다. 어떤 상황에서도 좌절하지 않고 스스로의 인생을 개척하는 모범을 보여주시는 것으로 당신들은 누리지 못한 부모 복을 자식에게 물려주신 부모님을 생각하니 가슴이 얼얼했다. 어린 시절에 부모 품을 떠나 외로웠을 그들이 내 자식처럼 가엾게 느껴져 목이 메었다. 딸이 나를 안아주며 토닥거렸다.

"난 집안이 참 좋은 사람이야. 난 우리 외할머니 외할아버지가 무척 자랑스러워. 나 사실은 영어 숙제를 안 해서 학교 가서 베끼려고 했는데 지금이라도 해야겠다. 이렇게 강력한 집안의 자손이 체면이 있어야지."

한두 번 실수로
망가지는 인생은 없어

한국에서는 아기를 다리 밑에서 주워 왔다고 말하고, 독일에서는 두루미가 물고 왔다고 말한다. 우리 아이들은 이런 소리를 들을 새도 없이 곧바로 깨쳤다. 딸아이가 만 세 살이 되어 이제 막 유치원에 다니기 시작할 때의 일이다. 유치원에서 막 돌아온 아이가 식탁 너머로 나를 바라보며 기쁨에 넘치는 목소리로 외쳤다.

"엄마, 나는 승리자야!"

"오, 그래? 오늘 유치원에서 달리기해서 이겼어?"

"아니, 오늘이 아니라, 내가 아빠 뱃속에 씨앗으로 있을 적에 이겼어. 나는 제일 먼저 엄마 알에 도착한 정자야."

이렇게 말하는 아이의 눈은 자부심으로 반짝반짝 빛나고 있었다. 아이는 유치원에서 성교육을 위한 그림책을 본 것이다. 나는 엄마로서 숙제를 하나 던 느낌이라 마음이 좋았고, 무엇보다도 아이가 자신은 치열한 경쟁에서 이긴 특별한 존재라는 자부심을 갖게 된 것이 고마웠다(미국에 사는 친구의 딸도 비슷한 소리를 한다고 하니 우리 딸이 특별한 게 아닌가 보다).

성교육의 핵심은 '나'를 사랑하는 것

아이는 초등학생이 되어서도 가끔 이런 소리를 했다.

"샤힌은 달리기를 못해. 예전에는 1등으로 엄마 알에 도착한 정자였는데 과자를 많이 먹고 뚱뚱해져서 그래."

"토마스는 툭하면 잘 울어. 승리자인데도 왜 그럴까?"

생식에 관한 성교육을 유치원에서 자연스럽게 맡아주었으므로 나는 성폭력을 예방하는 성교육에 치중했다. 아이들은 동서양, 남녀를 불문하고 알게 모르게, 그러나 허다하게 벌어지는 아동 성추행 또는 성폭행에 속수무책으로 노출되어 있다. 멀리 볼 것도 없이 나만 해도 몇 가지 불쾌한 기억을 가지고 있다. 당시에는 수치심과 죄의식에서, 나중에는 별로 입에 올리고 싶지 않아서 아무에게도 말하지 않은 사연을 가진 사람이 비단 나 하나뿐은 아닐 것이다. 세상이 이 방면에선 크게 달라지지 않았으니 우리 아이들도 비슷한 상황에 처해 있다고 봐야 할 것이다.

이런 불상사를 미리 예방하기 위해서는, 그리고 설령 피하지 못하더라도 그 후유증을 최소화하기 위해서는 평소에 심리적으로 미리 무장시키는 교육을 해야 한다. 심리적으로 미리 무장시킨다는 말은 아이들에게 이 세상에 그런 일이 존재한다는 사실을 알려주고, 그 일에 대한 언어를 준비해주는 일이다. 나는 그런 목적으로 만든 어린이용 그림책들을 아동 보호 단체나 일반 서점에서 구해 와 아이들에게 차 조심, 불조심 교육과 마찬가지로 반복해서 읽어주며 대화를 유도했다.

처음 당하는 일이라도 간접 경험을 통해 실체가 파악된 일이라면 아이들은 막상 닥쳤을 때 이를 금방 알아채고 피하거나 남에게 도움을 청할 수 있다. 설령 피하지 못해 불상사가 일어난다 하더라도 사후에 부모에게 의연하게 알릴 수 있을 것이다. 아무에게도 말할 수 없어 혼자 죄의식을 키우며 영혼의 상처로 간직하는 것만 막아도 큰 성과다.

실제로 그런 일이 우리 아이들이 예닐곱 살 때 일어났다. 동네 공원에 놀러 갔던 아이들이 또래 친구들을 이끌고 우르르 집으로 들이닥쳤다. 아이들이 잔디밭에서 놀고 있는데 어떤 아저씨가 계속 따라다니며 자꾸만 쳐다보더라는 것이다. 이유는 모르겠는데 어쩐지 기분이 이상해서 나름대로 조심을 하던 아이들은 그 사람이 잔디밭에 비스듬히 누워서 사타구니에 손을 대자 그림책에서 본 '꺼림칙한 신체 접촉을 원하는 어른'일지도 모른다는 생각이 들었단다. 아이들은 다 같이 손을 잡고 집으로 돌아와 내게 그 아저씨가 정말 그런 사람인지 물었다.

나는 잠시 생각해보다가 나도 잘 모르겠으니까 집에서 멀지 않은 경찰서에 가서 물어보라고 말했다. 만약에 그 아저씨가 정말로 나쁜 사람이면 다른 아이들이 피해를 입기 전에 경찰이 잡아 가둘 것이고, 만약에 나쁜 사람이 아니라면 조사해보고 풀어줄 것이라고 했다. 여남은 명의 고물고물한 꼬마들은 망설이지도 않고 졸래졸래 걸어 나갔다. 이튿날 나를 비롯한 부모들은 경찰서에서 연락을 받았고, 아이들을 똑똑하게 잘 키웠다고 찬사를 받았다(아이들은 다시 한 번 출두해서 사진으로 용의자를 가려내는 작업에 참여했다. 결과는 나도 모른다).

아들이 초등학교 2학년이었을 때, 한 반이었던 이웃집 여자아이가 등굣길에 나쁜 놈에게 끌려가 성폭행을 당한 사건이 일어났다. 담임선생님은 그 아이와 부모의 동의 아래 이 사실을 학급 학생들과 학부모에게 알리고, 다시 한 번 교육의 기회로 삼았다. 이 과정에서 피해자 아이는 비록 피해를 당했을망정 행동을 잘한 걸로 칭찬을 받았으며(폭행범이 처음에 수작을 걸었을 때 무시하고 앞만 보며 간 점, 손을 잡고 끌고 갈 때 싫다고 말한 점), 다음에 이런 일이 일어난다면 어떤 점에 유의해야 할 것인지(지나가는 행인에게 큰 소리로 도움을 요청할 것, 행인들이 가족이라고 오해하지 않도록 폭행범에게 꼬박꼬박 존댓말을 쓸 것)를 다 같이 배웠다.

사건 후 피해자 아이가 혼자 학교 다니기를 불안해하자 근처에 사는 꼬마 친구들이 1년 정도 매일 집으로 데리러 가고 집까지 바래다주었다. 아이들에게는 교통사고로 다리를 다친 친구의 가방을 들어다 주는 일과 다름없었다. 도움을 준 아이들은 당연하게 여겼고 도움을 받은 아이에게도 수치심은 없었다.

성폭력 예방을 위한 어린이용 그림책은 구체적으로 어떤 내용일까? 끌어안고 쓰다듬고 뽀뽀하는 것은 좋은 일이지만 스스로 원하지 않을 때는 언제든지 "싫어"라고 말할 수 있다는 것, 상대가 놀이터에서 처음 만난 친절한 아저씨든, 잘 아는 이웃 사람이나 가까운 친척이든, 심지어는 엄마 아빠나 오빠 또는 친한 친구에게라도 자신이 원하지 않는 신체 접촉을 거부하는 것은 예의에 어긋나지 않는다는 것, 또한 어딘지 꺼림칙한 비밀은 꼭 지키지 않아도 된다는 것, 어른과 아이 사이에서 어떤 일이 일어나더라도 아이의 입장에선 절대로 잘못하거나 부끄러운 일이 아니라는 것이 여러 가지 일상의 예를 통해 쉽게 설명되어 있다.

모두 일리가 있고 수긍이 가는 소리지만 이를 실천하는 것은 얼마나 어려운지 모른다. 왜냐하면 이런 교육은 아이에게 때로는 사회 통념이나 예의범절을 무시하더라도 자기 내면의 소리에 귀 기울일 수 있는 자유를 주어야 한다는 더 큰 원칙에 근거하기 때문이다. 이런 교육을 실천하려면 아이들에게 너를 사랑하는 어른들을 믿고, 어른들의 말에 무조건 순종하라고 가르칠 수 없다. 그 대신 아이 스스로 자신이 원하는 바가 무엇인지 마음을 잘 들여다보는 일이 중요하다고 가르쳐야 하고, 때로는 세상의 이목과 부모의 반대를 무시할 수도 있다고 가르쳐야 한다. 세상에서 자기 자신의 일에 관해 가장 잘 아는 사람은 엄마 아빠가 아니라 본인이라고, 스스로의 판단을 믿으라고 용기를 북돋아주어야 한다.

하지만 세상 경험이 부족한 아이들의 판단을 부모가 어떻게 믿어줄 수 있을까? 독일어에 '머리로 하는 결정'과 '배로 하는 결정'이라는 말이 있다. 이성으로 하는 결정과 감정을 앞세운 결정이란 뜻이다. 아이들은 주로 배로 결정을 내린다고들 말한다. 하지만 가만히 보면 어른인 나도 별반 다르지 않다. 내 딴에는 머리를 쓴다지만 결국은 느낌이나 감의 지배를 더 많이 받는다. 머리에서 나오는 끝말잇기식 논리는 단편적이어서 당장에 주장하기는 명쾌하지만 두고두고 꺼림칙하기 때문이다. 그에 비해서 느낌과 감은 당장에 말로 설명하기가 어려우니 남 보기에 신빙성은 떨어지지만, 그만큼 총괄적인 성격이라고 나는 믿는다. 느낌과 감에는 경험과 기억, 잘되고자 하는 인간적 본능, 진화론에 입각한 인류의 지혜가 녹아 있다고 생각한다.

내 말투가 갑자기 '이래야 한다, 저래야 한다' 웅변조로 바뀌었다. 그 이유는 나는 그렇게 하지 못했기 때문이다. 몰라서가 아니라 알아도 내 인간성과 능력이 따라주지 않아서 실천하기가 힘들었다. 실천할 수 있지만 하기 싫어서 안 한 것도 많다. 하지만 완벽하지 못한 부모 밑에서 완벽하지 못한 인간들이 나오는 것 또한 세상의 다양성으로 인정해야 하지 않을까?

사랑해도 아이가 생기지 않는 이유

이렇듯 나는 근본적인 교육관에만 신경을 쓰며 정작 실질적인 성교육은 유치원에서 다 해결해준 줄 알고 방치했다. 그러던 어느 날 만 열 살이 된 딸아이가 강아지를 사 주든지, 아니면 동생을 낳아달라고 조르다 말고 이상하다는 표정을 지었다.

"엄마랑 아빠는 매일 한 침대에서 자는데 왜 아기가 안 생기지?"

"그냥 옆에 누워서 잔다고 아기가 생기는 건 아니야."

"알아, 서로 사랑해야 해. 엄마 아빠는 서로 사랑하잖아?"

독일어에서는 사랑한다는 뜻의 '리벤(lieben)'이 성교한다는 뜻으로도 쓰인다. 딸은 구체적으로 묘사하는 적나라한 그림을 보았어도 자기가 상상할 수 있는 만큼만 추상적으로 알고 있었던 것이다. 그제야 진상을 알게 된 나는 딸아이보다 세 살 더 먹은 아들을 봐서라도 그 기회에 구체적인 성교육을 해야겠다고 생각했다.

"그냥 사랑한다고 아빠 정자가 엄마 알로 들어오는 거 아니야. 아빠 페니스가 엄마 질로 들어와야 하는 거야."

딸아이는 여자 몸 안으로 무엇이 들어온다는 말에 얼굴을 찡그리며 얼른 제 오빠를 쳐다봤다. 아들은 벌써 다 안다는 표정으로 빙글빙글 웃었다. 뒤이어 딸은 제 아빠에게 흘끗 힐난의 눈초리를 보내더니 동정어린 목소리로 내게 물었다.

"안 아파?"

"아니, 기분 좋아. 아빠가 엄마를 사랑하니까 안 아프게 하고, 그러면 둘 다 기분이 참 좋아."

나는 기회다 싶어서 콘돔을 가져와 포장을 뜯어 보였다.

"이것 봐. 아빠가 콘돔을 페니스에 끼우고 엄마 몸에 들어오면 정자가 콘돔에 갇혀서 엄마 알에 도착하지 못하는 거야. 그래서 아기가 생기지 않는 거야."

딸은 그제야 그간 수많은 승리자들이 부모의 농간에 의해 기만당했다는 사실에 원통해했고 소중한 정자들이 갇힌 콘돔이 쓰레기통에 함부로 버려진다는 사실에 경악하더니 다음에는 버리기 전에 자기에게 먼저 보여달라는 둥 꼬치꼬치 캐묻고 요구하여 목석같은 제 아빠를 당황하게 만들었다.

독일에선 십대 중반의 청소년들이 이성 친구를 사귀면 성교로 이어지는 일이 많다. 그래서 십대의 딸을 가진 부모들은 임신의 위험에 신경을 곤두세우기 마련이다. 내 딸 친구의 엄마인 독일 여성이 하루는 내게 진지하게 말을 꺼냈다. 이제 만 열세 살이 된 우리 딸들에게 콘돔 사용법을 실제로 연습시키자는 것이었다. 임신과 감염으로부터 자기 자신을 지키는 일을 수동적으로 파트너에게 일임할 게 아니라 소녀들 스스로 적극적으로 콘돔을 갖고 다니며 유사시에 사용할 수 있도록 미리 가르쳐야 한다고 역설했다.

미혼모이자 사회복지사로 일하는 그녀의 말에 나는 크게 공감하여 언제 한번 날 잡아서 그렇게 하자고 동의했다. 하지만 실습용 모델을 어디서, 어떻게 구해야 할지 난감한 현실에 봉착하여 우리의 프로젝트는 흐지부지 되고 말았다(플라스틱 모형을 찾으려면 어찌어찌 구할 수는 있겠지만 목숨이 걸린 일도 아닌데 그렇게 동네방네 찾아다니게 되지 않았다. 딸아이는 제 아빠를 거론했지만 북독일의 청교도적 가정에서 자란 남편이 들었으면 기절할 일이다).

"엄마 아빠는 콘돔 숫자 세어보지 않아"

그 후 2년이 흘러 딸이 만 15세가 되었을 때의 일이다. 하루는 딸이 몸이 좀 불편하다며 내 침대에 누워 있다가 내가 방에 들어갔더니 말을 걸었다. 자기는 사람의 몸에서 왜 유독 음모와 겨드랑이 털만 퇴화되지 않았는지가 궁금하다고 했다. 나도 침대에 들어가 키가 나만 한 딸아이를 끌어안고 곰곰 생각해보았다. 혹시 냄새 때문에 그런 건 아닐까? 땀을 유발하고 보존하여 체취를 만들기 위함이 아닐까? 사람의 몸에서 털로 체온을 보호하는 기능은 이미 오래전에 퇴화되었지만, 체취로써 이성을 끄는 기능은 최근까지도 유용했던 것 아닐까? 우리의 테마는 자연스럽게 종족 보존, 이성 교제, 이런 방향으로 흘러갔다. 이런저런 얘기 끝에 딸이 물었다.

"아참 엄마, 그때 미리암 엄마랑 우리한테 콘돔 사용법 가르쳐준다고 하지 않았어? 그거 언제 할 건데?"

"글쎄, 그건…… 모델이…… 근데 갑자기 왜?"

"내가 아직 남자 친구가 없잖아? 그래서 미리 배워두려고. 나중에 남자 친구 생겼을 때, 그때 가서 엄마한테 물어보면 엄마가 의심할까 봐 그래."

"남자 친구가 생기면 엄마한테 소개 안 해줄 거야?"

"소개하더라도 우리 관계가 어느 선까지 갔는지는 비밀로 하고 싶을지도 몰라."

"그래, 그렇겠구나."

또 어디 가서 이놈의 모델을 구해 오나 고민하던 나는 냉장고를 뒤져 당근 봉지를 꺼냈다. 그중에 약간 작은 듯한 놈으로 골랐다. 너무 크면 딸아이가 보고 쇼크를 먹지나 않을까 걱정이 되기도 했고, 나중에 남자를 만났을 때 고지식하게 당근보다 작네 어쩌네 하며 남의 집 귀한 아들을 기죽이면 큰일이겠다 싶기도 했다.

사실은 나도 콘돔을 내 손으로 만져본 적이 없어서 서툴기도 했지만 당근이 작아서 콘돔이 술술 그냥 빠졌다. 콘돔을 몇 개나 버리며 쩔쩔매다가 실제로는 이런 일이 없을 거라고 변명하자 딸아이는 아주 불안한 표정을 지었다.

"콘돔만으로는 불안하니 피임약과 콘돔을 같이 써야겠어."

"제대로 사용하면 안전해. 콘돔을 쓰면 피임약은 필요 없어."

"아니야, 엄마. 그러다가 임신하면 내 인생 망치는 거야."

"피임을 제대로 했는데도 임신이 된다면 그건 할 수 없는 일이야. 네 잘못이 아니라구. 그리고……."

나는 잠시 뜸을 들이다가 말을 이었다.

"이 세상에서 네 인생을 망칠 수 있는 건 없어."

"엄마는. 공부도 안 끝난 열다섯 살짜리 소녀가 임신하면 인생 망치는 거지."

펄쩍 뛰는 딸에게 내가 단호하게 말했다.

"임신해도 인생 망치는 거 아니야. 불편하긴 하지만 괜찮아. 넌 아기 기르면서 공부할 수 있어. 엄마 아빠도 성심껏 도와줄 거야."

"괜찮지 않다니까 그러네. 난 지금 공부하고 인생을 즐길 나이란 말이야. 아기는 나중에 낳아서 즐길 거란 말이야. 엄마는 자기 일이 아니니까 그러지. 엄마는 자기가 지금 잘 살고 있으니까 그런 말을 쉽게 하지. 내 입장은 다르단 말이야. 엄마는 내가 지금 몇 살인지 알기나 해?"

"아이고, 귀청이야. 누가 너보고 임신하래? 어떤 일이 일어나도 인생 망치는 건 아니라고 그랬지, 누가 너보고 임신하랬니? 괜히 나한테 소리 지르고 야단이야."

"소리는 지금 엄마가 지르잖아!"

그 후로 딸아이는 엄마 말을 듣다간 자기 인생을 망치는 수도 있으니 스스로 알아서 조심해야겠다고 다짐하는 눈치였다. 이 얘기를 딸 가진 독일 친구들에게 얘기했더니 모두들 참 좋은 아이디어라고 나를 칭찬했다. 자기네들도 이렇게 반어법으로 딸들에게 임신에 대한 공포심을 심어줘서 스스로 더욱 조심하게 만들어야겠다고 했다. 나는 친구들의 얼굴을 멍하니 바라보며 속으로 생각했다.

'어어, 아닌데. 그 반대인데. 난 임신에 대한 공포심을 심어주려고 그런 게 아니었는데. 단 한 번의 사건으로 인생을 망치는 일은 없다고 말해주고 싶었을 뿐이었는데.'

독일에서도 결혼도 안 한 미성년자가 임신을 하면 동네방네 입방아에 오르내린다. 시어머니가 사는 작은 마을에서 이웃집 소녀가 열다섯 살에 아기를 낳았을 때 온 동네 사람들이 만나기만 하면 그 얘기로 꽃을 피웠다. 우리도 시댁에만 가면 하루에도 열 번 이상 그 얘기를 들었다. 언젠가 시어머니가 그 이웃집에서 당신과의 왕래를 딱 끊었다고 내게 하소연을 하시는데, 나도 모르게 "아휴, 당연하지요. 저라도 그러겠어요"라는 말이 툭 튀어나왔다. 딸아이도 할머니 집에만 가면 쉴 새 없이 이웃집 소녀에 대한 험담을 들은 것이 무언의 폭력으로 기억에 남지 않았을까?

한창 크고 있는 자식을 가진 부모의 마음은 만국 공통일 것이다. 그러나 유럽에서 혼전 성교 자체는 아무런 테마가 되지 않는다. 법적으로 성인인 18세만 넘으면 그런 개인적인 일로 남의 눈치를 볼 필요는 없다. 부모들도 자식의 애인의 자질을 트집 잡기는 해도 성생활에까지 간섭하지는 않는 게 정석이다. 미국에서 혼전 순결 서약 운동에 대한 소식이라도 들려오면 대부분의 유럽인들은 머리를 절레절레 흔든다. 미국과 독일 간에 고등학교 교환학생을 주선하는 단체에선 미국에 갈 학생들과 부모들을 상대로 독일과 다른 성문화에 대해 알려주고 콘돔을 꼭 가져갈 것을 당부한다.

만 16세가 되자마자 딸은 방학을 이용해 한 달간 미국으로 영어를 공부하러 갔다. 딸아이가 짐을 쌀 때 내가 넌지시 말했다.

"우리 집에 콘돔 어디 두는 줄 알지? 엄마 아빠는 그것 숫자 세어보지 않는다."

"응, 내가 생각해보고 필요하다 싶으면 가져갈게. 설마 거기서 내가 남자 친구를 사귀겠어?"

"그래도 생각해봐. 사람 일은 모르니까. 미국에선 미성년자들이 콘돔을 아무 데서나 구할 수 없다잖아."

잠시 후에 내가 딸을 껴안고 약간 징징거리는 목소리로 말했다.

"너를 정말로 사랑하는 남자라면 그렇게 잠시 사귀고 너랑 자자고 그러지는 않을 거야."

딸이 아주 너그러운 목소리로 나를 다독거렸다.

"나도 엄마 마음 알아. 나, 경솔하지 않아."

혼자 미국에 간 딸에게서 연일 즐거운 소식이 날아들었다. 좋은 친구들도 많이 사귀고 간혹 데이트도 하는 모양이었다. 남은 가족 셋이서 저녁을 먹으면서 딸 얘기를 하다가 아들이 농담을 했다.

"미국 남자들은 안전 섹스에 서툴다고 들었는데. 갈 땐 하나였는데 올 땐 둘이 돼서 오는 거 아냐?"

다 같이 웃다가 남편이 약간 걱정스러운 표정으로 말했다.

"다른 집 부모들은 걔가 혼자서 씩씩하게 멀리 떠났다고 부러워해. 우리보고 딸을 잘 키웠다고 칭찬하는데 애가 그렇게 돼서 돌아오면 다들 뭐라 그러겠어?"

나는 갑자기 시어머니 얼굴이 오버랩되어 톡 쏘아붙였다.

"뭐라 그러긴? 그럼 어때서?"

남편의 눈이 왕방울만 해졌다.

"그, 그걸 말이라고 해? 공부도 안 끝난 애가 임신하면 어떡해? 그 애 인생은 어떻게 되고?"

"인생이 어떻게 되긴? 우리 아직 건강하겠다, 부모가 힘껏 도와줄 텐데 아기 키우면서 공부하면 되지 무슨 걱정이야? 그런 걸로 사람 인생 안 망쳐. 그런 것보다 더 무서운 건 우울증이나 마약 같은 마음의 병이야. 그건 부모가 암만 도와주고 싶어도 도와줄 수 없잖아."

남편은 화를 낼까 말까 망설이는 눈치더니 결국 "그래, 당신 말이 맞아" 하고 대답했다. 뒤이어 우리 부부는 공부를 마치고 임신과 육아를 하는 여성의 경우와 일찌감치 아이를 낳아 키우느라 뒤늦게 공부를 시작했지만 끝나자마자 중단 없이 취업 전선에 매진하는 여성의 경우를 비교해보았다. 사회적 통념을 떠나서 보면 어느 것이 일방적으로 더 낫다고 말할 수 없지 않은가?

문득 내가 남편에게 물었다.

"당신 어떻게 생각해? 지금 우리 집안에 실수로 아기가 태어난다면 내가 낳는 게 더 큰 불행일까, 딸이 낳는 게 더 큰 불행일까?"

남편이 금방 대답했다.

"당신이 낳는 거."

내가 배시시 웃으며 다시 물었다.

"왜? 난 공부도 끝났겠다, 게다가 결혼한 여자잖아?"

남편의 대답이 망설임 없이 나왔다.

"아기의 건강을 위해서."

우리는 웃으면서 "그치? 그치?" 하고 맞장구를 쳤다.

딸아이는 미국에서 무사히 돌아왔다. 홀몸으로. 몸은 여전하지만 마음은 그새 훌쩍 커버린 딸이 콘돔을 우리 침실에 도로 갖다 놓으며 나를 보고 싱긋 웃었다.

우리 집 콘돔 보관통.

모든 딸은 자라 여자가 된다

딸아이가 만 열세 살이었을 때의 일이다. 비혼모인 엄마와 단둘이 살고 있는 딸의 친구가 매년 여름이면 이탈리아 밀라노로 생부를 만나러 가는데 우리 딸에게 같이 가자고 했다. 아무리 피를 나눈 아버지라지만 양육비만 보내줄 뿐 친해질 기회가 없다 보니 그 애는 머리가 커질수록 아버지에게 가지 않으려고 꾀를 부리고, 어른들은 어른들대로 꾀를 내서 친구를 데리고라도 가게 하려는 것이다. 친구 덕에 밀라노에서 여름 한철을 보내고 온 우리 딸은 못된 송아지 엉덩이에 뿔난다고 이탈리아 유행에 푹 빠져 용돈을 탈탈 털어 야한 옷을 잔뜩 사 왔다. 생전 처음 부모 품을 떠나 친구와 단둘이 외국에 다녀오는 딸을 데리러 공항에 간 우리 부부는 짙은 화장에 야한 차림으로 세련되게 엉덩이를 흔들며 걸어 나오는 후리후리한 처자를 보고 기절초풍을 했다.

그날 사단은 우리가 막 전철역을 벗어나려 할 때 일어났다. 술이 잔뜩 취한 남자가 딸애를 향해 돌진한 것이다. 남편은 벽력같이 소리를 지르며 그 남자의 가슴을 확 떠밀었다. 평소에 얌전한 남자도 딸을 위해서는 이렇게 변하는구나 감동하는데 내 귀에 들려온 것은 더욱 뜻밖의 소리였다.

"이봐, 왜 내 부인을 건드려!"

아니, 딸이 컸다고 자기 부인이랑 구별도 못하다니? 잠시 어안이 벙벙했던 나는 뒤늦게야 깨달았다. 남편은 취객이 나를 목표한 걸로 오해했던 것이다. 자기 딸이 남의 눈에 여자로 보일 만큼 컸다는 사실을, 그리고 자기 마누라가 남의 눈에 여자로 보이지 않을 만큼 늙었다는 사실을 아직도 이해하지 못해서 일어난 일이었다. 취객과 남편은 마주 서서 당장 서로 칠 듯이 으르렁거렸다. 나는 풍채 당당한 남편이 내가 건물 실측할 때 들고 다니는 삼발이보다 가벼워 보이는 취객을 때릴까 봐 걱정이 됐다. 나는 여자니까 차라리 내가 치는 게 더 도덕적일 것 같았다. 내가 막아서며 외쳤다.

"여보, 내가 상대할 테니까 당신은 애 데리고 먼저 가! 어서!"

남편은 나에게 당신이나 애 데리고 먼저 가라고 소리를 질렀고, 취객은 취객대로 우리가 자기에게 뭐라 그러는 줄 알고 고래고래 고함을 질러댔다. 딸이 너무 놀라서 앙하고 울음을 터뜨렸다. 그제야 우리는 부부 합동으로 너무나 엉뚱한 쇼를 하고 있었다는 걸 깨닫고 멋쩍게 발걸음을 돌렸다.

마초라도 몸과 마음을 바쳐 올인!

자기 손으로 기저귀 갈아주며 키운 딸이 여자로 변모하는 과정을 바라보는 남편의 마음은 조마조마하다. 딸이 자기는 착한 남자보다 마초

같은 남자에게 본능적으로 더 끌린다는 소리를 조잘거리면 남편의 눈은 어느덧 세모가 된다. 딸이 아침에 등교하기 전에 화장하느라고 거울 앞에 오래 붙어 있으면 쟤는 남자나 꼬이는 인생을 살려는 거 아니냐고 의혹의 눈초리를 날린다. 그날 아침에도 딸이 배꼽티를 입고 진한 향수 냄새를 풍기며 식탁에 앉았다. 코를 씰룩거리던 남편이 공연히 내게 시비를 걸었다.

"나 당신한테 무슨 말 하나 해도 돼?"

그의 표정이 난데없이 비장하기에 나는 버터를 바르던 나이프로 남편의 가슴을 겨누며 음성을 착 깔았다.

"말해봐."

남편은 침을 꿀꺽 삼키더니 단숨에 말했다.

"우리 딸이 당신 닮았다는 생각 들지 않아? 쟤도 시시한 남자들 꽤나 쫓아다닐 것 같지 않아?"

"으흐흐, 맞아. 나도 그 시시한 남자들에게 정열 바친 거 생각하면 얼마나 억울한지 자다가도 벌떡 일어나서 화낸다니까?"

이 말은 진심이다. 나 하고 싶은 대로 원 없이 살았으니 후회할 일은 아니지만 솔직히 말해서 별 볼일 없는 인간관계에 목숨을 걸었던 것도 사실이다. 그에 비해서 남편은 소위 건전하게 사는 일에 바빠서 여자에겐 관심도 없다가 어쩌다 자기 눈에 들어온 유일한 여자를 물귀신 작전으로 꽉 잡아서 결혼까지 끝장을 봤다. 결혼식에 내 과거의 남자들이 우르르 몰려와서 새신랑에게 "너 이제 큰일 났다"라는 말로 축하 인사를 대신했다. 인생에서 사랑만큼 파격적이고 창조적인 사업이 없다고 생각하는 여자와, 사랑은 종족 보존을 위한 호르몬의 작용일 뿐이라고 생각하는 남자가 만나서 아직도 지지고 볶는데도 밖에서는 남의 속도 모르고 깨를 볶는 줄 안다. 딸이 깔깔 웃으며 제 아빠를 놀렸다.

"아빠는 자기 첫 여자랑 결혼한 게 또 무슨 자랑이라고? 인생 경험도 없이."

"그런 소리 말아라. 네 엄마가 많은 시행착오를 거쳐서 이룩한 일을 나는 단번에 딱 이뤘으니 누가 더 똑똑하고 경제적인 거냐?"

"아유, 아빠 같은 남자는 심심해서 매력 없어."

"어머, 내 남편이 어디가 어때서 그러니? 이런 남자가 진짜 매력 있다, 너? 마초들을 트럭으로 하나 가득 실어와 봐라. 내가 네 아빠 하나랑 바꾸는가?"

내 말에 아이들은 동시에 코를 쥐고 "구린내(독일 속담에 자화자찬은 구린내가 난다는 말이 있다)!" 하고 소리 질렀다.

혼전순결이라는 개념이 우습게 들릴 정도로 독일은 성에 개방적이고 순결을 덕목으로 쳐주지도 않는다. 십대 후반 청소년들의 성교도 자연스럽게 이루어진다. 대부분의 부모들은 자식들의 안전 섹스에 신경을 쓸 뿐이다. 이혼율이 50퍼센트나 되는 나라이니 젊은이들의 연애 상대가 자주 바뀌는 일이야 흉잡힐 일도 아니다. 사랑 없이 단지 즐기기 위한 섹스에 대해서는 취향이 갈리지만 이 또한 도덕성의 문제는 아닌 것이다.

우리 아이들에겐 아직 애인이 없다. 도무지 말수가 적은 아들은 사랑에 관심이 없어 보인다. 역시 연애에는 관심이 없었지만 그래도 결혼생활이 자기 인생에서 가장 큰 축복이라고 생각하는 남편은 자기 닮은 아들 때문에 걱정이 태산이다. 되도록이면 여성들과의 자연스러운 접촉이 가능한 취미 생활을 하라고 아들에게 충고한다. 심지어 자기는 나를 놓치면 평생 독신으로 살까 봐 무조건 꽉 잡았다는 소리까지 태연하게 하면서 그게 부인에게 모욕적인 소리인 줄은 꿈에도 모른다. 그래서 나도 해봤자 입만 아픈 욕일랑 생략하고 샐샐 웃고 만다. 딸은 부모 눈에는 황송한, 건전한 소년들의 프러포즈는 '좋은 친구로 남겨두고 싶어서' 거절하고, 그저 '눈이 확 머는 사랑'을 하염없이 기다리고 있다. 사랑에 눈이 확 머는 그날이 오면 그 남자가 아무리 마초라도 몸과 마음을 바쳐 올인한다는 게 딸의 연애관이다. 나는 괜히 안달하는 남편을 위로한다.

"걱정 마. 나 같은 여자도, 당신 같은 남자도 결국엔 좋은 사람 만나서 얼마나 잘 살게?"

딸아이를 목욕시키고 있는 젊은 날의 남편.

존재의 기쁨은 평가의 대상이 아니다

우리 아이들은 둘 다 난독증이 있다. 독일 시댁 쪽으로 난독증 내력이 있어서 그런지도 모르겠다. 남편과 남편 형님이 어려서 난독증이 있었는데 어른이 되면서 사라졌다고 하니 말이다. 다행스럽게도 남편은 학생 시절에 증세가 점차 완화되었지만 형님은 고등학교 졸업 후에야 정상이 된 탓에 머리 나쁜 열등생의 누명을 벗을 기회가 없었다. 그래서 대학 진학도 포기했다.

어머니, 아버지, 할머니, 할아버지가 전부 교사인 집안에 첫아이로 태어난 형님은 공부에 대한 압박을 많이 받았다고 한다. 남편 왈, 그 시대의 독일 교사들은 후천적인 학습으로 인간의 자질까지 바꿀 수 있다고 믿는 사람들이었단다. 형님이 그다지 행복하지 못한 인생을 산 이유는 대학을 안 나와서가 아니라 어린 시절에 점수와 능력을 동일시하는 어른들 밑에서 자존의 기쁨을 경험하지 못해서라고 한다.

그래서 나는 우리 아이들이 난독 증세를 보였을 때 무조건 시댁이 했던 반대로만 했다. 언젠가 저절로 사라질 수도 있는 난독증 자체에 집중하기보다는 그로 인해 다른 걸 잃지 않도록 마음을 썼다. 그 방법은 아이의 약점을 보통 수준으로 끌어올리려고 노력하기보다 아이의 강점을 키우는 데 초점을 맞추는 거다. 아이들은 자기가 잘하는 일은 시키지 않아도 스스로 즐겁게 집중해서 하기 때문에 그런 일은 성공률이 높고 성취감도 크다.

여름방학에 노는 것은 학생의 권리

아이들의 학교 성적은, 물론 좋지 않았다. 이를 걱정하는 선생님들께 나는 우리 아이들은 정서적으로 문제가 없으니 언젠가는 공부를 잘할 거라고, 그러니 그것 때문에 너무 심려하지 마시라고 말씀드리곤 했다. 독일 학교의 성적은 주관적인 요소가 많기 때문에 선생님의 재량이 제법 영향을 미치지만 점수 흥정은 절대 하지 않았다. 그 대신 진정한 언어 실력은 맞춤법이 아니라 정확한 사고에 있으니 부디 선생님께서 아이가 지금의 받아쓰기 점수가 자신의 언어 능력이라고 착각하지 않도록 용기를 북돋아달라고 부탁드렸다. 지금 생각해보면 공부 못하는 아이 엄마의 부탁치고는 참 엉뚱한 부탁인데 고맙게도 많은 선생님들이 나와 아이들을 믿어주었다.

테스트를 통해 난독증이란 것이 입증되면 받아쓰기와 맞춤법 점수가 집계에서 제외되어 평균 성적이 올라갈 수도 있었다. 그러나 우리는 아이들과 의논해 이를 거부하기로 했다. 아무도 숫자에 불과한 점수라는 것에 관심이 없었기 때문이다. 더 나아가 사람은 누구나 핸디캡이 있게 마련이니 자신의 핸디캡이 뭔지 알고 그것을 극복하거나 적응하는 경험을 일찍부터 쌓는 것도 인생의 큰 공부라고 생각했다. 부모가 보호하는 울타리 안에서 그런 연습을 자연스럽게 해보는 것도 기회라 여겼다. 이를 위해 나는 아이에게 남보다 많은 자율성과 결정권을 주었다.

그런 자율성 덕택에(?) 큰아이는 김나지움의 한 학년을 꿇었다. 아들이 라틴어를 제1외국어로 배우는 김나지움에 가겠다고 했을 때 남편은 가뜩이나 어학에 약한 놈이 죽은 언어인 라틴어까지 배울 필요가 있느냐며 영어를 배우는 김나지움에 가기를 강력히 종용했다. 나도 아이가 쓰임새가 제한적인 라틴어 대신 실용적인 외국어를 하나라도 더 배우는 게 낫겠다고 생각했고, 무엇보다도 라틴어를 먼저 배우는 김나지움이 (같은 공립이라도) 선민의식을 가진 엘리트 학교라는 점에서 싫었다. 그러나 만으로 아홉 살이었던 아들은 친한 친구들이 다 그 학교에 가고 학교 분위기가 마음에 든다는 이유로 그렇게 결정했다.

1년 후에 뮌헨으로 이사를 가게 되었는데, 문제가 생겼다. 먼저 살았던 도시와 달리 뮌헨의 김나지움에서는 아들이 원하는 이공계 공부를 하려면 제1외국어로 영어가 필수였다. 그러니 자기 학년(6학년)으로 들어가려면 여름방학 때 5학년 영어를 따로 공부하든지, 아니면 1년 유급해서 영어를 처음부터 배워야 했다. 아들은 단 1초도 망설이지 않고 1년을 되풀이하겠다고 대답했다. 여름방학에 노는 것은 학생의 권리라는 것이다. 남편은 펄펄 뛰며 그것 보라고, 자기가 예전에 뭐라 그랬냐고 옛일까지 들추며 나와 아들을 들볶았다. 나도 어떻게 해야 좋을지 잘 몰랐다. 하지만 여태까지 너에 관한 일을 너보다 더 잘 아는 사람은 없다고 말하던 입으로 갑자기 우리가 너보다 너를 더 잘 아니까 무조건 부모

말을 들으라고 할 수는 없었다. 내가 어렸을 때 어른들이 부리던 횡포에 묵묵히 순응하면서도 속으로 경멸했던 기억이 아직도 생생한데…….

내가 아이의 결정을 두둔한 이유는 그뿐만이 아니었다. 가뜩이나 난독증이라는 핸디캡을 안고 있는 아이에게 남보다 불리한 위치에서 영어 공부를 시작하게 하고 싶지는 않았다. 시작부터 불안하면 평생 영어가 불안할 것이었다. 그런데 나의 계산은 금방 틀어졌다. 1년을 유급해 남들과 동등하게 시작했건만 아이의 영어 성적은 바닥을 기었다. 그래도 항상 어찌어찌 낙제만은 면하니, 그 재주가 신기할 뿐이었다. 그냥 제 학년을 찾아 올라갔다고 해도, 아니 월반을 했다고 해도 영어 성적이 그것보다 더 나쁘게 나올 수는 없었을 것이다. 그런데, 구원은 엉뚱한 곳에서 왔다.

우리가 아이를 낳아 기르는 이유

우리가 아이들에게 유일하게 통제한 부분은 컴퓨터 게임이었다. 우리 집에 텔레비전이 있었다면 아마 그것도 통제했을 것이다. 한창 뛰놀아야 할 성장기 아이들이 화면을 들여다보고 오래 앉아 있는 것은 건강에 나쁘고, 컴퓨터 게임이나 텔레비전처럼 수동적인 놀이는 편안하고 안일해서 중독성이 있기 때문이다. 그렇게 피동적이고 안일하게 노는 습관이 들면, 열정을 바쳐 스스로 구하고 연습하는 기회를 놓칠까 염려되었다. 컴퓨터를 게임이 아니라 능동적이고 창조적인 일에 쓸 줄 알면 나중에 게임을 하게 되더라도 중독 수준으로 빠지지는 않을 거라 생각한 남편은 아이에게 프로그래밍을 가르쳤다. 아이는 친구들처럼 게임을 하고 싶은데 부모가 못 하게 하니 하는 수 없이 자기가 할 게임을 직접 만드느라 프로그래밍에 금세 푹 빠졌다. 학교 컴퓨터실에는 교육 프로그램과 학생들이 직접 만든 프로그램 이외에는 게임을 설치하는 것이 일절 금지되어 있는데, 학생들은 아들이 만든 로켓 게임을 신나게 하며 놀았다고 한다. 김나지움 7학년(중학교 2학년)이 되자 아이는 인터넷 프로그래머 동호회에 적극적으로 참여해 배우면서 제 아빠의 그늘에서 벗어났다. 동호회 회원들은 세계 각지에 흩어져 있었고 교류하는 언어는 영어였다.

프로그래밍이라는 큰 목적 앞에서 영어는 아주 사소한 장애물이었던 모양이다. 언제부터인가 아들은 자기가 하고 싶은 말을 영어로 전부 표현할 수 있다며 자신감을 보였다. 그래도 학교에서 받는 영어 점수는 여전히 하위였다. 하지만 고학년으로 올라가면서 서서히 점수도 오르기 시작했다. 그것은 실력이 획기적으로 늘어서라기보다 학교에서 점수 매기는 방식이 달라져서 그런 거였다. 저학년 때는 철자법과 맞춤법에 큰 비중을 두지만 학년이 높아질수록 문장력과 내용에 더 큰 비중을 두기 때문에 철자가 좀 틀려도 점수가 괜찮았던 것이다. 믿을 수 없는 일은 마지막에 일어났다. 졸업시험이자 대학 입학시험인 아비투어에서 아들이 영어의 모든 영역, 즉 쓰기, 듣기, 말하기에서 만점을 받은 것이다.

아들의 난독증은 아직도 완전히 사라지지 않았다. 하지만 하고자 하는 말을 군더더기 없이 정확하게 표현하고 글을 쓸 때는 컴퓨터로 자동 교정을 보니 의사소통에 아무런 문제가 없다. 남편은 아직도 가끔씩 아

기차 여행 중에 서로에게 기대어 잠이 든 두 아이.

들의 잃어버린 1년을 아까워한다. 멀쩡한 아이를 쓸데없이 오래 학교에
잡아두었다는 것이다. 나도 아깝지 않은 건 아니다. 아들이 1년 일찍 졸
업했다면 어떻게 되었을까. 그건 누구도 모를 일이다. 본인이 만족해하
는데 가보지도 않은 길을 한껏 미화해 상상하며 현재 모습을 비하하는
건 부모로서 예의 없는 짓이 아닐까?

　역시 난독증을 보이는 작은아이, 우리 딸은 또 어땠나? 이공 과목에
소질이 있는 아들은 어학이 약해도 주위에서 감안해주는 부분이 있었
다. 그러나 딸은 자기 적성에 맞는 인문계 과목에서 난독증 때문에 점수
가 나쁘니 도무지 뭐 잘하는 게 없는 아이가 되어버렸다. 게다가 독서와
글쓰기를 즐기는 점도 학교 작문 시험에서는 약점으로 작용했다. 딸은
쓰는 재미에 취해서 아주 현란한 작문을 제출하곤 했다. 서론, 본론, 결
론의 기초적이고 교과서적인 작문법에 충실하기보다는 제 흥에 겨워 기
발한 얘기를 써놓고는 점수가 나쁘다고 투덜거렸다.

나는 아이에게 말했다.

"내가 선생님이라면 참신한 아이디어와 비상한 문장력을 높이 사서 만점을 줬을 거야. 하지만 네 선생님이 잘못한 건 아니야. 선생님은 올바른 작문법을 가르칠 의무가 있는 사람이거든. 네가 성적을 잘 받고 싶다면 선생님이 원하는 작문 형식에 딱 맞춰서 쓰면 돼. 그건 네 선택이야. 하지만 내가 너라면 성적 때문에 글 쓰는 재미를 포기하지는 않을 것 같은데?"

그리고 나는 토마스 만의 일화를 들려주곤 했다. 토마스 만이 고등학교를 졸업할 때 그의 독일어 선생님은 "이 학생의 이런 독일어 실력으로는 앞으로 사회에서 어떤 쓸모 있는 일도 할 수 없을 것"이라는 의견서를 냈다고 한다. 하지만 훗날 토마스 만은 노벨문학상을 받았다.

그 외에 내가 또 아이를 위해 한 일은 아이가 좋아하는 독서를 훼방하지 않으려고 노력한 점이다. 한창 허영심에 부푼 시기여서 유치찬란한 청소년용 여성지를 정기 구독하거나 소녀 취향의 DVD를 즐겨 보았지만 책이나 영화에 대한 우리 나름의 근엄한 잣대를 들이대지 않고 그 취향을 존중해주었다. 또한 말하는 걸 즐기는 딸아이를 위해 남편은 하루 세끼 식사를 집에서 하면서 딸의 수다 스파링 상대가 되어주었고 나는 가족을 위한 식탁을 정성껏 차렸다. 딸은 하루에 세 번씩 식탁에서 우리 셋을 상대로 귀가 따갑게 떠들어대더니 어느덧 어떠한 궤변도 그 입에서 나오면 그럴듯하게 들리게 하는 (못된) 재주를 연마하게 되었다.

그러나 이런 노력이 학교 성적으로 바로 연결되지는 않았다. '아이고, 귀 따가워. 실력도 없으면서 시끄럽기만 한 사람이 되는 건 아닐까?' 하고 포기하려고 할 즈음 이변이 일어났다. 영어를 비롯해 많은 과목의 수업 방식이 토론 위주인 고학년이 되자 아이가 학교 공부에 취미를 붙이기 시작한 것이다. 수업 시간에 제 의견을 주장하는 재미에 숙제도 좀 해가는 모양이었고, 또 필기시험의 채점도 형식보다는 내용에 초점을 맞추다 보니 성적도 좋아졌다. 때가 되어 그런지 난독증도 서서히 사라졌다. 그간 유치한 잡지나 영화를 보며 얻어 들은 영어 단어와 문장은 토론할 때 자신감을 실어주었다.

딸은 자기 적성에 맞는 일이 무엇일지 꽤나 오래 고민했다. 외교관이 적합할 것 같은데 외교관은 국익을 위해 자기 신념에 맞지 않는 말도 해야 한다는 사실이 마음에 걸리고, 또 저를 따라다니며 아이를 길러줄 남편을 만나야 하는 일이 부담스럽다며 포기했다. 그 대신 국제기구에서 일하는 게 맞을 거 같다고 잠정적으로 결정을 내린 후 뮌헨의 한 국제단체에서 자원봉사 겸 실습을 하기도 했다.

실습할 때 고참 실습생이 허드렛일을 시키며 구박을 좀 한 모양인지 자기는 기필코 높은 사람이 되어야겠다며 영어 공부하게 미국에 어학연수를 보내달라고 졸랐다. 우리가 스스로 노력하지 않는 자식을 돈 들여 공부시키지는 않을 거라고 거절했더니 열심히 공부해서 영어 성적을 올려놓고는 또 졸랐다. 하는 수 없이 미국 연수를 보내면서 너무 비싸서 한 달 이상은 절대로 안 된다고 벌벌 떠는 시늉을 했더니 구두쇠 부모가 큰마음 먹은 걸 감지덕지하며 열심히 공부한 모양이다. 이제 딸아이는 반에서 영어를 제일 잘하는 학생이 되었고, 아비투어 전공과목으로 영어를 택했다.

나는 우리 아이들의 영어 실력이 객관적으로 어느 정도인지 모른다. 중요한 것은 아이들이 영어로 읽고 쓰고 듣고 대화하는 일에 아무런 부담을 느끼지 않는다는 것이다. 우리 아이들에게 영어 자체가 목적이었던 적은 없다. 영어는 목적지에 도달하기 위한 수단인 자동차 같은 것이었고, 목적지에 대한 열정이 크다 보니 자동차 운전도 열심히, 빨리 배웠을 뿐이다. 사랑을 해본 사람은 열정의 불가사의한 힘을 알 것이다. 열정을 심어주는 것이, 아니, 열정이 저절로 솟도록 용기를 꺾지 않고 기다려주는 것이 아이들의 진정한 힘을 기르는 교육이 아닐까?

물론 우리 부부가 처음부터 고상하게 인내하며 아이들을 바른 길로 인도한 건 절대로 아니다. 우리도 평범한 인간들일진대 각박한 경쟁 사회에 아이들을 내동댕이쳐놓고 어찌 불안하지 않았겠는가? 불안한 마음에 아이들을 닦달하고 윽박지르기도 했다. 그러나 어머니, 아버지, 할머니, 할아버지 선생님들이 한집에 살면서 합동으로 다그쳐도 아이 하나 뜻대로 공부시키기 쉽지 않다는 것을 시댁의 사례를 통해 알고 있었다. 또 그렇게 해서 자존감과 자율성을 잃은 인생이 평생 얼마나 고단한지도 직접 보았다.

무엇보다 존재의 기쁨을 경쟁력으로 평가해 소중한 인격체를 부품으로 전락하게 할 수는 없었다. 우리가 자식을 낳아 기르는 목적은 세상에서 부리기 쉽도록 획일화된 일꾼을 양성하기 위해서가 아니다. 우리 아이들은 획일적으로 찍혀 나와 아궁이에 던져져 엔진을 돌리는 연료가 아니다. 자신만의 고유한 인생을 잘 살아내기 위해 고유한 열정을 싹 틔워 올리려는 아이들의 절박한 몸짓을 모른 체해서야 되겠는가?

열정 없는 턱걸이 인생만은 금물

우리 아들이 김나지움 13학년이었을 때의 일이다. 김나지움 13학년은 한국으로 치면 고등학교 4학년인 셈으로, 김나지움 졸업시험이자 대학 입학시험에 해당하는 아비투어가 끝나는 시기다. 일찌감치 초등학교 5학년부터 공부를 가르칠 재목과 기술을 가르칠 재목을 분류하는 독일 학제에서 아비투어까지 무사히 마치는 학생은 전 독일 학생의 4분의 1에 불과하다. 김나지움은 들어가기도 힘들지만 무사히 졸업하기는 더 힘들다. 11학년인 딸애 말이 자기 학급 학생 스물여덟 명 중에서 열여섯 명이 낙제할 위험이 있다는 통지서를 받았다고 한다. 2년에 걸쳐 쌓은 아비투어 점수는 진로를 정하는 데 결정적인 역할을 한다.

수험생 아들의 공부 시간은 '제로'

아들은 정말 바빴다. 그 어렵다는 학과 공부 이외에도 달리 하는 일이 많아서다. 학교의 학생회와 합창부, 밴드부, 운동부 등 여러 가지 특별활동에 적을 두고 있었다. 게다가 학교에서 치르는 모든 행사의 음향과 조명을 담당하는 기술자라 정작 공연하는 날에는 무대에 설 수 없는 처지였는데도 아들은 매주 모든 연습에 꼬박꼬박 참여했다. 어떤 날에는 등에 배낭 두 개를 겹쳐서 메고, 어떤 날은 하나는 앞으로 메고 다른 하나는 자전거 뒤에 싣고 등교해서는 자정이 넘어서야 집에 들어오곤 했다.

집에 있을 때는 늘 컴퓨터 앞에 붙어서 뭔가를 했다. 혹시 컴퓨터 게임에 중독된 건 아닐까 걱정을 하면, 게임을 아주 안 하는 건 아니지만 그렇다고 해서 늘 게임만 하는 건 아니라고 대답했다. 부모 된 우리로서는 다 큰 아들을 믿어주는 수밖에.

아들보다 두 학년 아래인 딸은 곧 아비투어 과정에 들어가게 되는데 벌써부터 계획이 분분하다. '내가 원하는 직업과 내 적성에 맞는 전공 과목은 무엇일까? 어떤 과목을 선택하고 어떤 과목을 포기하는 게 아비투어 성적에 유리할까?' 이런저런 궁리를 하느라고 학교 성적과 시험 점수에 부쩍 관심이 많아진 딸이 어느 날 저녁 식탁에서 제 오빠에게 물었다.

"오빠는 아비투어 점수를 위해서 하루에 공부를 얼마나 하고 있어?"

"전혀."

"어머, 그럼 안 돼, 오빠. 실력만 있다고 되는 거 아냐. 세상 살아가려면 객관적인 성적도 중요하다구."

부모를 대신해서 오빠에게 시시콜콜 잔소리를 늘어놓는 동생 앞에서 아들은 말없이 빙그레 웃었고, 정작 부모인 우리 부부는 눈을 맞추고 흐흐 웃고 말았다. 청소년인 아이들에게 집안일을 가르쳐야 할 것 같아서 벼르다가도 졸업반이라 저렇게 바쁜 아이에게 뭘 또 시킨다는 게 미안해서 포기하곤 했는데, 학과 공부에 할애하는 시간이 제로라는 사실은 우리도 그날 저녁에 처음 알았다.

그럼 그간 책상에 앉아서 한 것은 다 뭐란 말인가? 설마 컴퓨터 게임? 우리는 좀 불안하긴 했지만 딱히 증거도 없는 데다 아이의 성적이 무난한 까닭에 뭐라 말할 명분이 없어 잠자코 있었다(그러나 아이가 게임 중독이라는 확신이 든다면 우리는 부모로서 적극적으로 개입할 것이다. 마약 중독, 알코올 중독, 게임 중독 등의 각종 중독 현상은 적극적인 치료를 요하는 질병이므로 어떤 이유에서건 이를 외면하거나 방치하는 것은 부모 된 도리가 아니라고 생각한다).

그런데 엎친 데 덮친다고, 다른 일로 바빠서 공부할 시간도 없다는 아들이 취직까지 했다. 예전에 실습하러 갔다가 인연을 맺은 회사에서 계약직 고용 제의를 해온 것이다. 아직 학생인 신분을 고려해 일주일에 열 시간씩 일하기로 했다며 아들은 좋아했다. 시급이 15유로라니 한 달에 6백 유로, 그 정도면 요즘 대학생 평균 생활비는 될 것이다. 우리도 부모로서 덩달아 자랑스러웠다. 벌써 자립을 하는구나. 그리고 다행스러웠다. 어차피 공부도 안 한다는데, 일을 하면 그 시간만큼 해로운 일을 덜하겠지.

문제는 아들의 의료 보험이었다. 월급이 한 달에 4백 유로가 넘으면 가족 보험의 피부양자 신분에서 벗어나 정식 경제인으로서 의무를 해야 한다. 의무적인 보험료는 고용인과 고용주가 대략 반반씩 나눠 내는데, 보험 회사마다 조금씩 차이가 있지만 월급이 6백 유로라면 매달 보험료로 약 50유로(헐, 고등학생이 알바하고 내는 의료 보험료가!), 국민 연금과 실업 보험으로 약 70유로, 합해서 한 달에 약 120유로가 월급에서 빠져 나가고, 회사에서는 그보다 약간 많은 금액을 보험에 보태게 된다.

학교 빼먹고 회사에 간다고?

아들은 일주일에 열 시간 일하고 480유로(월급에서 보험료를 공제한 실수입)를 버느냐, 아니면 일곱 시간만 일하고 4백 유로(저임금의 범주에 들기 때문에, 고용주가 일괄 처리하여 고용자는 따로 보험을 들 필요가 없다)를 버느냐를 두고 저울질했다. 우리는 아들에게 사회복지국가에서 보험이나 연금 내는 걸 아깝게 생각하지 말라고 말했다. 단지 시간 관리에 초점을 맞추라고 조언했다. 회사에서 일하는 시간이 많아지면 일에 대한 성취감이 높아지는 대신 학교 생활을 즐길 시간이 줄어드는 점을 고려해 일과 삶의 균형을 맞춰 삶의 질이 나아지는 방향으로 선택하라고 권했다.

학과 시간표와 특별활동 일정표를 들여다보던 아들은 일을 적게 하는 쪽을 선택했다. 나는 아들에게 잘했다고 말했다. 회사에서는 아들의 선택을 두고 일에 대한 의지가 약한 것으로 여길 수도 있을 것이다. 하지만 일과 삶의 균형을 유지할 줄 아는 고용인은 장기적으로 효율성 있는 일꾼이 될 것이고, 회사에서도 곧 너의 실력을 인정하게 될 것이라고 아들에게 얘기했다. 가슴에 손을 얹고 생각해보니 나는 아들이 달리 선택했어도 잘했다고 했을 것이고 또 그에 걸맞은 덕담을 생각해냈을 것이다.

다음 날 아침에 나는 등교 시간에 맞춰 아들을 깨웠다. 그랬더니 오전 중에 회사 인사과에 계약하러 간다고 학교를 빠진다는 것이 아닌가? 학생이 학교를 빼먹고 회사에 간다고? 나는 놀라서 남편에게 물어봤다.

"쟤가 오늘 학교에 안 가고 회사 간다는 거 당신이랑 의논했어?"

"아니."

우리의 대화를 들었는지 딸아이가 목욕탕에서 소리 질렀다.

"오빠 야단치지 마! 오빠는 법적으로 성인이야. 학교 결석하는 일에 부모의 허락을 받지 않아도 된다구."

누가 뭐래나? 우리끼리 물어도 못 보냐고오? 그래두 명색이 부몬다…… 낳아주시고 길러주시는…… 구시렁구시렁. 전반적으로 크게 빗나가지 않는 한 자식들의 사적인 일에 참견하지 않는다는 것이 우리의 교육 방침이다. 어려서부터 자기 인생에서 중요한 결정을 스스로 하고 책임지는 습관을 들이지 못해 어른이 되어서도 우왕좌왕하는 사람들을 나는 독일에서도 숱하게 보아왔다. 곱게 자란 대학생들이 특히 심했다. 자율적으로 공부하는 독일 대학 시스템에 적응하지 못해서, 학업을 끝내지도 그만두지도 못한 채 질질 끌려 다니며 시간만 보내는 불행한 학생들을 보며 나는 학력에 대한 환상을 버렸다.

난독증이 있고 구구단도 외우지 못하던 우리 아이들은 의외로 김나지움에 입학했고, 가끔씩 낙제할 기미를 보였다. 내가 아이들에게 강력하게 부탁한 것은 단 하나였다. 학교에 다니는 동안 자신의 소질과 취향을 관찰하여 나중에 어떤 일을 하며 살고 싶은지를 알아내라는 것이었다. 열정 없이 남 보기에만 그럴듯한 턱걸이 인생만 피해도 성공한 인생이라 말했다. 다른 건 몰라도, 공부에 대한 열정이 없는 사람이 단지 성적이 된다고 해서 대학에 진학하는 것만큼은 가장 피해야 할 일이라고 아이들에게 누누이 강조했다. 세속적인 경쟁력도 열정이 좌우하지 학력이 좌우하는 건 아니라는 걸 우리는 살면서 수없이 체험하지 않는가?

　김나지움 고학년이 된 우리 아이들은 대학에 진학할 뜻을 세우고 있다. 아들은 장차 무엇이 되고 싶은지는 몰라도 무엇을 공부하고 싶은지는 알고 있고, 딸은 무엇이 되고 싶은지를 먼저 생각해놓고 거기에 맞는 과목을 찾고 있는 중이다. 그나저나 수험생으로서 취직까지 하신 우리 아들의 아비투어 성적은? 이 세상 살아가는 데 중요하다는 객관적인 점수는? 부모가 참견할 일이 아니다. 자기 템포로 기분 좋게 잘 달리고 있는 말에게 꼭 제일 앞에서 달려야 한다고 채찍질을 하는 건 민망스럽지 않은가? 인생 선배로서 할 짓이 아니다.

아이가 내 품을 떠나려 할 때

아들이 초등학교 2학년 때의 일이다. 포근한 봄날 저녁, 하루 종일 동네 놀이터에서 놀다가 어둑해져서야 집에 돌아온 아이의 손에 제 키만한 활이 하나 들려 있었다. 곧게 자란 생나무를 잘라서 질 좋은 노끈과 가죽을 이용하여 견고하게 잘 만든 활이었다. 아이는 다짜고짜 나를 마당으로 끌고 나가서는 멀리 서 있는 나무를 향해 화살을 쏘아 보였다. 방향을 잡아주는 깃이 제대로 달린 화살은 목표한 과녁에 정확하게 맞았다. 아이는 얼굴에 자랑스러움과 기쁨의 빛을 띠며 자기가 만든 활이라고 했다.

과묵한 아이였으므로 나는 살살 꼬여서 자초지종을 들었다. 놀이터에서 혼자 놀고 있는데 그 옆의 풀밭으로 한 무리의 아이들이 몰려오더니 활쏘기 시합을 하더란다. 아마도 부러운 표정으로 옆에 붙어 서서 구경하고 있었을 아이에게 지도교사로 보이는 남자가 다가와서 너도 같이 놀고 싶으냐고 묻더니 활 만드는 재료도 주고 만드는 것도 도와주었다고 했다. 다음 주에도 같은 시간에 모여서 놀 거니까 또 오라고 했다면서 아이는 활을 소중하다는 듯 쓰다듬으며 다음 주를 기다리는 눈치였다.

교육의 제1원칙, 강요하지 말 것

무슨 단체인지도 모르면서 나는 왈칵 반가운 마음부터 들었다. 왜냐하면 아들은 그때까지만 해도 단체 행동에 대한 거부감이 있어서 무엇이든지 단체로 하는 것은 다 기피하는 경향이 있었기 때문이다. 집단으로 공을 쫓아다니는 것이 싫어서 그 또래 남자아이들이 다 하는 축구도 저 혼자 안 했고, 자기 친구들이 다 다니는 음악 학원도 안 다녔다. 첫 아이였으니 경험이 없는 부모로서 걱정되지 않는 건 아니었지만, 아이가 사회성도 원만하고 친구들과도 무난하게 잘 지냈기 때문에 강요하지 않고 저 하고 싶은 대로 하도록 내버려두기로 했다.

하지만 아이의 성격을 있는 그대로 받아들이고 인정해주려고 노력하는 한편, 어린 시절 청군 백군으로 나눠서 하던 체육대회 응원 등에서 수없이 체험했던 '집단 광기'의 달콤한 맛을 상기하며 내 아이가 인생에서 중요한 경험들을 놓치고 있는 건 아닐까 하는 불안감과 안타까움을 몰래 삭이고 있었다. 그러던 차에 아이가 자진해서 단체에 속해서 놀겠다니 반갑지 않을 수가 없었다.

그 단체는 '파드핀더'라고 불리는 보이스카우트의 일종이었다. 초등학생부터 청소년까지 남녀 혼성으로 자연을 벗 삼아 놀면서 사람이 살아가는 데 필요한 사회성과 일상의 기술을 연마하는 것을 목적으로 하는 비영리 단체였다. 숲 속에서 길을 잃었을 때 방향을 찾는 법, 주머니칼 사용하는 법, 모닥불 피우는 요령, 노끈을 다양하게 일상에 이용하는 법, 요리, 바느질 등 아이들이 흥미 있어 하는 기술적인 것을 가르치면서 의리와 예의 등 조직 생활에서 필요한 사회성도 가르쳤다.

그러나 내 마음에 들지 않는 점이 한 가지 있었는데 그것은 이 조직의 군대식 계급 체제였다. 성과에 따라 승급도 하고 부하들도 생기고 계급장도 달고 그랬다. 상관은 부하들을 책임지는 만큼 복종을 요구했으며, 그러한 위계질서는 독일의 다른 여러 청소년 단체들에서 보이는 자유롭고 진보적인 분위기와는 분명히 달랐다.

독일에서 자식을 키우고 있다 보니 자연히 독일의 부끄러운 역사인 나치의 역사에 대한 생각을 많이 할 수밖에 없는데, 나는 이 나치의 역사가 독일 국민의 복종 잘하는 성격에도 일부 기인한다고 믿는다(그래서 나는 아이들에게 복종을 미덕이라고 가르친 적이 없다).

사람 사는 일이 보통 그렇듯이, 그리고 자식 키우는 일이 특별히 더 그렇듯이, 이번 경우도 닥치기 전에 미리 득실을 알아낼 수 있는 일이 아니었다. 그래서 백 퍼센트 석연치는 않았지만 언제나 그리해왔던 것처럼 아이의 양식을 믿고 아이에게 맡기는 수밖에 없었다. 모든 사람이 다 하는 일이라도 자신이 '아니다' 싶으면 따라 할 필요가 없다고, 집단의 분위기에 휩쓸리기보다는 자신의 소신을 존중하라고 은연중 가르친 가정교육의 힘을 믿었다.

무엇보다도 우리는 아들이 자신의 적성과 기준에 어긋나는 일을 억지로 참으면서 계속하지는 않을 거라는 근본적인 믿음이 있었다. 아이는 엄마 아빠가 자기를 믿고, 자기가 내리는 결정을 항상 존중한다는 것을 잘 알고 있었다. 우리가 해줄 수 있는 일은 아이가 자유롭게 결정을 내리고 이미 결정한 일이라도 떳떳하게 번복하거나 수정할 수 있는 분위기를 마련해주는 것이었다.

다행히도 아이는 그 단체에서 위계질서에 복종하기보다는 자율성과 탐구 정신, 공동체 구성원들과의 협동 정신을 배우는 듯했다. 아이는 매주 빠짐없이 모임에 참여했다. 숲에서 뒹굴어 진흙투성이가 되어 돌아오기도 하고 날씨가 나쁜 날은 실내에 모여서 공작도 하고 오락도 했다. 집에 와서는 거기서 배운 요리를 해 보이기도 했다. 그때 유치원 다니던 딸은 오빠의 이런 활동이 너무나도 샘이 나서 단지 스카우트에 입단하기 위해 학교에 입학할 날만 손꼽아 기다릴 정도였다. 우리 아이가 재미있어 하니까 아이의 친구들도 호기심에 하나 둘씩 따라다니더니 어느덧 그 단체에 대거 입단하게 되었다.

부모는 믿어주는 사람

스카우트 활동의 절정은 매년 여름방학에 가는 15일간의 야영이었다. 전 독일에 있는 수백 명의 단원들이 숲 속에 모두 모여서 텐트 생활을 하는 것이다. 그냥 노는 것이 아니라 그야말로 심신을 단련하는 것이었다. 모든 단원에게는 나이에 맞는 임무가 주어졌다. 이에 따라 주거와 양식 마련 등 모든 일상을 스스로 해결해야 했다. 15일간 생활하는 데 필요한 부대시설도 아주 기본적인 공구만을 사용하여 단원들이 스스로 짓고 만들었다. 이런 일들은 편안하게 자란 요즘 아이들에게는 중노동에 속했지만 그 대신 재미있는 일 또한 많았다.

밤에 잠들기 전에 고만고만한 아이들이 슬리핑백에 조르르 누워 있으면 지도교사나 선배가 호롱불을 밝히고 동화책을 읽어주었다. 오밤중에 손전등을 들고 숲으로 멀리 산보를 나가서 별을 보고 방향을 잡아 다른 길로 텐트까지 돌아오는 연습도 했다. 전쟁놀이를 해도 실감나게 했다. 각 텐트마다 고유한 깃발이 있는데 이를 사수하고 남의 깃발을 훔쳐오는 그룹이 이기는 거라서 아이들은 매일 밤 번갈아가며 진짜로 보초를 섰다. 스파이를 대비해 암호도 만드는 등 가슴 두근거리며 진지하게 놀 수 있으니 한창 나이의 어린아이들에게는 흥미진진한 경험이 아닐 수 없었다.

야영 프로그램이 끝나기 사흘 전에 부모들을 야영지로 초대하는 일정이 있었다. 우리 부부를 포함하여 아이 친구들의 부모들은 이런 일이 첫 경험이었던 터라 마음 설레며 이날을 손꼽아 기다렸다. 어린 자식들을 처음으로 오지로 떠나보내고 소나기라도 올라치면 안절부절못하기는 다른 부모도 다 마찬가지였다.

다른 부모들과 함께 차를 달려 구불구불한 산길을 타고 야영지를 찾아가면서 한편으론 우리 아이들이 벌써 이렇게 커서 부모 품을 떠나기 시작하니 대견하다는 얘기도 하고, 다른 한편으로는 녀석들이 피곤해서 밤에 오줌이라도 싸서 놀림거리가 되지나 않았을까, 감자를 삶아서 껍질째로 먹는다던데 입이 짧은 녀석들이 거친 음식에 적응을 했을까 등 불안한 마음을 서로 털어놓기도 했다.

울창하게 우거진 숲이 갑자기 끝나는가 싶더니 눈앞에는 경사가 완만한 구릉이 둥그렇게 펼쳐졌다. 하얀 텐트 수십 개가 너른 풀밭을 빙 둘러가며 서 있었는데, 파란 하늘을 배경으로 한 모습이 정말 장관이었

자전거 여행을 할 때 가지고 다니는 가족 텐트.

다. 공터 중앙에는 캠프파이어로 까맣게 그을린 모닥불 터가 있었다. 그 사이를 크고 작은 아이들이 개미들처럼 바쁘게 왔다 갔다 했다.

　아이들은 마침 단체로 정찰이라도 나갔는지 보이지 않았고 지도교사가 나와 우리 부모들을 맞았다. 구면인 지도교사를 붙들고 부모들은 각자 자기 아이에 대해 묻느라 바빴다. 지도교사는 아이들의 사회성이라든가 적응력에 관해서 관찰한 바를 얘기해주었다.

　우리 아들은 육체적인 고통은 아주 용기 있게 잘 견디는데 정신적으로 억울하거나 하면 아주 오래 운다고 했다. 으윽, 육체적 고통, 정신적 고통……. 가뜩이나 불안한데 이런 소리를 들으니 내 머릿속에서는 아이가 당했을 억울한 일들이 마구 떠올랐다. 흠, 아이를 만나서 표정이 밝지 않으면 당장 집으로 데려가야지.

　왁자지껄하는 소리를 내며 아이들이 들이닥쳤다. 고만고만한 아이들이 손에는 나뭇가지를 들고 등에는 활을 메고 있었다. 몸집이 유난히 작고 목덜미가 가냘픈 아들의 모습을 보니 가슴이 턱 막히는 것 같았다. 온통 긁힌 자국이 있는 가느다란 다리에는 피가 까맣게 말라붙은 커다란 상처가 나 있었고 얼굴은 까칠했다. 아이는 우리를 발견하고는 싱긋 웃어 보였다. 다른 아이들은 부모를 발견하자 들고 있던 나뭇가지를 내던지고 막 달려오는데, 우리 아이는 무슨 중대한 책임을 맡았는지는 몰라도 남이 던져놓은 나뭇가지들을 모아 한 짐을 만들더니 다른 곳으로 옮겨 쌓았다.

아이의 싱긋 웃는 표정에서, 무거운 짐을 들고 걸어가는 결연한 뒷모습에서 나는 아이가 이미 내 치마폭을 떠났다는 것을 직감했다. 그날 나는 감히 아이에게 아무것도 물어보지 않았다. 아이는 이미 내가 마음대로 오라 가라 할 수 있는 사람이 아니었다.

아이들이 사는 모습을 돌아보았다. 식탁과 의자는 제재소에서 널빤지를 켤 때 생기는 통나무 껍질을 공짜로 얻어 와서 아이들이 직접 만들었다고 했다. 못을 쓰지 않고 전부 파란 비닐 끈으로 묶어서 만들었는데 보기는 엉성했지만 나름대로 견고하고 안전했다. 야영 기간이 끝나면 비닐 끈을 풀어서 끈은 끈대로 따로 간수하고, 널빤지들은 제재소에 도로 갖다 준다고 했다. 샤워 시설도 고무호스를 이용하여 희한하게 만들어놓았다.

그중 가장 재미있는 것은 돈너발켄, 즉 천둥들보라 불리는 뒷간이었다. 숲에 구덩이를 파고 그 위에다 껍질 벗긴 두꺼운 통나무 하나를 의자 높이로 척 걸쳐놓았다. 여기에 허벅지를 걸치고 앉아 일을 보는 것인데, 최대 스무 명쯤이 횃대의 닭들처럼 조르르 앉아서 한꺼번에 일을 볼 수 있게 되어 있었다. 뒤로 자빠져서 구덩이로 빠지는 것을 방지하기 위해 등허리 높이에 다른 통나무를 하나 더 질러놓았고, 앞쪽에는 손잡이용 통나무를 두었다.

그러나 내가 설계 과목에서 배운 '공공시설에 준하는 안전 수칙' 같은 것은 아예 다른 세계 이야기였고 나처럼 어리바리한 사람은 구덩이에 빠지기 십상으로 보였다. 더구나 어린 시절에 변소에 한쪽 발이 빠졌던 끔찍한 기억을 가지고 있는 나로서는 그 위에 앉았다가는 구덩이가 마치 자석처럼 나를 끌어당길 거라는 착각마저 들 지경이었다.

그날은 방문하는 부모들을 위하여 특별히 휘장을 쳐놓았다고 했다. 그러니까 평소에는 휘장도 없이 밖에서 훤히 보이는 곳에 덩그러니 앉아서 종알종알 서로 대화까지 하며 용변을 본다는 말이었다. 나중에 알고 보니 그 화장실은 남녀 구별도 없이 함께 쓰고, 샤워도 남녀노소 할 것 없이 두루두루 섞여서 벌거벗고 하다가 흥이 나면 물을 뿌리며 장난치고 논단다.

화장실 꼴을 보고 나니 불안해서인지 대번에 방광이 차오르기 시작했다. 전혀 마음이 내키지는 않았지만 여기서는 다 그렇게 한다니 할 수 없이 휘장을 들추고 들어갔다. '더 쪼끄만 아이들도 안 빠지는데 설마 내가 빠지기야 하겠어? 아무도 없으면 얼른 누고 나와야지' 하며 살짝 들여다보았더니, 에구머니나…… 듬직한 십대 처자 한 명이 달덩이 같은 엉덩이를 내놓고 앉아 있는 것이 아닌가? 화들짝 놀라서 다시 나가려는 나를 보더니 그 처자는 두루마리 화장지 든 손을 번쩍 들어 보이며 "할로!" 하고 밝게 웃는 것이었다. 그 표정이 너무나도 자연스럽고 천진했기 때문에 나는 차마 뒤돌아 나올 수가 없었다.

　내 머리가 번개 같은 속도로 회전하며 어떻게 할 것인지 고민했다. 되돌아 나왔다가는 이 천진난만한 아이들에게 쩨쩨하고 쪼잔한 기성세대의 소시민적 근성을 보여주게 될 것 같았다. 그러고 싶지는 않았다. 나체 호수의 경험이 있는 나였지만 누구 옆에 앉아서 용변을 본다는 것은 또 다른 차원의 극복을 의미했다.

　이때 그 처자가 다시 한 번 환하게 웃으며 손바닥으로 자기 옆자리를 툭툭 치며 어서 와서 앉으라는 시늉을 했다. 갈수록 태산이었다. 이때 놀라운 일이 일어났다. 속으로는 아직 결정을 못 내린 상황이었음에도, 어느새 "할로!" 하고 화답하며 마치 노상 그런 일을 해왔던 사람처럼 지극히 자연스러운 동작으로 치마를 걷고 그 옆에 앉는 나를 발견한 것이다. 심지어 나는 밑으로 물줄기 떨어지는 소리를 들으며 옆의 처자를 향해 방긋 웃어 보이기까지 했다.

　나중에 집으로 돌아오는 차 안에서 나는 다른 부모들에게 화장실을 사용했느냐고 물어보았다. 그들의 반응은 하나같이 "미쳤냐? 내가 이 나이에 단체 화장실을 가게?"였다. 다른 어른들은 숲 속에서 대강 실례를 한 모양이었다. 으으, 나만 고지식하게……. 그 후로 벌써 15년의 세월이 흘렀다. 우리 부부는 계속해서 아이들을 믿어주고, 무엇보다도 아이들이 스스로를 믿을 수 있도록 격려해주고자 노력했다. 아이들이 군중심리에 휩쓸리지 않고 자기 내부의 목소리에 귀 기울일 수 있게끔 말이다. 쉬운 일이 아니었으므로 실수에 실패를 거듭해가면서 우리 어른들도 아이들과 함께 커왔다.

내가 미소와 함께 떠올리는 잊지 못할 야외 화장실의 추억에는 나 스스로가 군중심리에 휩쓸려 원치 않은 행동을 한 기억이 겹쳐진다. 그럴 때마다 나는 공연히 자식들 앞에서 겸손해진다.

내 맘대로 춤출 권리

독일의 청소년들은 16세가 되면 3개월 정도 사교춤을 배운다. 본인들이 자의에서 하는 경우도 있지만 전통과 문화 교육에 신경을 쓰는 부모들이 강제로 댄스 학원에 등록하는 경우가 많다. 그래서 부모의 강요에 대한 반발로 코스가 끝나자마자 다시는 춤을 안 추는 사람도 있다. 그러나 대개는 스텝 몇 개 정도는 기억해두었다가 기회가 있을 때면 춤추는 시늉이라도 한다. 그런 까닭인지 독일의 전통적인 결혼식 파티에서는 사교춤이 빠지지 않는다. 열 가지 종류의 사교춤 가운데 특히 비엔나 왈츠가 결혼식 파티의 전통적인 춤으로 꼽힌다. 독일 젊은이 중에는 친구나 친척의 결혼식을 앞두고 망신당하지 않으려고 사교춤을 다시 배우는 사람도 있고, 약혼한 남녀가 나란히 춤을 배우러 다니기도 한다.

춤에 재미가 붙으면 교습소나 동호회에 가입해 나이와 상관없이 꾸준히 배운다. 커플로 등록해 늘 둘이서만 춤을 추는 사람들도 있고 싱글들이 골고루 파트너를 바꾸어가며 춤을 추기도 한다. 댄스 학원의 성격도 천차만별이어서 바로크식 묵직한 소파에 커튼을 드리운 학원에는 옷을 점잖게 입은 손님들이 드나들고, 남미풍의 현대적인 분위기의 학원에는 배꼽티나 청바지를 입은 손님들이 드나든다. 독일 사람들이 다 춤을 잘 추느냐 하면 꼭 그런 것은 아니다. 나는 독일인들이 노래를 전혀 부르지 않기 때문에 남녀 불문하고 동작이 뻣뻣한 거라고 생각한다.

상류층이 되려면 사교춤은 필수?

전후 독일인은 노래를 잃어버린 불쌍한 세대다. 나치 치하에서 목청 터지게 노래 부르며 민족주의적인 감성을 키웠던 과거가 부끄러워서인지는 몰라도 독일인의 모임에선 노래가 사라져버린 지 오래다. 노래가 몸에 배지 않은 사람들은 절대로 몸을 유연하게 움직일 수 없다는 게 나의 지론이다. 그러나 독일인인 남편의 견해는 다르다. 그는 독일에선 아이들을 업어 키우지 않아서 그럴 거라고 철석같이 믿고 있다. 엄마 뱃속에서 늘 흔들리며 균형 잡는 연습을 하던 아기를 태어나자마자 침대에 눕혀놓기만 하면 운동 감각의 지속적인 발달에 단절이 온다는 것이다. 그래서 남편은 한국식으로 업어 키운 우리 아이들은 춤도 잘 출 거라고 진작부터 희망에 차 있었다.

몇 년 전 어느 화창한 봄날, 우리나라식으로 치면 고등학교 2학년이었던 아들 학급의 학부모 친목 모임이 이자 강변의 한 음식점에서 열렸다. 우리 부부는 그날 저녁에 달리 갈 데가 있어서 참석을 망설이다가 좀 늦게 도착했다. 자리가 거의 다 차서 나는 남편과 떨어져 별로 친하지 않은 사람들 곁에 앉게 되었다. 다행스럽게도 아들의 학급에는 폭력이나 왕따 등 부모들이 함께 알고 해결해야 할 문제가 거의 없었다. 그래서 교직원 부족으로 수업이 자주 빠지는 일에 대한 일반적인 성토에 이어 곧 개별적인 잡담으로 넘어가게 되었다.

이때 운이 나쁘게도 내 옆에 앉은 사람들이 서로 은근히 돈 자랑을 하기 시작했다. 한 엄마는 자기 아들을 무슨 무슨 백작 부인이 주관하는 몇 백 유로짜리 사교춤 코스에 등록시켰다고 자랑했다. 주파수가 맞지 않는 사람들 사이에 끼어서 남이 거드름 피우는 소리를 들어주는 일에 짜증이 나 있던 내가 드디어 입을 열었다.

"아이에게 묻지도 않고요? 아이가 싫다 그러면 어쩌시려고?"

"싫어도 할 수 없지요. 그 비싼 강습비를 이미 냈는걸요."

나는 참지 못하고 "하하하, 돈을 아이가 냈나요? 자기 돈이 깨지는 것도 아닌데 싫은 걸 왜 억지로 한담?" 하고 웃어버렸다.

대화는 사교춤에 관한 이야기로 이어졌다. 모두들 앞을 다투어 사교춤이 얼마나 품위 있고 필수적인 오락인가를 역설했다. 독일에서 수준 있는 사회생활을 하려면 사교춤을 출 줄 알아야 하는 거라고, 3개월만 배우면 된다고, 주위에 앉은 사람들이 외국인인 내게 가르쳐주듯 말했다.

그날 저녁 친한 엄마에게서 전화가 왔다. 학부모 모임에서 서로 멀리 떨어져 앉아서 할 말을 못했다며 의논할 게 있다고 했다. 우리 아이들이 슬슬 사교춤을 배워야 할 나이가 되었는데 녀석들이 아직 철이 없어서 싫다고만 하니 어떡하나, 단체로 등록을 해놓으면 친구들이랑 노는 맛에 그래도 배우지 않겠느냐는 거였다. 이 엄마도 내게 사교춤은 아이들이 나중에 상류 사회로 진출하려면 필수라는 말을 했다. 나는 웃음을 누르며 아이에게 물어보겠다고만 했다.

저녁을 먹으면서 아들에게 물어보았다.

"내가 너를 사교춤 코스에 등록한다면?"

"엄마 돈만 깨지는 거."

"네 친구들이 너만 빼고 전부 사교춤을 배우러 다닌다면?"

"나만 시간 낭비 안 하는 거."

"네가 사교춤을 안 배워서 출세에 지장이 있다면?"

"나는 춤이 아니라 실력으로 출세해."

"출세를 하더라도 사교춤을 못 춰서 상류 사회에 진출하는 데 지장이 있다면?"

"나는 억지로 춤춰야 하는 사회에는 오라 그래도 안 가."

아들보다 세 살 어린 딸아이가 내 배턴을 이었다.

"오빠가 사교춤 못 춘다고 여자들이 싫어하면?"

"나도 그런 여자들 싫어."

"나중에 춤추고 싶어 하는 애인을 사귀게 되면?"

"그때 가서 같이 배우면 돼. 엄마 아빠처럼."

나는 남편이랑 눈을 맞추고 웃었다. 우리의 표정에서 아들을 대견해 하는 눈치를 알아챈 딸아이가 얼른 쐐기를 박았다.

"나는 오빠처럼 특별한 사람이 아니고 평범한 사람이야. 그래서 나는 열여섯 살이 되면 사교춤을 배울 거라구. 댄스파티에 갈 때는 어깨에 끈이 달린 까만 드레스를 입을 거야. 드레스는 내가 저금해서 살 테니까 구두는 엄마 아빠가 사 주실 수 있을까?"

"파트너를 째려보지 마세요"

우리 부부는 마흔 넘어서 사교춤을 배웠다. 언젠가 남편이 내게 큰 선물을 하나 해주려 한 적이 있었는데, 그때 나는 갖고 싶은 물건이 하나도 없었다. 한참을 고민하던 남편이 선물로 나와 함께 사교춤을 배우겠다고 했을 때, 참 기쁘고 고마웠다. 처녀 적에 어디 가서 춤이라면 제일 먼저 시작해서 단 한 곡도 쉬지 않고 맨 마지막까지 남을 정도로 춤을 즐기던 나는 남편을 사귀면서부터 춤에서 멀어졌다. 춤은 고사하고 춤출 때 트는 쿵작거리는 음악부터 싫어하는 사람이라 함께 파티에 가면 그가 늘 심심해했기 때문이다.

아무려나 눈에 콩깍지가 씌어 서로 맞추다 보니 어느덧 나도 춤에서 멀어진 인생을 살게 되었다. 그러다가 마흔이 넘어 사교춤을 배우고 보니 그것은 내가 즐기던 디스코와는 전혀 다른 종류의 오락이었다. 독일 엄마들이 말한 것처럼 3개월이면 될 줄 알았는데, 어림도 없어서 해를 거듭하며 배우고 있는 중이다. 누가 이기나 보자.

사교춤은 오락의 범주에 들기보다는 오히려 정교한 악기나 운동을 연마하는 것과 비슷했다. 우리가 평소에는 쓰지 않는, 뇌의 여러 부분이 한꺼번에 작동하고 조율되는 꽤나 '스트레스스러운' 훈련이었다. 요즘은 사교춤을 스포츠 댄스라고도 부르는데, 이는 참 정확한 표현이라고 생각한다. 팔, 다리, 몸통, 머리가 한꺼번에 동원되는 새로운 동작을 새로운 메모리로 만들어 두뇌에 저장하는 일을 배우기에는 우리의 나이가 너무 많았다. 우리의 뇌는 이미 다른 메모리로 가득 차 있었고, 새로

댄스 학원에서 슬로우 왈츠를 추는 우리 부부(사진제공 Kimchi Kim).

운 메모리와 잘 맞지 않는 기존 메모리의 시스템도 극복의 대상이었다. 아이들 같으면 그냥 흥이 나서 따라 하면 되는 동작을 우리는 조각조각 분해한 다음 따로따로 훈련해서 다시 조합하는 식이었다.

　쟁반에 칠이라도 한다 하면 그 전에 페인트에 대한 이론적인 공부부터 시작해서 실험에 실험을 거듭하고 박사 논문 정도는 써야 직성이 풀리는 남편은 사교춤에 대한 여러 가지 자료를 사 모으고, 자나 깨나 예습 복습에 연구를 게을리 하지 않더니 금세 사교춤 이론의 대가가 되었다. 거기까지는 좋은데 춤을 추면서 나한테 이래라 저래라, 틀렸다 맞았다. 마치 운동 경기 해설 위원처럼 시시콜콜 해설을 해대는 것이 아닌가? 내가 누구냐? 다른 건 몰라도 춤이라면 어떻게 당신이 나를 가르쳐? 하지만 당신이 율동을 할 때 균형 감각이 떨어지는 건 당신 죄가 아니지(독일 사람이라는 게 죄지). 몸 따로, 머리 따로 노니 본인인들 얼마나 답답하겠어? 귀여워서 가만두었더니 급기야는 이 인간이(!) 나를 야단치기에 이르렀다. 배경 음악이 시끄럽다 보니 목소리가 커지는 데다가 우리 둘이 슬슬 가는귀가 먹기 시작하는 나이라 우리는 가끔 춤추면서 큰소리로 다퉜다.

(좌회전하며 버럭) "그렇게 하지 말라니까? 왜 가르쳐주는데도 말을 안 들어?"

"당신이 리드하는 게 틀려서 그렇단 말이야."

(우회전하며 버럭) "다른 건 몰라도 춤이라면 나한테 그런 말 하지 마. 나는 틀리지 않아."

"당신이야말로 춤이라면 나한테 그런 말 하지 마. 난 아기였을 때 엄마 등에 업혀서 자란 사람이야. 당신은 우리에 갇혀서 자란 사람이고."

댄스 학원에서 춤추다가 파트너를 야단치는 남자로는 아마 우리 남편이 유일할 거다. 대부분이 싱글이라서 마땅한 댄스 파트너를 만나는 일이 쉽지 않은 까닭에 춤을 잘 추건 못 추건 모두 자기 파트너에게 깍듯하고 정중하게 대한다.

(빙글빙글 돌며) 아아, 왜 나만 이런 불량 파트너랑 춤을 추는 걸까? 다른 사람들이 우리를 어떻게 볼까? 밖에서도 저러니 집에서는 저 여자 매 맞고 산다고 생각할지도 몰라. 으으, 나는 이 댄스 학원에서 유일한 동양 여자, 순종형 동양 여자? 너! 집에 가기만 해봐라.

이때 멀리서 댄스 선생님이 마이크로 말했다.

"파트너를 째려보지 마세요."

아이의 좌절에 대응하는
엄마의 자세

"엄마, 나 키가 자꾸 클까 봐 걱정이야."

"걱정 마. 넌 친할머니 닮아서 더 클 거야."

"지금 누구 약 올리는 거야?"

"키 큰 게 어때서?"

"남자보다 클까 봐 그러지."

"키 큰 남자 사귀면 되잖아?"

"엄마는……. 가무잡잡하고 키 작은 남자가 내 취향이란 말이야."

"어머, 너도 그러니? 나도 그런데. 나도 허여멀겋고 길쭉한 남자는 별로야."

딸은 나와 눈을 맞추고 킥킥 웃다 말고 아차 싶은지 핼끔 누구 눈치를 봤다. 얼굴이 하얗고 목이 긴 남자가 내 옆에서 빙그레 웃고 있었다. 나는 시침을 뚝 떼고 말을 이었다.

"거 봐. 결혼은 외모를 보고 하는 게 아니야. 엄마는 결혼을 이렇게 이성적으로 했다구. 엄마는 양질의 후세를 위해서 너희 아빠를 선택한 거야. 봐라, 너희들이 얼마나 잘났나."

아들은 "구린내" 하며 코를 쥐고 웃더니 괜히 제 동생을 골렸다.

"양질의 유전자가 우리 남매 사이에 좀 불평등하게 분배되었지? 특히 지능 유전자가."

"아니야, 나는 건강해서 우량한 유전자고, 오빠는 아토피에 천식이니까 불량 유전자야."

이번엔 우리 부부가 애들을 보고 구린내 난다며 코맹맹이 소리로 웃었다.

갓 태어난 첫 아이가 아토피 피부염에 천식을 앓는다는 사실을 알았을 때 나는 하늘이 무너지는 줄 알았다. 무턱대고 억울한 마음이 들었고, 신혼 시절 신랑을 사이에 두고 암투를 벌이느라 가뜩이나 깔끄러웠던 시어머니가 아토피라는 걸 알았을 때의 그 원망스러움이란 이루 말할 수가 없었다. 밤에 자다가 박박 긁는 소리에 소스라치게 놀라 깨어 보면 아기가 잠결에 자기 몸을 피가 나도록 긁고 있었다. 그래서 나는 잠옷의 소매를 꿰매어 손가락이 안 나오게 만들어줬다. 천기저귀 위에는 방수 커버 대신에 내가 손으로 뜬 양모 팬티를 입혀서 통풍이 잘 되도록 했다.

건조한 아토피 피부를 보호하기 위해 목욕을 시킬 땐 비누 대신 목욕 오일을 썼다. 목욕 후에 벌겋게 염증이 난 부분은 헤어드라이어의 미지근한 바람으로 말리고 되도록 오랫동안 벗겨두었다. 그런 다음 타르 연고를 바르고 그 위에 바셀린 연고를 발라 보호막을 만들어줬다(요즘은 타르 연고 대신 요소 연고를 많이 쓴다). 자주 재발하는 곳은 염증이 사라진

후에도 바셀린 연고로 보호했다. 염증이 아주 심할 때는 가라앉히는 일이 우선이라는 의사의 말에 코티손 연고를 쓰기도 했다.

그러던 중 자기 아이 역시 아토피를 앓았던 경험이 있는 소아과 주치의가 북해에서의 요양을 적극 권했다. 북해의 기후는 독일어로 라이츠클리마, 즉 자극성 기후라고 불린다. 거센 바람과 파도로 인해 공기에는 항상 소금물이 방울져 떠돌아다니고, 이것이 호흡기를 통해 들어와 우리의 면역 기관을 자극한다는 것이다. 사람의 신체가 이런 기후에 적응하는 데 약 일주일이 걸린다는데, 아닌 게 아니라 처음엔 아무것도 안하고 산보만 다녀도 피곤했다. 한 달 정도가 지나자 면역 기관이 거친 기후에 맞설 만한 수준으로 작동했다. 이렇게 해서 집으로 돌아가면 잔병치레도 줄고, 신체의 자가 치료 능력이 좋아져 지병이 낫거나 호전되기도 했다.

"난 운이 내빠"

어려서 북해의 섬으로 두 번 요양을 다녀온 후 아들의 아토피는 감쪽같이 사라졌지만 사춘기가 되자 재발했다. 그래서 우리는 또 한 번 북해의 노더나이 섬에 다녀왔다. 의료 보험에서 비용의 일부를 보조해주고 있으나 요양지로 정한 곳의 숙박비가 비싸서 허리가 휠 지경이었다. 그것도 모르는 아이들은 신이 나서 윈드서핑과 파도타기를 배웠다. 폭풍우가 무섭게 몰아치는 날 옷을 단단히 껴입고 해변에 나가보면, 저 멀리 집채만 한 파도 속에 보였다 말았다 하며 널빤지를 타는 사람들이 더러 있었다.

"정신 나간 마조히스트들이야!"

혀를 차면서 망원경으로 보면 우리 아이들도 그 속에 끼어 있곤 했다. 그런 기후에 차가운 물에서 수영까지 하면 면역 기관의 모터가 무시무시하게 돌아간다. 그래서 이 기후에 얼마나 적응이 되었느냐에 따라 해변에 있는 사람들의 옷차림이 오리털 파카에서 나체까지 천차만별인 것이다.

북해 여행 때문인지 다행스럽게도 아들의 아토피는 다시 가라앉았다. 물론 피부가 땀에 민감하게 반응한다는 것을 알고 땀을 흘리자마자 금방 샤워를 하는 등 숨은 노력이 많이 들긴 했다. 또한 우리나라 서해를 여행했을 때 수영을 하고 나면 암만 심하던 아토피 증세라도 당장 가라앉았던 걸 잊지 않고 있다가 일주일에 한두 번씩은 꼭 소금물 목욕을 했다. 미네랄이 풍부한 서해 천일염은 독일에서 구하기 힘들기 때문에 약국에서 파는 사해 소금을 사서 썼는데 그 또한 효과가 괜찮았다.

유아 아토피는 독일에서도 많은 엄마들이 고민하는 '현대병' 중 하나다. 독일이 통일되기 전에는 서독에서만 만연하던 지역 병이던 것이 통일 후에는 동독 지역에서도 나날이 증가해 오늘날엔 거의 같은 비율을 보이고 있다. 독일 엄마들은 흰 설탕과 흰 밀가루, 흰 쌀을 피하는 식이 요법으로 자녀들의 아토피에 대처하기도 한다. 그러나 가족 모두의 식생활을 완전히 바꾸고 아이들이 어디 갈 때마다 음식을 따로 챙겨야 하는 수고에 비해서 그 효과가 보장된 것은 아니다. 그래서 나는 가공식품과 인공 조미료를 되도록 피하고 신선한 재료의 가정 요리를 먹이는 식이요법을 실천하고 있다.

전체 미취학 아동의 8~16퍼센트가 앓고 있는 아토피는 독일에서 가장 흔한 어린이 만성 질병이다. 그중 70퍼센트가 나이를 먹으면서 완치된다지만 사춘기나 노년에 재발할 수도 있다. 현대 의학은 아직까지도 아토피의 정확한 원인과 치료법을 밝혀내지 못했다. 그저 드러난 증세를 호전시키기 위해 피부에 보호막을 만들어주고, 염증을 가라앉히고, 바닷가나 고산지대에서 요양을 하고, 알레르기를 유발하는 요소를 찾아내 차단하라고 권할 뿐이다. 그러니 이렇게 아픈 자식을 위해 온갖 노력을 기울이며 초조한 마음으로 동분서주했던 엄마로서 후배 엄마들에게 조언해줄 수 있는 것은 단 한 가지다. 바로 엄마의 초조함을 아이의 평화로운 마음에 물들이지 말라는 것.

인공 암벽 타기 학교 대표 선수였던 아들은 어느 날 갑자기 재발한 아토피와 천식 때문에 벤치로 물러났다. 3년 연속 주 챔피언을 목표로 열심히 연습했지만 증세가 도져 결국 출전을 포기한 것이다. 시합 전날 아들이 내게 작은 소리로 말했다.

"다른 친구들은 다 건강한데……. 나는 운이 나빠."

나는 차마 아이의 얼굴을 볼 수가 없어 도마질을 계속하면서 말했다.

"그래. 하지만 건강한 친구들도 평생 못 해보는 챔피언을 너는 잠시 안 아픈 틈을 타서 해봤잖아? 그러니 얼마나 다행이니?"

그 이후로 아들은 훈련에는 꼬박꼬박 임했지만 경기에는 다시 출전하지 못했다. 그러나 시합 날이면 자기 대신 출전하는 친구들의 뒷바라지를 하고, 행사를 주최하는 선생님을 도와 팀 내에서 선수보다 더 필요한 사람이 되었다. 이러한 경험을 바탕으로 아들은 앞으로도 몸뿐 아니라 마음도 잘 다스리며 열심히 살아갈 것이다. 핸디캡을 억울해하는 대신 핸디캡에 평화롭게 적응하면서 오히려 그것을 적극적으로 극복할 것이다. 본인이 이렇게 의연할진대 옆에서 괜스레 측은해하거나 억울한 마음을 품는 것은 엄마로서 예의가 아니겠지요?

* * *

소금물 목욕 방법: 욕조에 섭씨 37도 정도의 물을 받아 바닷소금 5백 그램을 넣고 잘 저은 다음 15~20분간 몸을 담근다. 피부에 소금기가 남도록 샤워나 비누질을 하지 않고 그냥 나온다. 목욕 후 당장은 아토피 부분이 빨개지지만 다음 날 아침에는 가라앉는다. 목욕 후 이불을 따뜻하게 덮고 누워서 30~60분 쉬면 좋다.

마르타 헤어포드 미술관 벽에 드리운 나무 그림자. 남편의 형님,
즉 나의 시아주버님 토레 디스텔호스트(Tore Diestelhorst)의 작품이다.

공존을 위한
예의

나는 모모의 옷을 먼저 갈아입힌 후, 다른 아이들을 도와
주느라 모모를 잠시 바닥에 눕혀놓았다. 옷을 다 갈아입
은 아이들이 모모가 누워 있는 곳으로 슬금슬금 모여들더
니 그 옆에 눕기 시작했다. 서서 기다리지 않고 나란히 누
워서 기다리니 모모는 장애가 없는 사람이랑 똑같아졌다.
그 순간만큼은 모모에게 도우미가 필요하지 않았다.
이 세 살배기 아기들이 대체 무슨 일을 한 건가? 개인의
결함이 드러나지 않는 방법을 찾아 자연스럽게 전체의 이
익을 도모하는 현명한 공생의 법칙을 실현하지 않았나.

이성이 잠들면 괴물이 눈뜬다

한국식으로 하면 중학교 2학년이었을 때 아들은 한창 크는 나이라 그
랬는지 무척 많이 먹었다. 학교가 아침 8시에 시작해서 오후 1시면 파했
는데, 매일 아침을 든든하게 먹고도 어른 팔뚝만큼 굵은 바게트 빵에 소
시지나 치즈 넣은 것을 40센티미터쯤 싸 가서는 남김없이 다 먹고 왔다.
그러고도 집에 들어오며 하는 말이 인사 대신 '배고파'였다. 점심상 앞
에서는 항상 황홀한 표정을 지었다. 그해 가을에 학급별로 견학을 갔을
때도 배낭 하나 가득 먹을 것을 싸들고 벙글거리며 집을 나섰다. 그날
늦은 오후, 피곤한 표정으로 집에 돌아온 아이를 맞아 배낭을 받아드는
데 이상하게도 아침과 똑같이 묵직했다.

"어? 왜 하나도 안 먹었어? 딴 거 사 먹었어?"

"아니."

"친구 거 뺏어 먹었어?"

"아니."

아이는 하루 종일 아무것도 먹지 않았다고 했다. 자기뿐 아니라 급우
들도 아무것도 먹지 못했다고. 놀라서 이유를 묻는 나에게 아이는 괴로

운 표정을 지어 보였다. 머뭇거리며 하는 말이 너무나 사실적으로 다 보여주더라고. 그걸 다 보고 나서 뭔가를 먹을 수 있는 사람은 아마 없을 거라고 했다.

알고 보니 아이들은 그날 뮌헨 근교의 다하우란 도시에 보존되어 있는 2차 대전 당시의 유태인 수용소로 견학을 다녀왔다. 국민 교육 차원에서 가스실과 화장터까지 원상태 그대로 보존하고 있는 이 수용소는 당시의 잔인했던 상황을 사진과 전시물을 통해 적나라하게 다 보여주는 곳이다.

독일에서는 어릴 때부터 학교에서 제 나라의 부끄러운 역사를 철저히 가르친다. 역사라는 개념을 이해하지 못하는 어린 학생들에게는 '나치'라는 단어를 쓰지 않고도 '패거리를 지어 어딘가 남과 다른 사람을 비웃고 따돌리는 배타적 근성', 즉 '나치적 근성'을 경계하는 사회교육을 자연스럽게 한다. 어려서부터 이러한 분위기에서 교육받은 학생들은 나중에 좀 더 철이 들어서 '그때 어떤 일이 일어났나?'를 배울 적에 '어째서 그런 일이 일어났으며, 다시는 그런 일이 일어나지 않으려면 나부터 어떻게 행동해야 할까?'를 함께 고민해보는 과정으로까지 자연스럽게 넘어간다.

덩치만 컸지 철은 하나도 없어서 모이면 우당탕 시끄럽기만 한 십대 중반의 장난꾸러기들이 소풍이라고 들떠서 집을 떠났다가 저렇게 깊은 마음의 동요를 겪고 돌아온 배경에는 독일이 긴 세월을 두고 차곡차곡 준비해온 교육의 힘이 있다. 흥미로운 사실은 독일이 자국민의 역사교육에만 철저한 게 아니라 외국인에게도 자신들의 부끄러운 과거를 감추지 않는다는 사실이다.

독일의 철저한 역사 청산과 사죄 의지

　내가 처음으로 나치의 역사에 눈을 뜬 것은 대학생 때 독일의 한 정당이 주최하는 세미나에서였다. 독일 내 외국인 유학생의 정치의식 고양을 목적으로 개최된 이 세미나에서 나는 세계 각국의 대학생들과 일주일간 숙식을 함께하며 나치에 대해서만 집중적으로 공부하고 토론했다. 우리는 매일같이 독일 사람들도 보지 못한 무시무시한 다큐멘터리 필름들을 보며 나치가 저지른 범죄가 실제로 어떠했다는 것을 똑똑히 배웠다. 그런 필름을 볼 때면 남녀 구별 없이 모든 사람들이 다 울었다. 그러고는 어째서 인간의 사회에 이런 일이 일어날 수가 있었는지를 역사적·사회적·인간적 관점에서 다방면으로 조명하면서 공부하고 토론했다.

　무엇 때문에 외국인 학생들에게 그런 역사교육을 시키는가에 대해 세미나 주최 측에서는 "우리나라가 이런 범죄를 저질렀으니 그 원인과 결과를 확실히 분석해 알려주면 너희가 장차 자기 나라로 돌아가 이를 널리 알리고 지구상에 다시는 이런 일이 일어나지 않도록 세계 곳곳에서 노력할 것"이라는 믿음에서라고 설명했다. 그때 얻은 역사의식은 그 후 나의 시민의식과 자녀 교육에 큰 영향을 끼쳤다. 만약 내가 독일을 떠나 한국이나 다른 나라에 산다 하더라도 나는 지금과 마찬가지로 보통 사람의 일상 속에 자칫 자라나기 쉬운 '나치의 기운'을 경계하는 일을 게을리하지 않을 것이다.

패전 후에 독일 정부는 나치의 피해자들에게 철저히 보상을 했다. 인명을 돈으로 환산할 수는 없지만 그래도 할 수 있는 한 최선을 다했다. 금전적인 보상만으로 끝낸 것이 아니라 두고두고 진정한 사죄 의사를 표시했다. 일례로 1970년에 폴란드를 방문한 빌리 브란트 독일 수상이 2차 대전 시 독일 군대가 저지른 유태인 학살 현장의 기념비 앞에서 갑자기 무릎을 꿇어 전 세계를 놀라게 한 일을 들 수 있다(절을 하는 풍습이 있는 우리네와 달리 평소 바닥에 무릎이 닿을 일이 없는 서구 문화에서는 땅바닥에 무릎을 꿇는다는 것은 특별히 비굴한 자세에 속하며 자기 자신을 완전히 낮춘다는 의미로 통한다).

독일의 속죄는 국가적인 차원에서만 행해진 것이 아니었다. 나치 시대에 태어나지도 않았던 젊은이들이 이스라엘의 키부츠로 노동 봉사를 하러 가는 등 독일 사회 전반에 걸쳐 자발적인 속죄의 분위기가 꾸준하게 지속되었다. 독일의 방방곡곡에서 자기 고장에도 유태인을 핍박한 역사가 있는지 연구했고, 핍박의 현장에는 기념관과 기념비를 세웠다. 조상 대대로 살아온 마을에서 부모 세대가 저지른 만행을 파헤쳐 만방에 알리는 개개인의 용기는 역사 청산에 대한 독일 국민의 자발적 의지의 산물이다. 나치 시대에 개인이 저지른 범죄에 대한 단죄도 '그만하면' 철저히 이루어졌다. 주총리(미국의 주지사의 개념)라 할지라도 2차 대전 시에 해군 법관으로서 탈영병에게 사형을 선고했던 전과가 드러나면 50년 후라도 조사를 받고 공직에서 물러나야 했다.

그러나 아직도 많은 독일인들은 진정한 역사 청산이 이루어지지 않았다며 불만스러워한다. '그만하면'에 만족할 줄 모르는 독일인들은 통일이 된 후에 동독의 비밀경찰이 저지른 죄상을 철저하게 조사하고 심판했다. 피해자가 직접 본인에 관한 국가보안부의 비밀 서류철을 열람해 내막을 밝혀낼 수 있도록 많은 보조 인력을 동원했다. 그 결과 수많은 피해자들이 자신을 감시했던 끄나풀과 공직자를 직접 조사해 고발할 수 있었다. 이 시스템은 매우 합리적이고 철저한 역사 청산 방법으로 인정받아 세계 각국에서 견학 요청과 문의가 들어온다고 한다.

독일이 이렇게 역사 청산에 심혈을 기울이는 이유는 무엇일까? 강제수용소의 실상을 다룬 미국 영화 〈홀로코스트〉가 1979년에 독일 텔레비전에서 방영되었을 때, 많은 독일인들이 눈물을 흘리며 그 당시에 자기는 나치의 만행을 몰랐다고 말하는 것을 보았다. 나는 이들의 말이 반은 맞고 반은 틀리다고 생각한다.

틀렸다고 말하는 이유는 나치의 만행은 한두 명의 위정자가 범한 단독 범행이 아니라 나치의 사상에 동조하는 수많은 독일 국민의 공동 범행이었기 때문이다(히틀러는 국민 선거를 통해 선출되었다). 어디 구석진 밀실에서 일어난 사건도 아니고 전 독일의 동네마다 골목마다에서 일상처럼 일어난 일들이었다. 설마 그 정도였을 줄은 몰랐다고 말하는 사람들은 '국민은 정부더러 유태인의 손가락을 자르라고 했는데 알고 봤더니 손목을 잘랐더라' 하는 식의 구차한 변명을 하고 있는 것이다.

그러나 이것이 구차한 변명일망정 새빨간 거짓말이라고는 생각하지 않는다. 그때까지 소문만 무성하던 과거의 진상을 비로소 낱낱이 알게 되고, 자신들이 동조와 묵인을 통해 키워낸 재앙의 실체가 얼마나 엄청난 것이었는가를 두 눈으로 똑똑히 보면서 독일 국민이 느꼈을 경악과 죄의식은 진심이었으리라 믿는다. 그리고 너무나도 적나라한, 6백만 인명 학살의 공범이라는 죄과 앞에 독일 정부와 국민이 굳건한 공감대를 형성하고 흔들림 없는 사죄 의지를 실천했다고 생각한다.

진심으로 죄를 뉘우치고, 피해자들에게 용서를 구하는 것 이외에도 독일이 강력한 역사 청산 의지를 보이는 데는 다른 이유가 하나 더 있다. 20세기 초반에 독일은 과학 기술 분야에서 눈부신 발달을 보여 서방 세계의 기수 역할을 하고 있었다. 19세기 중반부터 대학과 기업의 공조 체제로 인해 불붙기 시작한 독일의 연구와 개발 정신은 1차 대전 후 경제가 어려운 가운데서도 끊임없이 지속되었다. 그러나 1933년에 집권한 나치 정권은 당시 손꼽히던 명석한 두뇌들을 유태계 혹은 사상이 불온한 인물들이라는 이유로 대거 잡아 죽이거나 외국으로 내쳤다. 그 당시 독일을 떠난 망명 인사들 중에 훗날 노벨상을 받은 과학자의 숫자는 헤아릴 수 없이 많았고, 이들은 고향을 떠나 새로운 나라에 정착한 후에도 연구를 계속하고 후학을 양성해 자신을 받아준 새 조국의 발전에 크게 이바지했다. 반면 독일은 패전과 함께 후진국으로 전락했고, 적국이었던 미국의 도움에 감지덕지해야 하는 처지가 되었다. 독일 국민은 선조 대에도 경험해보지 못한 빈곤과 굶주림 속에서 하루하루를 비참하게 연명해야 했다.

나치의 집권은 단 12년간이었지만 다른 민족은 물론 독일인 자신마저 확실한 멸망의 길로 이끌었다. 번성일로에 있던 조국이 짧은 시간에 어마어마한 속도로 내동댕이쳐지는 것을 경험한 독일인들은 자신들을 세뇌하여 몰아갔던 파시즘의 위력에 공포를 느꼈다. 그러면서 그런 일이 다시 일어나서는 안 된다는 신념이 독일 사회를 지배했다. 같은 오류를 되풀이하지 않기 위해 독일인들은 치열하게 자신의 상처를 헤집고 해부하며 들여다보았다. 그리하여 인류의 역사 속에 '역사 청산 문화'라는 업적을 남겼다.

독일 국민과 독일 사회, 같기도 다르기도

독일에 살아본 사람들 중에는 내 말에 고개를 설레설레 저으며 "아니야, 독일 사람들 그렇지 않아"라고 하는 이가 있을 것이다. 그리고 그건 맞는 말이다. 역사 청산을 추구하는 사회 분위기와는 딴판인 게 또 일반 독일인들이다. 나는 독일에서 독일인들을 깊이 사귀면 사귈수록 이러한 현상에 경악하곤 했다. 나 아니면 죽고 못 산다고 따라다니던 남학생도 나중에 알고 봤더니 나치를 기리는 요상한 물건을 수집하고 있지를 않나. 내가 아르바이트하던 곳의 한 상사는 나랑 좀 친해지자 6백만 유태인 학살설이 사실은 지어낸 얘기란 말을 하기도 했다. 마침 빗자루로 설계도면의 지우개 가루를 살살 털고 있던 나는 그 말을 듣고 흥분해서 빗자루를 휘두르며 입씨름을 하다가 빗자루를 얼굴에 던져버리겠다고 으르렁거린 일도 있다.

내가 이런 경험을 더욱 철저히 하게 된 것은 학생 신분이 아닌 사회인으로서 독일 사회에 좀 더 깊숙이 들어가게 되면서부터였다. 결혼을 하고, 아이를 낳아 키우면서 나는 '독일에서 자식을 기르는 외국 여성'

의 신분이 되었다. 내가 일상적으로 다녀야 하는 곳도 학생 때와는 달라졌고 만나는 독일인의 연령층도 다양해졌다. 아이들끼리 친하면 부모들끼리도 친구가 되는 경우가 많다 보니 사귀는 사람들도 달라졌다. 어느덧 나는 실력 하나에 승부를 걸고 꿈을 먹고 사는 대학생들보다는 가정을 이루고 자식을 키우느라 아등바등 피곤한 보통의 독일 사람들과 더많이 교제하게 되었다.

그러면서 학생 때와는 다른 독일인의 정서와 사고방식을 적나라하게 경험했다. 자기 재산이라곤 땡전 한 푼 없는 대학생들과 달리 그들은 가진 것이 조금이라도 있어서인지 잃을 것을 걱정하고, 자기 떡 감시하는 일에 신경을 많이 쓰는 사람들이었다. 통일 이후로 경제 침체기가 오래지속되는 상황에서 이들의 불안감은 감성적인 배타심으로 표출되기도했다.

예를 들어 독일에는 여러 형태의 보조금이나 혜택이 있어서 극빈자뿐만 아니라 대졸 수준의 직업을 가진 사람들도 수입이 많지 않으면 각종 보조금을 받는데, 이들은 보조금을 타러 시청에 갔을 때 외국인 신청자가 많으면 돌아와 분통을 터뜨리곤 한다. 우선 독일인인 자신이 머릿수건을 쓰고 치마 밑에 바지를 입은 외국 여자들 사이에 줄을 서서 돈을받는다는 사실에 자존심이 상하는 듯했고, 한편으론 자기 나라의 경제가 외국인들을 먹여 살리느라 어려워졌다고 믿는 듯했다. 그러나 보조금을 신청하는 외국인들은 독일인과 똑같이 노동과 납세의 의무를 행하는, 독일의 귀중한 노동력이자 내수 시장이고, 독일의 산업 발전에 기여해 각종 보조금과 연금을 만드는 데 일조한 이들이다. 그런 이유에서 보조금을 받을 권리가 있고 또 자격이 되니까 받는다는 사실을 그들은 전혀 생각지 못하는 것 같았다.

참으로 흥미로운 사실은 바로 그런 독일인들이 평소에는 나라 밖의 정세에 관심이 많아 세계 평화를 위한 데모에도 참가하고, 어려운 살림에도 다른 나라를 위한 모금 운동에 참여하는, 한마디로 의식이 깨인 사람들일 수 있다는 것이다. 우리 아이들이 외국인이라고 행여 놀림이라도 당하면 나보다 먼저 나서서 흥분하고 학교에 알려 앞으로 그런 일이 일어나지 않도록 조처해주는 정의로운 나의 이웃 중에도 극한 상황에서는 그런 모습을 보이는 사람들이 있을 수 있다는 소리다.

이런 이유들 때문에 나는 청소년기부터 인생의 대부분을 독일에서 보낸 내가 아직도 독일에 이질감을 느낀다는 사실을 별로 이상하게 생각하지 않았다. 그런데 독일 국적을 가지고 독일에서 태어나 독일의 교육을 받고 교사가 되어 독일 공무원의 지위를 누리던 사람도 나와 같은 이질감을 느끼고 있다는 것을 알았을 때는 정말로 의아했다. 레아 플라이슈만이 쓴《이것은 내 나라가 아니다》라는 책을 읽을 때가 바로 그런 기분이었다.

플라이슈만은 유태인이었다. 폴란드의 유태인 수용소에서 구사일생으로 살아남은 유태인 남녀가 전쟁이 끝난 뒤 결혼해 낳은 딸이었다. 그들은 자진해서 독일로 돌아온 소수의 유태인 중 하나였다. 유태인이 자신을 핍박한 나라로 돌아왔다는 게 이상하게 보일 수도 있지만, 어떤 면에서는 인간이 죽음의 고비를 넘긴 후에 말이 통하고 낯익은 고향으로 되돌아가고 싶어 하는 것은 자연스러운 일이다.

치유될 수 없는 영혼의 상처를 안고 사는 부모 밑에서 씩씩한 독일 여성으로 자라면서 독일 구석구석에 보일 듯 말 듯 자리 잡은 배타성과 소시민적 근성에 대항해 투쟁하던 플라이슈만은 어느 날 홀연히 이스라엘로 이주하기로 결심한다. 독일을 떠나며 그간의 생활을 정리한다는 마음으로 쓴 책에서 그녀는 자기가 독일을 떠나는 직접적인 동기는 나치의 세뇌를 벗지 못한 장년층의 '소시민적 반유태인 정서'가 아니라 그녀가 가르치는 어린 학생들의 마음 깊숙이 자리한 '소시민적 반외국인 정서'라고 말했다.

은밀하게 숨어 있는 반외국인 정서란 이런 것이다. 밖에서는 조심하지만 가족끼리 식탁에 모여 앉거나 친한 사람들끼리 술집에서 한잔이라도 걸치고 나면 거침없이 터져 나오는 독일 찬양과 외국인 비하 발언, '사죄와 보상은 그만큼 했으면 됐다. 지겹다'는 수군거림, '우리 선조가 한 일에 대해 왜 내가 책임을 져야 하느냐'는 원망…… 독일의 과거와 현재는 쉽게 풀리지 않는 '타민족에 대한 불안과 불신'의 문제를 무겁게 지고 있다. 그런 복잡한 감정은 살기 좋은 때, 바람이 잠잠할 때는 전혀 드러나지 않다가 상황이 나빠지면 잠시 빨갛게 달았다가 소진되기도 하고, 여차하면 불꽃으로 활활 타오르기도 하는 불씨로 남아 있다.

외부의 영향에 민감한 민족주의적 감정을 품는 것은 독일인에게만 보이는 속성이라기보다는 누구에게나 있는 지극히 인간적인 현상일 것이다. 그러나 독일인들이 이런 현상에 각별히 주목하고 조심해야 할 이유가 있다. 특별히 독일에서만 일어나는 사건들이 종종 있기 때문이다.

인간은 누구나 나치가 될 수 있다

요즘은 잠잠해졌지만 불과 10년 전만 해도 독일에서는 신나치주의를 추종하는 청소년들이 백주에 외국인을 때려죽이거나 동네 주민들의 응원을 받으며 망명 신청자들의 합숙소에 불을 지르는 일이 가끔 일어났다. 독일보다 배타적 민족주의를 지향하는 정당의 지지율이 훨씬 높은 유럽의 다른 나라에서도 찾아볼 수 없는 야만적인 행위가 왜 하필 그 어떤 나라보다 역사 청산을 철저히 실천하고 있는 독일에서 일어나는 것일까?

무엇보다도 겉으로 드러나진 않지만 사회 저변을 도도히 흐르고 있는 말 없는 동조의 분위기를 들 수 있고, 또 하나 신나치의 출몰 지역이 주로 동독 지역인 것으로 미루어볼 때 통일 이후 계속된 불경기, 실업으로 인한 좌절감과 열등감도 한몫을 했다고 볼 수 있다. 독일은 통일 이래로 동독 지역에 무지막지한 돈을 쏟아 부었지만, 그리고 그 여파로 아직도 경제가 휘청거리고 있지만 두 지역의 인간들을 화합하는 데는 실패했다. 동독인들은 통일 이후에 자신들도 당연히 누릴 줄 알았던 부와 안정 대신 실업과 상실감만을 맛보았고, 자신들이 독일의 이등 국민으로 취급받고 있다는 느낌을 지울 수 없었다. 피해 의식을 가진 사람일수록 발아래를 살펴 자기도 밟을 자가 없는지를 찾게 되는 법인지, 이렇게 해서 동독 지역에 거주하는 외국인들의 야만적인 수난 시대가 시작되었던 것이다.

어떤 이유에서든 국가의 경제성장 속도가 완화되기 시작하면 국민들은 살기 힘들어졌다 생각하고, 분배의 불공평함에 억울함을 느낀다고 한다. 내 떡이 다른 사람에게로 넘어가서 내가 힘들다는 식의 억울한 기분은 못사는 사람에게나 잘사는 사람에게나 똑같이 드는 감정이다. 이때 억울한 마음으로 끼리끼리 뭉쳐 떡을 되찾자고 패거리를 지어 선동하다 보면 개개인의 양심이 군중심리로 대체되는 상황이 오기도 한다.

그렇게 되면 그간 이성에 의해 다스려지던 약육강식의 본능이 서서히 고개를 들기 시작한다. 우리가 힘을 모아 두들겨 패는 상대는 항상 우리보다 약자이기 때문이다. 이때 혈통주의와 배타적 민족주의는 인간의 감성에 강하게 호소하며 이성을 잃은 사회에 패거리 문화를 형성하는 명분을 제공한다. 이러한 현상은 독일뿐 아니라 언제 어디서나 토양만 준비되면 얼마든지 되풀이될 수 있다.

개개인이 판단 능력을 집단에 맡기고 들쥐 떼처럼 깃발만 바라보며 막무가내로 달려가는 사회에서는 창조적인 문화와 예술이 꽃필 수 없다. 창조적인 사고가 정지된 사회에서는 건전한 경쟁이 있을 수 없고, 건전한 경쟁 없이는 장기적으로 건강한 경제를 이룩할 수 없다. 그렇게 되면 살기가 더 어려워지는 악순환이 꼬리를 물고 계속되는 것이다.

인류의 경제가 항상 상승 곡선을 탈 수는 없다. 경제가 휘청거릴 때마다 나타나는 약육강식의 패거리 문화를 막는 유일한 길은 어떤 일이 있어도 개인이 자신의 양심과 판단 능력을 저버리지 않는 것이다. 현대의 독일 군인들은 상관의 명령이라도 법에 어긋나면 복종하지 말라는 교육을 받는다. 이것은 나중에 심판을 받을 적에 상부의 명령이었다는 핑계가 통하지 않는다는 것을 뜻한다.

지나간 일일지라도 심판을 통해 반드시 상벌을 가리고, 양심을 저버린 행위에 대해서는 그 당시엔 합법이었다는 핑계가 통하지 않는다는 전례를 남겨야만 후대의 사람들이 배울 수 있다. 역사 청산은 지나간 일을 가지고 왈가왈부하는 것이기에 얼핏 보기엔 실속 없는 일 같지만 실은 과거의 실수를 되풀이하지 않는다는 의미에서 매우 실속 있고, 긴 안목으로 보아 대단히 경제적인 행위다. 인간은 누구나 '나치적 대재앙의 불씨'를 마음속에 품고 있다. 이 불씨를 잘 다스려 함부로 튀지 않도록 하는 것이 교육의 힘이다. 이러한 사실을 확실히 가르쳐주는 역사가 존재하는데도 이를 외면하고 활용하지 못하는 사회는 미련한 사회다. 언제든지 되풀이해서 죄를 짓고 후진국으로 전락할 수 있는 위험을 안고 사는 사회다.

현재를 사는 독일 국민의 보편적인 의식 수준을 보면 국가의 역사 청산 의지에 비해 한참 뒤떨어져 보일 때도 있다. 하지만 온 국민이 하나가 되어 유태인 상점과 유태교 회당을 파괴하며 환호성을 지르던 때가 불과 70년 전이고, 그때 열광했던 사람들과 그 자식들이 오늘의 사회를 형성하고 있다는 것을 생각해본다면 독일인의 의식이 그간 장족의 발전을 했다는 것은 인정해줘야 한다.

독일 국민의 의식은 아직도 꾸준히 변화하고 있다. 현재 그 변화가 어느 선까지 와 있는지를 말하기 전에 먼저 독일의 보통 사람들이 겪었던 근세의 역사를 들여다볼 필요가 있을 것 같다. 오늘의 모습을 과거의 행적에 비추어 '어디에서 시작해 지금은 얼마만큼 와 있는가'를 생각해보아야 '앞으로 어느 방향으로, 어떤 속도로 나아갈 것인가'를 가늠할 수 있기 때문이다. 정부의 6백만 유태인 학살을 지지했던 독일인들은 그 당시 무슨 생각을 하고 살았으며, 패전 이후에는 어떤 과정을 거쳐 그렇게 철저하게 역사 청산을 수행하게 되었을까?

이 사진 역시 시아주버님 토레 디스텔호스트(Tore Diestelhorst)의 작품. 그는 고철과 버려진 꽃을 소재로 무수히 많은 사진을 찍었다.

사람은 어떻게 나치가 되는가

1차 대전 이후 전쟁 도발국이자 패전국이었던 독일은 막강했던 산업 시설을 승전국에게 빼앗기고 과중한 전쟁 보상금을 치르느라 극심한 경제난과 좌절감에 시달리고 있었다. 이러한 상황에서 히틀러라는 인물의 출현은 독일 국민에게 심리적으로 마른 땅에 내리는 단비처럼 반가운 사건이었다.

'민족사회당'이라는 뜻을 가진 나치당은 독일의 혈통이 무조건 우월하다는 단순 무식한 사상으로, 독일인들의 구겨진 자부심을 감성적으로 어루만져주고 살기 고단한 자국민에게 유태인을 화풀이감으로 제공하여 민중의 지지 기반을 넓히며 권력을 키워나갔다(나라에 재난이 있을 때마다 유태인을 희생양으로 삼아 국민의 관심을 호도하는 방식은 유럽 역사에서 늘 있어온 일이다). 뿐만 아니라 히틀러는 국제사회에서도 독일에게 불리한 조약들을 마음대로 파기하며 마치 깡패처럼 굴었으므로 독일인들은 오랜만에 자존심을 회복하는 시원한 감정을 맛보았다.

나치 시대의 콜라주

　황폐한 마음에 한 줄기 위로와 희망을 주는 감성적인 방법으로 국민에게 접근한 히틀러는 자신의 장기인 선동을 통해 민중을 하나의 이념으로 똘똘 뭉치게 하는 전체주의로 몰아갔다. 유태인 학대를 통해 사디즘적 본능을 충족시킨 국민들은 전체와 함께 울고 웃으며, 전체에 복종하고 목숨을 맡기는 달콤한 마조히즘의 본능마저 즐기게 되었다. 이렇듯 온전히 감성 정치의 노예가 되어버린 독일 국민은 자신의 자유가 박탈당하는 줄도 모르고 뜨거운 전우애와 애국의 열정에 휩싸였다.

　개인의 양심을 국가 이념과 맞바꾼 사회에서 개인은 자기가 타고 있는 기차가 어느 방향으로 질주하는지 생각해볼 능력을 상실한다. 감성이 모든 것을 지배하는 분위기에서 이성을 가진 자는 굳이 공권력을 빌릴 필요도 없이 자체적으로 매장되고 도태된다. 독일에서 그 시대를 살았던 보통 사람들의 모습은 어떠했을까? 그때의 실상을 좀 더 실감나게 묘사하기 위해 내가 책에서 읽거나 지인에게서 들은 실화를 다음과 같이 콜라주해보았다.

　　나치당이 선전하는 위대한 조국의 미래에 희망을 걸었지만 살기는 여전히 힘들고, 큰아이가 히틀러소년단에서 강철 같은 독일인으로 단련되는 것이 흐뭇하긴 하지만 그렇다고 해서 작은아이가 옆집에 사는 유태인 자녀와 노는 것에도 거부감을 못 느끼고, 그러던 어느 날 새벽에 거칠게 문 두드리는 소리가 들리고, 가톨릭이나 유태교의 종교적 명절이면 서로 음식 접시를 주고받던 옆집 남자가 경찰에게 끌려가는 모습을 문틈으로 목격하고, 그날 밤 어둠을 틈타 그 집 식구들에게 빵 한 덩이를 슬그머니 들이밀어 주고는 행여 누가 볼세라 삐걱거리는 층계를 살살 밟으며 되돌아 나오고, 며칠 후에 그 남자의 부인이 찾아와 은수저 세트를 내밀며 헐값에라도 좋으니 제발 좀 사달라고 하는 부탁을 들어주고(돈이 없어서 정말로 헐값에 사주고).

어느 날 시장에 가는 길에 기차역으로 끌려가는 유태인의 행렬 속에서 자신의 이웃이었던 그 남자를 발견하고, 끌려가는 유태인들의 좌우로 동네 사람들이 죽 늘어서서 돌을 던지거나 우산대로 마구 때리면서 집단 광기에 빠지는 모습을 목격하고 치를 떨고, 하지만 그냥 돌아서는 모습을 보였다가는 감시하는 나치 끄나풀에게 해코지라도 당할까 걱정이 되어 같이 때리는 시늉이라도 하고, 그러고는 끄나풀을 비롯한 동네 남자들에게 휩쓸려 맥주를 마시면서 유태인이 조국에 끼친 해악에 대해 상세히 듣고, 아까 느꼈던 죄의식이 단숨에 덜어지는 걸 느끼고.

연일 라디오와 신문을 통해 전파되는 후끈 달아오른 애국의 열기에 서서히 감화되어 조국이라는 단어를 듣기만 해도 눈물이 핑 돌고, 점차로 정치의식이 깨이는 기쁨과 흥분을 느끼고, 애국심 반 왕따에 대한 불안감 반의 심정으로 나치당에 입당 원서를 쓰고, 조카딸의 결혼 잔치에 갔다가 유태인 부잣집에서 가정부 노릇을 하던 큰누나가 주인이 수용소로 끌려가는 와중에 재빨리 챙겨놓은 이불보와 그릇으로 조카딸의 혼수를 마련했다는 소리를 듣고 부러운 마음 한편으로 어딘지 모르게 민망한 마음이 들고.

그러다가 영장을 받고 전선으로. 전장에서 겪은 일은 아무에게도 말할 수 없는 나만의 비밀이고. 전쟁이 끝나고 포로수용소를 거쳐 구사일생으로 집에 돌아왔을 때 제일 먼저 들은 소식은 외아들이 소년병으로 전사했다는 것. 그리고 이어지는 전후의 굶주림과 빈곤. 달리는 화물차에서 석탄을 훔치려다 기차 바퀴에 깔려 손목이 잘린 외동딸. 솜씨 좋은 아내가 감자나 석탄 담는 포대를 풀어 뜨개질해준 옷 속으로 사정없이 스며들던 추위.

전쟁이 끝나자 독일(서독)은 남녀노소 힘을 합쳐 복구 작업에 사력을 다해 매달렸다. 역사 청산은 당연히 뒷전이었다. 특별히 죄질이 나쁜 나치 거물들은 연합군이 주도한 재판에 회부되어 처형되기도 하고 남미로 달아나기도 했다. 독일 정부는 자체적으로 나치 색출을 벌이긴 했지만 수박 겉핥기식으로 넘어갔다. 행정기관, 기업, 학교 등 도처에 사람이 필요하지 않은 곳이 없었으므로 얼마 남지 않은 전문 인력의 성분을 철저히 조사해 걸러낼 여력도 없었고, 또 그렇게 했다면 아마 남아날 인력도 없었을 것이다.

유태인 희생자들에 대한 보상은 1950년대 초반부터 연합군의 주도로 추진되기 시작해 곧이어 독일 국회에서 보상법이 정식으로 통과된 후 실행되기 시작했다. 그러나 사죄와 보상에 대한 국민들의 관심은 미미했다. 그저 패전국으로서 묵묵히 치러야 할, 전쟁 보상금 같은 의무로 생각했다. 독일 국민들은 차마 드러내놓고 말은 못했지만 자신들 역시 히틀러의 희생자라고 여겼다.

모두 다함께 과거는 잊고 앞만 보고 전진하며 라인 강의 기적을 실현하던 1961년, 종전 후 16년이 흐른 시점에 6백만 유태인 학살의 주범인 아이히만이 아르헨티나에서 이스라엘 정보기관인 모사드에게 납치되어 이스라엘에서 재판을 받고 처형되는 사건이 발생했다. 독일인들은 이 재판 과정을 지켜보며 그들이 애써 외면했던, 과거에 독일이 지은 죄가 어떤 것이었는지를 새삼 깨닫게 되었다. 그리고 아이히만 같은 나치 거물들이 아직도 독일 사회 곳곳에서 높은 자리를 차지하고 있다는 사실에 주목하기 시작했다. 그러다가 그중 몇 명이 독일 법정에서 심판을 받았고, 이 과정에서 소문만 무성하던 과거의 실상을 다시 한 번 확인할 수 있는 기회를 갖게 되었다.

기억하는 역사와 상상하는 역사

이렇게 과거에 대한 관심이 싹트는 분위기에서 맞은 종전 20주년은 독일 형법상 살인범에 대한 법정 시효 기간이 만료되는 해였다. 아직 전범을 제대로 가려내지도 않았는데, 모든 전범이 자동적으로 사면되는 상황이 온 것이다. 국회에서는 역사 청산을 원하는 세력과 원하지 않는 세력이 치열한 공방전을 벌였고, 국민들도 관심을 가지고 이를 주시하며 토론하는 가운데 역사의식이 조금씩 익어갔다.

국회에서는 어떻게든 합의점을 찾아보려고 별의별 편법이 다 제안되었지만 끝내 해결을 보지 못해 이 숙제는 결국 차기 정권으로 넘어갔다. 그리하여 빌리 브란트가 이끄는, 나치의 과거에서 비교적 자유로운 사회민주당이 집권하는 1969년에야 인종 학살범에 대해서는 법정 시효 기간을 완전히 없앤다는 법이 통과되었다. 즉 인종 학살범은 목숨이 붙어 있는 한 언제라도 체포되어 벌을 받을 수 있다는 뜻이다.

마침 이 시점을 기하여 독일 젊은이들이 거리로 쏟아져 나왔다. 반전을 외치는 미국 젊은이들의 영향으로 번지기 시작한 유럽 학생운동의 일환이었다. 1968년에 시작되어 '68운동'으로 불리는 대학생들의 이 사회 운동은 억압되었던 성(性)의 자유를 주장하고, 기성세대의 소시민적 가치관 타파를 외쳤다. 이때 독일에서 과녁이 된 것이 바로 역사 청산이었다. 종전을 전후하여 태어난, 그래서 나치의 직접적인 영향에서 자유로운 첫 세대였던 당시 대학생들은 독일 사회의 경직성은 바로 부모 세대가 나치의 그늘에서 벗어나지 못하고 있기 때문이라며 적극적인 역사 청산을 요구했다(그 당시 경찰을 향해 돌을 던졌던 학생들이 이제는 장년이 되어 사회를 이끌어가고 있고, 또 정치를 하고 있다. 이들은 기득권층이 되면서 초심을 잃었다는 비판을 받기도 하지만, 다른 건 몰라도 역사 청산 의지만큼은 굳건하게 이어왔다고 하겠다).

동독에서는 나치의 탄압을 받았던 공산당이 집권하면서 종전과 함께 나치 색출이 활발하게 이루어졌지만, 자유 진영인 서독에서는 초반에 시기를 놓쳐 나치에 대한 준엄한 심판이 이루어지지 않았다. 그러나 나는 이를 지극히 인간적인 현상이라고 이해한다. 동독처럼 이념이 인간성을 지배하는 사회가 아닌 서독에서 한 세대가 지나간 후에야 비로소 역사 청산이 거론되기 시작한 것을 나무랄 자신이 나에게는 없다.

현장에 있던 자들이 기억하는 역사와 그 자식 세대가 상상하는 역사에는 커다란 차이가 있다. 자기 아버지를 사회가 지은 총체적인 범죄의 부속품이라고 추상적으로만 이해하는 자식 세대는 자신이 죽인 인간의 마지막 눈빛을 보아버린 아버지 세대의 심리를 이해하지 못한다. 지난 일을 기억에서 지워버리고 싶어 하는 세대와 잘잘못을 가리고 싶어 하는 세대의 차이가 바로 여기서 난다.

독일 젊은이들이 역사 청산을 주장한 현상의 뒷면에는 무수한 개인적인 갈등이 존재했다. 자식들은 자기만의 관점을 세우려는 사춘기적 오만함으로 아버지들에게 따져 물었다. '당신은 나치 시절에 무엇을 했는가? 전쟁 때 독일 군인으로서 어디서, 누구를 죽였는가? 당신은 인종 학살에 어떤 형태로 참여했는가? 인종 학살을 저지하기 위해 개인적으로 어떤 노력을 했는가?' 아버지가 무서운 기억이 남긴 상처로 망가져버린 가정의 자녀들은 직접 물어보지도 못하고 침묵 속에서 스스로 묻고 대답하는 더 큰 갈등을 겪었다.

독일에서 '나치'는 아직도 무척 예민한 단어다. 외국인인 내가 미운 독일인을 만나면 가장 쉽게 떠올리는 말이지만, 또한 절대 함부로 내뱉으면 안 되는 말이기도 하다. 나치 소리를 들으면 감정적인 독일인들은 자신들의 약점을 건드리는 비열한 짓이라고 불같이 화를 내고, 이성적인 독일인들은 그렇게 함부로 비교하는 것은 나치의 무거운 죄과를 희석시키는 짓이라고 정색을 하며 나무란다.

또한 많은 이들이 아직도 나치 시대에 받은 세뇌 교육의 후유증을 앓고 있다. 내가 잘 아는, 행동하는 양심이란 별명을 가진 어떤 독일인은 '한번 나치면 평생 나치'라는 말로 나에게 자신의 이중성을 고백한 적이 있다. 그는 어렸을 때 여느 또래와 마찬가지로 히틀러소년단원으로 세뇌 교육을 받았는데, 그때 어린 감성에 새겨진 나치 사상은 자기가 죽을 때까지 지워지지 않을 거라고 했다. 그가 평생 꾸준히 실천하고 있는 나치 청산 의지는 그야말로 자신의 감성과는 완전히 분리된, 오로지 이성 하나에만 기댄 것임을 알았을 때, 나는 그의 한평생이 자신 속에 웅크리고 있는 내면의 적과 싸우는 투쟁의 역사였다는 것을 비로소 이해할 수 있었다(이분이 바로 돌아가신 나의 시아버님이다).

내가 잘 아는 독일인 할머니의 집에는 솜털이 보송보송하고 귀티 나는 미소년의 초상화가 걸려 있다. 할머니의 오빠로 2차 대전 때 17세의 나이로 전사했다고 한다. 나중에 알고 보니 그는 적군의 총에 맞아 죽은 게 아니었다. 히틀러소년단의 자랑거리였을 만큼 명민했던 까닭에 어린 나이에 엘리트 훈련원으로 뽑혀 갔다가 사격 훈련 중에 사고로 총상을 입었다고 한다.

마음속으로 평생 자기 오빠와 살고 있는 이 할머니는 내 아들이 하는 짓이 자기 오빠와 닮았다며 "오빠가 아직 살아 있다면 이 아이와 죽이 잘 맞을 텐데……" 하며 한숨을 쉬곤 한다. 그런 말을 들으면 나는 솔직히 마음이 이상해진다. 어려서부터 투철한 나치 교육을 받은 그 오빠가 아직도 살아 있다면 외국인 혈통의 내 아들을 좋게 봤을지도 의문이고, 살아 있었다면 나중에 SS 친위대가 되었을 그 오빠의 인명과 바꾸었을 유태인의 인명이 도대체 몇이나 될까 하는 발칙한 생각이 먼저 떠오르기 때문이다.

나치는 나와 그 독일 할머니 사이에 존재하는 비극이다. 많은 독일인들의 어린 시절에 대한 향수가 나치와 직결된다는 사실은 아직도 독일 사회를 지배하고 있는 비극이다.

야만의 역사를 바로잡는
작은 조약돌의 힘

어린 시절의 추억과 나치의 범죄가 겹쳐지는 정신분열을 겪고, 아직도 소진되지 않고 하늘거리는 민족주의의 불씨를 가슴속에 간직하고 있는 독일인들. 이렇게 불안한 구성원들로 이루어진 독일이 어떻게 그토록 성숙한 태도로 역사 청산을 이룰 수 있었을까? 나는 이 오랜 의문을 몇 년 전에야 비로소 풀 수 있었다.

통일 이후 동독의 밑 빠진 독에 물을 붓기 시작한 지 10년이 넘어가면서 독일 경제가 한창 바닥을 헤매고 있을 때의 일이다. 그 당시 독일은 역사상 최고의 실업률을 기록하고 있었고, 기업이고 정부고 적자 재정을 면치 못해 허덕이는 상태였다. 이때 미국의 법정에서 청천벽력 같은 소식이 날아왔다. 나치 치하에서 강제노동을 했던 생존자들에게 충분한 보상이 이루어지지 않았다며 독일이 50억 달러를 배상하라는 판결이 나왔다. 미국으로 이주한 2차 대전 생존자들(이들은 대개 유태인이었다)이 미국의 법원에 독일 기업들을 상대로 집단소송을 제기한 것이다.

그 당시 독일 정부는 시급한 문제인 탁아 시설 확충에 들어갈 수천만

달러를 어디서 충당해야 할지 우왕좌왕하고 있던 차라 이 소식을 듣고 꿀 먹은 벙어리가 되었다. 그 많은 돈이 지금 어디서 나온단 말인가? 국민은 국민대로 "우리도 이제는 할 만큼 했다. 우리만큼 철저하게 보상한 나라 있으면 나와봐라. 피해 보상도 끝이 있어야지 우리가 봉이냐, 언제까지 우리를 우려먹을 것이냐" 하며 우우거리기 시작했다. 보상에 대한 협상이 난항을 겪자 미국에서는 독일 제품 불매운동을 벌이겠다고 협박을 했다.

때마침 독일에서는 보수파인 기독민주당의 오랜 집권이 막을 내리고 사회민주당과 녹색당의 진보적인 연립 정부가 출범했다. 새 정부는 법적 근거가 희박하다는 핑계로 외국인 노동자를 포함한 강제노동자에 대한 보상이 미흡했다는 사실을 인정하고, 이참에 독일의 역사적인 숙제를 매듭짓자며 보상을 수행할 재단의 설립을 적극적으로 추진했다. 그러면서 정부와 기업이 함께 보상비로 책정된 50억 달러를 모으자고 제의했다. 정부의 간곡한 호소에도 기업들의 자발적인 참여는 미진했다. 그렇지 않아도 불경기에 시달리던 독일 기업들은 먼 산만 바라보며 딴청을 했다. "우리는 패전 이후에 새로 설립된 회사"라는 둥 "우리는 보상을 이미 다 했다"라는 둥 각자 발뺌하기에 바빴다.

그러나 한쪽에서는 조용한 움직임이 일고 있었다. 강제노동의 생존자가 지금 러시아 어디어디에서 매월 얼마의 연금으로 어렵게 연명하고 있다. 그는 독일의 어떤 공장에서 강제노역을 했는데 그 후유증으로 지금 어떤 지병을 앓고 있다 등등의 기사들이 연일 매스컴을 통해 조용히 퍼져나갔다. 그런 기사의 말미에는 항상 생존자들의 나이가 적혀 있었다. 그들은 대부분 아흔이 넘은 노인들이었다. 이렇게 고령의 나이를 언급하는 것은 때를 놓치면 사죄의 기회를 잃는다는 사실을 상기시키는 무언의 협박이었다.

시민단체들은 기업들의 배경을 조사하기 시작했다. 그들은 각 기업의 역사를 조사하여 전쟁 이후에 새로 설립된 회사라도 나치 시대에 있었던 기업의 장비나 노하우를 전수받은 기업이면 수혜자로 분류하여 보상비 조달에 더욱 적극적으로 참여하기를 종용했다. 기업들이 무성의한 태도를 보이며 시간을 끌자 시민단체들은 정확한 증거 자료에 의거해 수혜자 기업의 명단을 인터넷에 공개하겠다고 대대적으로 압력을 행사했다. 그러던 어느 날 목표한 보상액이 다 모였다는 소식이 들려왔다. 기업의 명단이 공개되기 직전의 일이었다. 이로써 독일은 집단소송을 당한 지 3년 만인 2001년에 생존자에 대한 보상을 시작할 수 있었다. 보상을 시작하기 전에 독일은 앞으로 같은 문제로 더 이상 소송을 제기하지 않는다는 미국 재판소의 다짐을 받아두었다.

이를 두고 대외적인 이미지 실추로 인한 경제적 손해를 막기 위해 독일이 미국계 유태인들의 압력에 굴복했다고 보는 관점도 있고, 기업을 상대로 적극적인 설득 또는 압박 작업을 벌인 진보 성향의 독일 정부와 시민단체의 승리로 보는 관점도 있다. 아마 둘 다 부분적으로 맞는 말일 것이다. 나는 여기에 '기업의 자발적인 참여 의지도 있었다'는 말을 감히 보태고자 한다. 보상에 소극적인 기업주에 대한 압력이 기업 내부에서도 존재했다는 것을 남편의 회사에서 일어난 조그마한 일화를 통해 알게 되었기 때문이다.

지성인의 활약

　남편의 회사에서는 1년에 두 번 모든 사원과 임원진이 한자리에 모여 회사의 재정 상황도 듣고 이런저런 건의도 하는 행사를 한다. 몇 년 전 독일의 시민단체들이 기업으로부터 어떻게든 보상을 받아내려고 한창 애쓰고 있을 무렵에 이런 일이 있었다. 국민 경제가 안 좋다 보니 회사 사정도 어려워져 적자, 인원 감축 등 암울한 얘기가 오간 뒤였다. 젊은 평사원 하나가 일어서더니 현재 독일에서 벌이고 있는 보상금 모금 운동에 우리 회사도 일조하고 있는지 물었다고 한다. 회사의 최고 책임자가 마치 이 질문을 기다렸다는 듯 대답하기를, 나치 정권 때의 사주가 유태인이라 우리 회사는 정부의 노동 지원을 받기는커녕 많은 박해와 핍박을 받았다고, 하지만 전쟁이 끝난 후에 범국가적 연대 책임의 차원에서 항상 큰 금액으로 보상금을 내곤 했다고, 그러니 이번만큼은 참여하지 않을 방침이라고 대답했단다.

　저녁을 먹으며 남편과 나는 대화를 계속했다. 우리는 '그 회사가 아무리 나치의 박해를 받았다 할지라도 명색이 기계를 만드는 회사인데 자국의 침략 전쟁에서 수익을 올리지 않았다고 말할 수 있을까?', '나치의 피해자가 한 사람이라도 살아 있는 한 어떤 이유에서든 책임에서 벗어날 수 있는 독일인이 있을까?' 등 남편이 아까 회사에서 했다면 좋았을 말을 나눴다. 순발력 부족으로, 또는 용기가 없어서 말할 기회를 놓치고 나면 다음에 비슷한 일이 생길 때를 대비해 우리는 항상 그에 관해 대화를 한다.

뮌헨을 가로질러 흐르는 이자 강.

전체 회의에서 사장에게 우리 회사도 보상금을 내느냐고 용기 있는 질문을 한 평사원은 지성인이다. 그런 지성인들이 독일의 각 회사마다 하나쯤은 있었을 것이다. 바로 그들이 보상금을 낼까 말까 저울질하며 망설이던 기업 임원진의 양심을 불편하게 해서 저울대의 칸 하나쯤은 기울게 하는 역할을 했을 거라고 나는 믿는다. 그래서 우리도 언젠가 기회가 오면 저울대를 실낱만큼이라도 더 기울일 수 있도록 무게를 보태고자 미리미리 사고하고 연습하는 것이다.

나는 모든 사회에는 주류가 있고 지성인이 있다고 생각한다. 주류는 '주된 흐름'이란 말 그대로 전통을 이어가며 어제와 다름없이, 이웃과 다름없이, 하루하루를 살아가는 보편적인 다수이다. 그리고 지성인은 주류의 방향을 잡아주는 소수이다. 지성인은 개인의 양식에 따라 판단하고 이를 용기 있게 표현해 주류에게 방향을 제시한다. 정치권은 주류의 시녀일 따름이고, 주류의 물길을 조정하는 것은 지성인이다.

좀 더 은유적으로 표현하자면, 주류는 도도히 흐르는 강물이고 지성인은 물가에 박혀서 물이 흐르는 방향에 영향을 미치는 조약돌이라고 하겠다. 강물의 흐름이 너무 거세면 물가에 박혀 있는 조약돌이 물의 방향을 바꾸지 못할 수도 있고, 도리어 깨지거나 뽑히거나 물살에 쓸려 내려갈 수도 있다. 그러나 비슷한 조약돌이 연이어 촘촘히 박혀 있는 경우에는 뽑혀나간 조약돌이 돌산을 이뤄 언젠가는 물의 흐름을 바꿀 수도 있다. 우리나라의 6월 항쟁이 좋은 예다.

근래에 인상 깊었던 지성인의 활약으로 '독일 국방군 전시회'를 꼽을 수 있다. 2차 대전 시 대규모 인종 학살이 꼭 히틀러의 엘리트 부대에 의해서만 행해진 게 아니라 일반적으로 징집된 군대에 의해서도 일부 자행되었다는 사실을 증명하는 대형 사진 전시회였다. 시종일관 "나는 몰랐다"라고 주장해왔던 독일의 보통 사람들은 이 전시회의 내용에 크게 반발했고, 국민의 신성한 의무였던 국방군의 명예를 욕보인다 하여 보수적인 정당이 집권한 도시에서는 전시회가 금지되기도 했다. 전시된 사진들 중에 몇 점이 가짜 시비에 휘말리는 등 잡음이 일기도 했으나, 이 전시회는 9년에 걸쳐 독일 전역을 순회하면서 예상을 웃도는 관람객 수를 기록했다. 이를 통해 독일인들은 '평범한 다수가 저지른 방관하고 동조했던 죄'의 결과가 어떤 것이었는가, '인간이 가진 동물적 본능'이 어떤 양상으로 나타날 수 있는가에 대해 다시 한 번 생각해볼 기회를 얻었다.

우리가 할 수 있는 일

독일의 이런 인상적인 움직임에 반해 일본의 적극적인 역사 청산은 아직 요원한 일로만 보인다. 나는 일본 스스로가 각성하지 않는 한 피해자 측인 내가 할 수 있는 일이 하나도 없다는 생각에 항상 무력감을 느꼈다. 그런데 내가 할 수 있는 일을 생각하게 된 계기가 근래에 있었다. 일본에 사는 독자 한 분이 나에게 식민지였던 아프리카 국가들에 대한 독일의 역사 청산에 관해 질문했던 일이 있다. 독일이 아프리카에 대해 지은 죄상은 독일 내에서 자주 언급되는 테마가 아니라 나도 잘 모르고 있었다. 독일은 자신들이 주범이었던 나치의 범죄에 대해서와는 달리 옛 식민지였던 아프리카에 대한 죄의식은 적다. 유럽인들의 아프리카 지배는 거의 한 세기 전에, 약육강식의 질서가 지구상에 만연했던 시절에 일어난 일이기도 하거니와 식민지로 더 큰 재미를 본 프랑스나 영국도 딴청을 피우고 있는 마당에 독일만 나무랄 수는 없기 때문이다. 그래서 독일에서는 이 테마가 거론되기가 무섭게 프랑스와 영국에게 먼저 물어보라는 말로 토론이 금세 마무리되곤 한다. 그래서 나는 그때까지 독일의 아프리카 지배에 대해서는 그다지 많이 듣지 못하고 살았다.

그러나 독자의 질문을 받고 나서 알려고 들자 독일 군대의 백만 아프리카인 대학살과 인체 실험 등의 만행에 대해 어렵지 않게 알아낼 수 있었다. 나는 그런 엄청난 역사적 사실에 독일 사람들이 별로 주목하지 않는다는 점과 그렇게 아무도 주목하지 않는 테마지만 이를 꾸준히 고발하는 지성인들이 있다는 점에 크게 놀랐다. 이 지성인들은 독일의 역사학자들로 그저 묵묵히 사실을 연구하고, 자료를 수집해 국민이 알고자 하는 시점에 자료를 제공하고 있었다.

몇 년 전에 독일 외무부 장관이 아프리카를 방문했을 때 나미비아의 대통령이 아프리카에 대한 독일의 보상을 요구해 독일의 과거가 잠시 주목받은 적이 있다. 이때 도대체 그 옛날에 무슨 일이 있었는지 궁금했던 독일 국민들은 손쉽게 그 전모를 알 수 있었다. 소수의 역사학자들이 독일의 공식 자료집에 고의로 누락된 사건은 '누락되었다'는 정보까지 친절하게 첨부해서 준비해놓고 때를 기다리고 있었던 것이다.

이들 지성인이 지금 침묵하고 있는 건 아니다. 단지 이들의 목소리가 보상이라면 이제는 지긋지긋하다고 노이로제 증세마저 보이고 있는 독일 주류의 파도소리에 묻혀 전혀 들리지 않는 것뿐이다. 이들이 힘을 받는 순간은 바로 아프리카의 지성인들이 자국의 정치권을 움직여 독일 정부에 정당한 보상을 요구할 때일 것이다. 아프리카의 위정자가 독일 정부와의 밀실 협상으로 특권층의 이익을 위한 원조금을 받아 챙기는 것이 아니라 피해자의 자손들에게 직접 돌아가는 정당하고 합법적인 보상금을 요구할 때, 기다리고 있었던 독일의 지성인들이 팔을 뻗어 그들과 손을 맞잡을 수 있을 것이다. 독일의 지성인들은 그제야 비로소 독일이 과거를 볼모로 아프리카 독재자의 주머니를 채워주는 일에 이용당할지도 모른다는 불안감을 불식시키고, 독일이 피해를 입힌 이들에게 사죄하는 일은 당연한 일이라며 주류를 설득할 명분을 얻을 것이다. 그런 날을 기다리며 그들은 사죄와 보상에 대한 준비 작업을 묵묵히 하고 있는 것이다.

나는 일본의 경우도 마찬가지라고 생각한다. 우리가 진정한 사과와 보상을 받을 수 있도록 일본을 움직이는 힘은 일본 지성인들에게서 나온다. 일본에는 주류의 파도 속에서도 끊임없이 목소리를 내어 일본의 사죄와 보상을 촉구하는 지성인들이 적지 않다. 우리는 주류의 파도에 기생하는 거품의 부글거리는 소리만 듣고 짜증을 낼 게 아니라 그 틈새에서 외로이 투쟁하는 지성인들의 목소리를 놓치지 말아야 한다. 이들 일본 지성인과 손을 잡고 그들의 목소리에 힘이 실릴 수 있도록 우리가 도와주어야 한다. 한일 양국의 진정한 화해와 화합을 위해서, 양국의 번영을 위해서, 또 그 결과로 맞이할 아시아의 번영과 세계 평화를 위해서 일본의 지성인들이 홀로 외로운 싸움을 하지 않도록 우리가 지원해주어야 한다.

우리는 어떻게 일본의 지성인을 도울 수 있을까? 첫째, 보상 문제에 꾸준한 관심을 보여야 한다. 위안부 할머니들의 '나눔의 집'에 관심을 보이고, 매주 일본 대사관 앞에서 열리는 수요 집회도 썰렁하게 방치하지 말고 적극적으로 참여해 사죄와 보상에 대한 한국인들의 의지가 쉬지 않고 끓는 용광로라는 것을 보여주어야 한다. 금방 식어버리는 냄비 대하듯 시간만 끄는 전술은 다른 데서는 몰라도 이 사안에서만은 먹히지 않는다는 것을 보여주어야 한다. 그래야 일본의 지성인들이 자국의 여론을 움직이려 할 때 뭔가 보여줄 수 있을 것이다.

둘째, 역사 자료를 꼼꼼하게 수집, 정리, 보존해야 한다. 독일이 강제 노동자에 대한 보상을 준비할 때 무척 애먹었던 부분이 바로 실무적인 자료의 부재였다. 세계 각국에 흩어져 있는 보상 대상자들을 조사하여 명단을 확보한다는 게 기술적으로 힘든 일이라 시간이 많이 걸렸다. 한국 쪽에서 이런 문제들을 미리 해결해놓고 너희가 손만 내밀면 우리는 당장에 일을 추진할 만반의 준비가 되어 있다는 제스처를 보인다면, 일본의 지성인들이 여론을 움직이는 데 큰 도움이 되리라 믿는다. 넘어야 할 커다란 산 하나를 앞에 두고 엄두가 나지 않아 이 핑계 저 핑계를 대며 망설이고 있을 때, 누가 확실한 지도를 하나 갖다 준다면 의외로 경쾌하게 길을 떠날 마음이 나는 것과 같은 이치이다.

셋째, 합법적인 투쟁 방법을 늘렸으면 좋겠다. 유태인이 독일에 대해서 한 것처럼, 미국으로 이주한 한국인들이 미국 법원에 일본 정부나 군대를 상대로 집단소송을 제기하는 일을 적극적으로 권장하고 싶다. 뜨거운 감성만이 아니라 차가운 이성까지 동원하여 합법적이고 합리적인 방법으로 접근한다면 일본 지성인들과의 연대가 좀 더 쉬울 것이다. 일본 언론은 일본을 상대로 한 미국에서의 집단소송에 대단히 인색하다고 들었다. 우리 언론이 그런 일이 있을 때마다 비중을 두어 보도해주었으면 좋겠다. 그래야 한일 양국 국민들이 그런 일이 일어나고 있다는 사실을 제대로 알게 될 것이다. 현지에 사는 교포들이 그런 문제에 자기 일처럼 관심을 기울이고 있다가 신속하게 제보를 한다면 많은 도움이 될 것이다.

세계가 돌아가는 것은 복잡한 일이나, 이 세상에는 한 사람 한 사람의 노력이 모여 이루어지는 일이 의외로 많다. 우리나라가 국민의 힘으로 독재를 종식한 것도 그렇고, 현재 꾸준히 이루어지고 있는 국내의 크고 작은 진상 규명 상황을 보건대 역사 청산 문제에서만큼은 한국이 일본보다, 또 아시아의 어느 나라보다 한발 앞서 있다고 하겠다. 우리가 이미 시작한 역사 청산의 바퀴는 관성으로 계속 굴러가며 앞으로도 계속해서 차근차근 역사의 관 뚜껑을 열어 나갈 것이다. 이편저편 가르지 않고 공정하고 진지하게 인권에 관한 모든 진실을 파헤칠 것이고, 우리에게 부끄러운 진실도 백일하에 밝혀내 재발을 방지할 것이다.

우리 모두가 지성인이다

어느 나라를 막론하고 위정자들이 가장 무서워하는 존재는 이웃 나라나 경쟁 국가의 대통령이 아니라, 자신의 정책을 비판하는 자국의 지성인들이다. 그들이 바로 자신이 가진 권력의 근원인 주류를 움직이는 원동력이기 때문이다. 과거 우리나라의 독재자들이 가장 혈안이 되어 제거하려고 했던 이들도 민심을 동요시키는 지성인들이었다. 근래에 미국을 변하게 한 힘도 미국 안에서 나왔다. 이라크에서의 포로 학대 사건을 폭로한 소수의 미군 병사들이 바로 미국의 지성인이라고 할 수 있다. 그들 서너 명이 저버리지 않은 양심은 마치 폭탄과 같은 위력으로 미국의 주류를 흔들어댔다. 이들 서너 개의 조약돌이 미국이라는 대하의 흐름을 바꾸는 초석이 되었다.

꼭 학식이나 사회적인 지위가 높아야만 지성인이 되는 게 아니다. 머리를 빡빡 민 채 낙하산 부대의 장화를 신고 설치던 신나치주의 청년들의 폭력이 심심찮게 일어나던 시기에 독일의 많은 가게의 출입문에는 엽서 크기의 노란 카드가 붙어 있었다. 그 카드에는 자기네 가게는 외국인이 폭력을 피해 들어올 수 있는 피난처이니 위험에 처한 외국인은 언제든지 뛰어 들어오라고 쓰여 있었다. 생면부지의 외국인을 자기네들이 나서서 깡패로부터 보호해주겠다고 선언하는 도자기 가게, 유리 가게,

꽃집 주인들은 바로 독일의 지성인들이다(그 당시 사회의 분위기가 그래야만 할 정도로 무법천지였던 건 아니다. 그러나 많은 독일인들이 그런 식으로 자신의 색깔을 분명히 밝혀 신나치들을 심리적으로 고립시키고 외국인들에게 동료 의식을 보여주고자 했다).

주류로 사는 인생과 지성인으로 사는 인생이 따로 있는 게 아니라, 많은 사람들이 주류로 살면서 어느 한 영역에서 지성인의 역할을 한다고 나는 생각한다. 물론 유난히 많은 영역에서, 어쩌면 인생 자체를 지성인으로 사는 사람도 있지만 대개는 그렇지 못한 게 현실이다. 그래서 나는 주류의 역할이 중요하다고 생각한다. 남편 회사의 평사원이 그런 질문을 했을 때, 아마도 반감을 가졌을 대부분의 사람들이 그를 위협하거나 무시하지 않고 그가 소신 있는 발언을 할 수 있는 분위기를 만들어 줬던 것처럼 주류가 지녀야 할 바람직한 태도를 아는 것만으로도 사회는 크게 달라질 수 있다.

물살이 너무 거칠면 조약돌은 휩쓸려 떠내려갈 수밖에 없다. 조약돌이 외치는 소리가 들릴 만큼 잔잔한 물살이라야 강물이 마구잡이로 흘러가는 것을 막을 수 있다. 각성한 많은 이들이 물에서 나와 조약돌로 튼튼히 서기를 자청할 때, 그래서 눈감고 흘러가는 물의 양은 줄고 굳건히 서 있는 조약돌의 수가 많아질 때 강의 물결은 잔잔해질 것이다. 이렇게 강가가 견고하고 물결이 잔잔한 강은 지속적으로 안정적인 물길을 이루어 남도 파괴하지 않고 스스로도 파괴되지 않는다. 이것이 바로 '생존으로 가는 법칙'에 따라 흐르는 강이다.

무지개 색을 모른다고?

결혼 초기에 남편과 함께 부엌 가구를 만들 때의 일이다. 나는 그때 임신 중이라 혼자 페인트칠을 하고 있던 남편이 서랍 손잡이는 무슨 색으로 칠하면 좋겠냐고 물었다. 나는 서랍이 일곱 개니까 무지개 색 순서로 칠하라고 말했다. 그러자 남편이 무지개 색이 뭐냐고 묻는 게 아닌가. 나는 놀라서 자빠질 뻔했다. 물리학도가 무지개 색도 모르다니?

빨, 주, 노, 초, 파, 남, 보!!!

색을 다 칠하고 나서 남편이 싱글벙글 웃으며 물었다.

"한국 학교에선 그런 것도 배워?"

"그럼 학교에서 이런 걸 배워야지, 이런 것도 안 배우고 독일 학교에선 도대체 뭘 배우는 거야?"

남편이 "적외선과 자외선 파장 사이에 있는 색이 어찌 일곱 개뿐이겠냐. 거기 금을 그어 일곱 개라고 단정하고 이름을 붙이다니 말이 되냐"라며 큰 소리로 웃었다. 나는 이 글을 쓰다가 아무래도 미심쩍어서 중학교 2학년 과정에 다니던 딸아이에게 살짝 물어보았다. 너 학교에서 무지개 색이 뭔지 배웠어, 안 배웠어? 딸아이는 깔깔 웃었다. 그걸 왜 배

워야 하는데? 그거 모르면 하늘에 무지개 떴을 때 무지개인지 몰라볼까
봐?

'당연한 사실'의 당연하지 않음에 대하여

사회마다 '당연한 사실'이 각기 다르게 존재한다는 걸 그때 절실히 느
꼈다. 최근에도 그런 일이 있었다. 독일의 역사 청산에 관한 다큐멘터리
방송 제작에 참여하다가 뮌헨에서 활동하는 일본인 기자를 수소문해 만
났다. 나처럼 독일에 살면서 독일의 역사 청산을 바라보는 일본인의 시
각이 궁금해 인터뷰 대상을 물색하던 중에 그가 독일어로 쓴 기사를 읽
었던 기억이 난 것이다. 그가 정직하게 글을 쓰는 사람이라는 느낌이 들
었기 때문에 딱히 이 방송 건이 아니더라도 한번 의견을 나눠보고 싶었
다. 마침 그때는 한창 일본이 독도 문제로 한국인의 속을 긁을 때였다.

만나보았더니 그는 예상대로 대단히 박식하고 정직한 사람이었다.
그러나 역사 청산이라는 행위 자체에는 부정적인 입장이었다. 나는 그
를 방송에 참여시키려던 애초의 계획은 금방 포기했다. 자칫 그가 독일
인과 비교되어 단순 무식하고 파렴치한 일본인의 전형으로 그려질까 우
려가 되었기 때문이다. 나는 대중매체의 함정인 흑백논리를 경계하고
있었고, 손쉽게 비교하는 싸구려 평가를 혐오하고 있었다.

거의 모든 면에서 나와 화통하게 마음이 맞았던 그가 어째서 한일 관
계에 대해서만큼은 상반된 의견을 보이는지 그 이유가 궁금했다. 그래
서 그에게 우리 한번 한일 관계에 대해 탁 털어놓고 솔직하게 대화를 해

보자고 제안했다. 연일 시끄러운 독도 문제만 봐도 그렇지 않느냐, 한국과 일본은 둘 다 교육 수준 높은 사람들이 살고 있는 나라인데 이렇게 끊임없이 동문서답이 오가니 우리라도 그 연유를 알아보자고 했다.

"제가 한국에서 찾은 자료에 의하면 독도는 틀림없는 한국 땅인데, 일본에서는 또 자신 있게 일본 땅이라고 주장하는 것을 보니 나름대로 근거가 있을 것 같네요. 서로 자기 나라의 논리로 우기기만 할 게 아니라, 각자 가져온 자료를 놓고 (우리 둘에게 익숙한) 독일식 논리로 그것들을 하나하나 검토해보는 게 어떨까요? 어느 나라의 어떤 자료가 정확하고, 어떤 자료가 부정확한지 과학적이고 합리적으로 조사해보죠. 만약에 독도가 일본 땅이 확실하다면 일본이 가져가야지 어쩌겠어요?"

이런 목적으로 우리는 정기적으로 만나기 시작했다. 생각이 다른 사람들이지만, 아니 그렇기 때문에 더욱 대화가 중요했다. 게다가 그와 나 사이에는 '알고 싶어 하는 욕구'와 '정직함'이라는 공통분모가 있었다.

두 번째 만남 때 그는 노무현 전 대통령이 일전에 독일을 방문했을 때 했던 연설을 프린트해 왔다. 그 내용에 대해 질문이 있다고 했다. 노 대통령은 일본이 침략 전쟁을 했다고 말하는데 도대체 어느 나라를 침략했다는 거냐고 물었다. 일본은 중국과 러시아를 상대로 전쟁을 했지 한국과는 전쟁을 한 적이 없는데 왜 한국 대통령이 침략 운운 하느냐는 거였다. 내가 한국인들은 1904년에 체결된 한일의정서 이후의 식민지 시대 전체를 일제의 침략 전쟁으로 본다고 말하자 그는 깜짝 놀랐다. 그는 한일의정서에 이은 한일합방은 조선 정부의 승인을 받고 국제재판소에서 인정받은 합법적인 행위였다고 말했다. 결론적으로 말하자면 일본은 한국을 침략한 적이 없다는 것이었다.

나는 먼저 침을 꿀꺽 삼키고 숨을 크게 쉬었다. 그러고 나서 "그 당시의 합법성을 한국인들이 예나 지금이나 인정하지 않기 때문에 침략이라고 생각한다"는 말로 엉킨 실타래를 풀어나갔다. 몇몇 한국 정치인들의 개인적인 친일에 의한, 그리고 일본의 외교술에 의한 외형적인 합법성을 한국 국민이 인정할 이유가 없다고 설명했다.

"한번 생각해보세요. 남에게 아무 해코지도 하지 않고 평화롭게 살고 있는데 갑자기 다른 나라 군대가 국경을 넘어 들어와 땅을 빼앗고 주권을 빼앗는 것이 침략이 아니면 무엇이겠어요? 그리고 그 당시의 국제재판소는 힘센 아이들이 과자 나누어 먹는 클럽 아니었나요?"

그와 나 사이에는 많은 '개념의 차이'가 존재했다. 나에게 일제 강점기는 다수의 한국인들이 목숨을 걸고 항거한 '문화 말살과 수탈의 시대'지만 그가 생각하는 일제 강점기는 한국인 다수의 지지를 받은 '한국의 근대화 과정'이었다. 그가 국제재판소에서 승인받은 일본의 합법성에 대해서 이야기하면, 나는 한국 황제의 명으로 헤이그에 갔다가 외교권이 없는 국가의 대표라 하여 발언권도 얻지 못하고 자결한 이준 열사의 이야기를 했다. 즉 힘에 밀려서 주권을 강제로 빼앗긴 것이지 결코 우리 국민이나 정부가 나라의 발전을 위해 자진해서 한 일은 아니라는 사실을 강조했다. 나는 그가 믿을 만한 근거를 찾아서 제시했다.

그가 노 대통령의 기자회견 내용을 바탕으로 내게 질문을 했을 때 내가 그의 자질과 진실성을 믿고 성실하게 답변했듯이 그도 나의 말을 믿어주었다. 한일합방을 한국 국민도 한국 정부도 결코 원하지 않았다는 사실, 일본 정부의 내선일체를 한국인들이 영광으로 받아들인 게 아니라 치욕으로 여겨 목숨을 걸고 투쟁했다는 내 말을 믿어주었다.

그가 이 사실을 믿고 나서부터는 바퀴가 저절로 굴러가기 시작했다. 다음에 만났을 때 그는 그간 일본에서 인편으로 급히 조달한 책을 몇 권 들고 왔다. 내 말이 맞다는 걸 전제로 조사를 해서 그 분야의 전문 서적을 찾아냈다는 것이다. 한일의 역사를 사실대로 다루고 있는, 몇몇 일본 학자들이 오래전에 쓴 이 책들은 일반인들은 거의 읽지 않는다고 했다. 시사 상식이 나보다 풍부한 이 노련한 기자는 일본과 독일에서 찾아낸 전문 서적을 바탕으로 새로운 지식을 쌓아갔다. 그 과정에 참여하며 나도 많이 배웠다. 무엇보다도 그가 사고하는 패턴을 볼 수 있었던 것이 가장 큰 수확이었다.

발아래를 살피지 못하는 코끼리의 인사

어느 날 그가 자신이 연재하고 있는 일본 일간지에 실을 칼럼을 준비하고 있다고 연락을 해 왔다. 일본인들이라면 진보와 보수를 막론하고 뜨거운 감정을 불러일으킨다는 러일전쟁에 대해 글을 쓴다고 했다. 일본인에게 러일전쟁은 보잘것없던 유색 인종 일본이 백인계 러시아에게 이겨 세계사의 무대에 화려하게 데뷔했다는 특별한 의미가 있다. 특히 그의 할아버지가 러일전쟁에 참전했으므로 러일전쟁에 대한 그의 감정은 개인적으로도 각별했다.

그는 내게 도움을 요청했다. 나는 그때 마침 돈을 버느라고 한창 바뺄 때였으나 그의 칼럼을 일순위로 정하고 기꺼이 시간을 할애했다. 한국에서 러일전쟁을 어떤 눈으로 보는지 알고자 하는 그를 위해 〈한겨레신문〉과 〈조선일보〉에서 각각 러일전쟁에 대한 칼럼을 찾아 번역해주고 설명해주었다. 집중적인 대화와 질문을 통해서 그의 논리를 검토하고 보완해주었다. 그러나 나는 절대로 그를 설득하려 하지 않았다. 상대의 의견을 전적으로 인정하되 나의 의견 또한 솔직하게 피력했을 뿐이다. 그와 나 사이에는 아직도 상당한 견해차가 존재한다는 것을 알고 있었고, 그의 칼럼은 결코 한국인인 내 마음에 들지 않으리라는 것을 예상하고 있었다. 그러나 나는 먼 앞날을 내다보고 지순한 정성을 다했다. 그리고 우리는 한 달가량 연락을 끊었다. 그는 러일전쟁에 대한 연재 세 편이 다 끝날 때까지 나에게 자신이 쓴 글을 보여주고 싶지 않다고 했다. 행여 무의식중에라도 나의 영향을 받을까 우려가 된다고 했다.

연재가 끝난 후 그는 칼럼 세 편을 자동번역기로 번역해서 내게 이메일로 보냈다. 그리고 우리는 만났다. 그는 자신의 칼럼을 한 줄 한 줄 독일어로 설명해주었다. 글은 러일전쟁 참전 용사였던 할아버지의 유품에 대한 추억으로 시작되었다. 일본인이 생각하는 러일전쟁의 역사적 의미를 자신이 겪은 개인적인 경험들을 들어가며 되새겼다. 그러고는 어째서 한국 대통령이 한국도 아닌 다른 나라들과 벌인 전쟁 때문에 노골적으로 일본을 공격하는지 의아했던 일, 그리고 한국인인 나에게서 그 이유에 대해 들었던 일을 적었다.

나의 설명을 듣고 그는 일본이 코끼리 같다는 생각이 들었다고 했다. 러시아니 중국이니 하는 목표만 쳐다보며 가느라 자신의 둔한 발밑에

짓밟히는 것이 무엇인지도 모르는 코끼리. 아니, 그 당시의 일본 위정자들은 이를 알기는 알았다. 그래서 치밀하게 조약과 국제적 승인으로 뒷마무리를 했다. 오늘의 일본인들은 러일전쟁의 승리에만 초점을 맞출 뿐 당시 한국에서 일어난 일에 대해서는 새까맣게 모르고, 그래서 한국인의 분노를 이해조차 못 하고 있으니 이는 현재의 일본인들이 과거의 일본 위정자들보다 더 코끼리스럽게 퇴보한 현상이라고 그는 꼬집었다. 또한 일본인들이 지난 일을 사실대로 정확하게 알지 못하면서 막연히 하는 사죄는 코끼리의 인사일 뿐이라고 했다.

그는 한일합방의 기초가 된 한일의정서의 불법성을 역설했다. 당시 중립 선언을 한 한국에 무장한 일본 군대가 들어와서 반대하는 한국인들을 납치하거나 제거한 뒤 몇 명의 친일 한국인에게서 서명을 받은 조약이기 때문이라고 했다. 그리고 국제재판소가 한일의정서를 합법으로 인정한 것은 서구인들의 인종차별에 기인한 것이라고 주장했다. 1차 대전 때 독일이 프랑스로 출전하기 위해 중립국인 벨기에를 허락 없이 무장으로 통과한 일이 국제재판소에서 단죄받은 경우를 상기시켰다. 일본이 한국에 행한 동일한 짓을 국제재판소에서 방임한 이유는 문명권 바깥의 저 면, 후진적인 동양에서 일어난 일이기 때문이라고 그는 주장했다.

마지막으로 그는 일본에 있는 독자들에게 〈한겨레신문〉과 〈조선일보〉의 칼럼을 소개했다. 그는 〈조선일보〉 칼럼을 반박하는 데 많은 지면을 할애했다. 〈조선일보〉 칼럼니스트는 러일전쟁 당시에 종군기자로 활동하며 한국의 상황을 전 세계에 알린 미국인 잭 런던의 기사를 대거 인용했다. 잭 런던의 기사를 통해서 한국의 부정적인 이미지, 즉 제 나라를 지킬 능력이 없는 무능한 위정자와 비겁한 국민이라는 이미지가 전 세계에 부각되었다고 했다. 칼럼니스트는 그런 사실이 나중에 일본이 한국을 식민지로 삼을 때 아무도 이의를 제기하지 않는 결과를 가져왔다며 그당시 한국인들의 무기력함에 분노했다. 일본인 기자는 〈조선일보〉 칼럼니스트가 한국인의 무능을 탓하는 것에 마음이 불편하다고 썼다. 일본인들이 한일 합방을 정당화할 때 항상 하는 말이기 때문이란다.

일본인 기자는 어디서 찾았는지 잭 런던과 같은 시기에 한국에 머물렀던 독일인 종군기자 고트베르그의 기사를 인용했다. 고트베르그에 의하면 그 당시 한국인들은 결코 비겁하지 않았고 오히려 러시아군과 비밀리에 결탁하여 일본군에게 피해를 주었다고 했다. 잭 런던과 고트베르그는 같은 시기에 같은 장소에 머무르면서 이같이 다른 기사를 썼다. 기자는 잭 런던이 한국인의 약점에 유난히 집착한 것을 두고, 그가 그 당시의 시대 철학인 약육강식을 대변한 것이 아닐까 하는 의문을 던졌다.

"60년 전 전쟁에 진 독일 민족은 (약자로서) 몰락해도 싸다고 말한 유명한 독일인이 있었다. 그런 말에 귀를 빌려주는 사람이 이 나라에 없는 것을 다행히 생각하면서, 나는 오랜 세월 독일에 살고 있다"라며 히틀러의 말을 인용한 문장으로 그는 연재를 끝맺었다. 그의 칼럼을 다 읽고나서 나는 사소한 온정을 베풀고 그 대가로 황금 박을 얻은 흥부를 떠올렸다.

그렇다고 해서 우리의 생각이 모두 일치하는 것은 아니었다. 그는 지난 사실을 사실대로 정확하게 아는 것은 중요하다고 믿지만 죄과를 묻는 일에 대해서는 부정적인 견해를 가지고 있었다. 공정하게 죄과를 가려내 공평한 상벌을 하기엔 이미 시간이 너무 지나버린 시점에서 아직도 과거에 대해 왈가왈부하는 것은 관계에 도움이 되지 않는다고 주장했다. 그는 진실을 아는 선에서 과거를 청산하고 앞날을 내다보는 것이 현명하다고 믿었다. 그러나 나는 그 앎이 사죄와 보상으로 이어져야 한다고 주장했다. 그 이유를 묻는 그에게 나는 대답했다.

"일본이 부당한 행위에 대하여 사죄와 보상을 하지 않은 탓에 우리 국민은 역사로부터 배울 기회를 도둑맞았다. 일제 강점기를 통해서 배운 '힘만 강하면 모든 일이 다 해결된다'는 믿음이 대를 이어 내려와 우리는 쿠데타와 군사 독재를 반복해서 겪었다. 우리 국민이 맨 주먹으로 가까스로 쟁취한 오늘의 민주주의가 얼마나 많은 피를 흘렸는지 당신은 상상도 못 할 것이다. 이 민주주의가 소중한 만큼 나는 불안하다. 과거의 불의에 대한 확실한 판결과 상벌이 없는 한 '승자는 곧 정의'라는 믿음이 근절되지 않을 것이기 때문이다. 한국은 점점 발전하고 있다. 어느 날 한국이 가난한 이웃 나라를 또는 외국인 노동자를 힘과 돈으로 억누르면서도 이를 당연한 일로 안다면 이는 분명히 우리가 잘못된 역사에서 배운 탓이다."

시간이 늦었다며 그가 자리에서 일어났다. 그는 복도에서 운동화 끈을 매느라 몸을 숙였다가 일으키더니 내 눈을 똑바로 보고 말했다.

"사죄와 보상으로 가는 역사 청산 꼭 이루시기 바랍니다."

일순 분위기가 무거워져 나는 딴청을 피우며 우스갯소리처럼 가볍게 말했다.

"일전에 일본이 한국을 침략한 적이 없다는 말을 했을 때 사실은 제가 무척 당황했어요."

그도 따라 웃으면서 지금 생각하면 자기도 참 부끄럽다며 두 손으로 뺨을 감싸는 시늉을 했다. 그러더니 갑자기 정색을 하고 내게 물었다.

"대체 무슨 근거로 제가 그 일을 잘 알 거라고 생각하셨지요?"

나는 정말 한참 생각한 후에 솔직하게 대답했다.

"그 일은 우리에게 너무나도 당연한 일이었기에 저는 다른 것을 상상할 수 없었어요."

아아, 빨, 주, 노, 초, 파, 남, 보!!!

* * *

몇 달 후에 그에게 연락이 왔다. 그는 그간 조사한, 독도에 관한 일본의 여론을 내게 전해주었다. 일본의 국수 우익조차도 독도가 일본의 영토라는 주장이 국제적으로 인정받으리라고 자신하지 않는다는 것이었다. 국제적인 영토 분쟁에서는 그 땅을 그간 어느 나라가 관할하고 수비해왔느냐가 가장 큰 영향력을 가지므로 일본은 아마도 승산이 없을 거라고 했다. 한국 국민들이 계속해서 우리 땅에 애착을 보이고, 정부는 독도를 자국 영토로 끊임없이 가꾸고 조사하며 증빙 자료를 꾸준히 확보하는 한편 외국의 기관이나 출판사에 독도의 표기와 국적을 바로잡는 서신을 지속적으로 보낸다면, 잊을 만하면 불쑥불쑥 신경을 긁어대는 일본에 휘둘려 흥분하지 않고 조용히 앉아서 독도를 지키는 일이 가능할 것이다.

굴러 들어온 돌과
박힌 돌이 공존하는 방법

　내 인생에서 가장 행복했던 시간을 들라면 나는 서슴없이 독일에서
보낸 대학 시절을 들 것이다. 그 좋은 시절에도 1년에 한 번씩 불쾌한 날
이 있었는데, 바로 체류 기간을 연장하러 외국인청에 가는 날이었다. 합
법적인 유학생으로서 특별히 아쉬운 소리를 할 일이 없는 신분인데도
나는 며칠 전부터 기분이 나쁘고 우울하다가 막상 그날이 오면 출전하
는 쌈닭처럼 아드레날린을 잔뜩 끌어올려 전투태세를 갖추곤 했다.
1980년대 독일의 외국인청은 그 정도로 분위기가 살벌했다.

　그날도 복도에서 오래 기다린 끝에 내 차례가 되었다. 문을 열고 들
어가는 순간 나는 담당자가 바뀌었다는 걸 알았다. 늙수그레하고 뚱뚱
한 전임 대신에 젊고 깡마른 남자가 머리를 꼿꼿이 들고 있었다. 나는
잘못한 것도 없이 공연히 가슴이 철렁했다. 그 당시 외국인청은 하급 공
무원들의 횡포가 허용된 곳이었다. 다른 도시에 사는 어느 한국인 유학
생 부부는 담당자가 어찌나 괴롭히던지 그 사람 죽으라고 정성으로 기
도를 드렸더니 정말로 죽었더라는 소문이 있을 정도였다. 남에게 영향

권을 행사하는 직책 중에서 가장 지위가 낮은 사람에게 주어지는 일은 감시하고 고통을 주는 일이다. 죽이거나 때리거나 빼앗거나 줄 것을 안 주거나 하는. 조직 내에서 결정권이 없는 말단일수록 남이 잘한 일을 찾아내 상을 주는 재량권은 없고, 남이 잘못한 일만 찾아내 벌을 주는 재량권만 갖는다. 다른 사람에게 고통을 주는 수위가 자신의 재량에 달렸다는 사실은 잠자던 폭력성을 일깨워 멀쩡하던 사람도 가해자가 되게 한다.

한국 같은 후진국에 박사는 필요 없다

체류 기간 연장 신청서, 재학 증명서, '공부가 끝나는 즉시 독일을 떠나겠다'는 요지의 양식 등 내가 제출한 서류를 아주 꼼꼼히 검사한 담당자가 드디어 입을 열었다.

"공부가 끝나서 체류 허가를 내줄 수 없습니다. 당신 나라로 돌아가십시오."

마른하늘의 날벼락이었다. 그때 나는 디플롬을 끝내고 박사 과정에 있었는데 그걸 두고 그는 공부가 끝났다고 우기는 것이었다. 나는 어안이 벙벙해서 되물었다.

"박사 과정은 공부가 아닌가요?"

"공부 맞습니다. 그러나 한국 같은 후진국에는 박사가 필요 없습니다. 그 수준에는 독일 디플롬 엔지니어만으로도 충분합니다."

들도 보도 못 하고 생각지도 않던 일이라 나는 혼이 나갈 지경이었다. 평소에 싸울 일이 없어서 맹하니 맥을 놓고 살던 나였지만 그날은 아침부터 아드레날린 분비선을 잔뜩 부풀린 덕분에 그나마 순발력이 살아났다. 나는 조용하고 단호하게 말했다.

"당신은 한국도 모르고, 건축도 모르고, 디플롬과 박사의 차이도 모릅니다. 당신은 그런 것을 결정할 능력이 없는 사람입니다."

모욕이었지만 그는 내색하지 않았다. 그 역시 조용하고 단호하게 되받았다.

"그래도 결정은 내가 합니다."

지금이라면 그 녀석을 어떻게 혼내줄 방법이 있겠지만 그때만 해도 나는 사회 경험이 적었고 독일 사회도 지금 같지 않아 외국인으로서 개인적인 억울함을 호소할 방편이 거의 없었다. 세상에 이런 일도 다 있다고 동네방네 소문을 내며 욕이나 할 뿐 뾰족한 수가 없었다. 그때 나는 독일 친구와 결혼할 계획을 세워놓은 상태였다. 그러나 결혼으로 체류 문제를 해결하지는 않겠다고 고집을 부렸다. 몇 달 후에 나는 지난번과 똑같은 서류를 다시 제출했고, 그 담당자는 아무 소리 없이 싱겁게 도장을 찍어주었다.

그러고 나서 우리는 결혼했다. 그 당시 나를 아는 사람들 중에서 결혼하면 해결될 일을 가지고 왜 그렇게 힘들게 싸우느냐고 말하는 사람은 아무도 없었다. 모두 내가 독일에 살고 싶어서 결혼하는 건 아니란 걸 알았고, 유학생 자격으로 체류하지 못하면 독일을 떠날 거라 믿었다. 그렇게 되면 내 남편 될 사람도 나와 함께 독일을 뜨겠다고 했다. 그는 독일을 떠나기 전에 신문에 자기가 독일을 떠나는 이유를 밝히고, 자기

같은 고급 인력 하나를 키우기 위해 국가가 그간 들인 돈이 얼마라는 것을 낱낱이 계산해서 독일이 잃는 것이 외국인 하나만이 아니라는 것을 알리겠다고 했다. 청년 하나를 잃는다고 해서 독일 사회가 눈 하나 깜짝할 리야 없겠지만, 가진 거라고는 몸밖에 없는 그로서는 유일한 반항의 표현이었을 것이다.

결혼 후 우리는 신혼여행을 한국으로 가기로 했다. 1980년대의 한국은 과격한 데모와 진압으로 한창 독일의 매스컴을 타고 있었다. 매일같이 독일 텔레비전 방송에서 보여주는 화염병과 최루탄 연기는 정말이지 위협적이었다. 시어머니는 우리를 전쟁터에 보내는 마음인지 하루가 멀다 하고 전화를 걸어 걱정하셨다.

"유사시에는 독일 대사관으로 피신해라. 너도 이제 독일인이 되었으니 독일 정부에서 책임지고 보호해줄 거야. 너 독일 여권 받았지?"

"아닌데요."

"뭐라고? 아니, 너는 여태 뭐 하느라고 국적도 바꾸지 않았단 말이냐? 그러고도 어떻게 그 위험한 곳에 간다고 그래?"

시어머니의 난데없는 삑 소리에 나는 깜짝 놀랐다. 전쟁이 난 것도 아닌데 데모 좀 한다고 내 나라를 위험 지구로 몰다니. 아니, 그건 이해해줄 수 있다고 쳐도 시부모님은 도대체 무슨 이유로 내가 결혼하자마자 국적부터 바꿀 거라 믿으셨을까? 외국인청의 담당자가 나를 무슨 수를 써서라도 독일에 머물고 싶어 하는 사람으로 취급했듯이 설마 시부모님도 내가 독일에 살고 싶어서 결혼했다고 생각하는 건 아니겠지? 그렇다면 그간 내게 독일이 살기 좋냐고 물어본 수많은 독일 사람들은 외국인이면 누구나 독일에서 살고 싶어 한다는 자만심을 확인하기 위해서 물었던 것일까? 나는 손님 된 예의로서 독일이 살기 좋다고 그간 덕담한 것이 슬슬 후회가 되었다. 그 후부터 나는 그런 질문을 받으면 '아무리 살기 좋은 나라라도 고향만 하겠냐?'라는 단서를 꼭 붙이기로 했다.

몇 년 후에 나는 일을 하다가 주한 독일 대사 부부를 알게 되었다. 나를 귀엽게 본 그들 부부는 나와 스스럼없는 대화를 즐겼는데 무슨 농담 끝에 내게 "당신은 어차피 독일 사람이니까." 하는 말을 했다. 그들은 내가 독일인과 결혼한 사실을 알고 있었다. 내가 나는 한국 사람이라고 대답했더니 그들은 내 말을 농담으로 알아듣고 되받았다.

"아니, 태생 말고 국적을 말하는 거요."

이에 내가 초록색 한국 여권을 꺼내 보이자 그들은 깜짝 놀랐다. 나는 그들이 깜짝 놀라는 것에 더 놀랐다. 한국 사람인 내가 한국 국적을 유지하는 것이 그렇게 놀랄 일인가? 대사가 내게 물었다.

"왜 당신은 독일 국적을 취득하지 않지요?"

나는 어리둥절한 표정으로 되물었다.

"왜 내가 독일 국적을 취득해야 하지요?"

잠시 어색한 침묵이 흘렀다. 대사는 독일에 사는 외국인이면 누구나 다 독일인이 되고 싶어 할 거라는 자신의 선입견을 들켜버린 민망함에, 나는 그들을 민망하게 만든 것에 대한 민망함에 서로 어쩔 줄을 몰랐다. 한국의 겨울은 너무 추우니까 너는 그냥 독일에서 살라는 그의 너스레로 함께 웃으면서 우리는 그 어색한 분위기를 모면했다.

내가 한국 국적을 고수하는 것은 우리 가족이 언젠가는 한국에서도 살 수 있다는, 아주 당연한 이유에서다. 우연히 지금 독일에 살고 있을 뿐이지, 평생 살 곳으로 독일을 미리부터 선택해둔 것이 아니라는 뜻이다. 한 집안에 국적이 두 개 있으면 나중에 그 두 나라 중에 어디 살거나 체류 문제가 용이하다. 두 나라에 인연을 둔 가정으로서 너무나 당연한 결정이다.

독일인과 결혼한 나는 독일에서 살고 활동하는 일에 아무런 제약을 받지 않는다. 나는 외국인이지만 독일 국민과 똑같은 권리와 의무를 가진다. 단지 선거만 못 할 뿐이다. 만약에 내가 남편과 이혼한다면 어차피 독일에 살 이유가 없어지기 때문에 그 또한 상관이 없다. 내게 있어서 국적이란 어디까지나 형식일 뿐이다.

주말 장을 보러 시장에 가는 길.

나라 망신시키는 촌뜨기들

단순히 형식에 불과했던 나의 국적 문제가 점차로 상징성을 띠기 시작한 것은 1999년 독일의 주 지방 선거를 치르면서였다. 그 무렵 외국인에게 이중국적을 허용하자는 진보적인 정치 세력이 있었다. 독일에 한평생 또는 몇 세대에 걸쳐 살면서도 본국과의 유대를 저버리지 않으려는 수많은 외국인들에게 독일 국적을 추가로 줘서 주인 의식을 높이고, 그들의 이중 언어와 다문화 능력을 독일의 자산으로 활용하자는 취지였다. 나의 경우는 독일 법뿐 아니라 한국 법에 의해서도 이중국적이 허용되지 않기 때문에 나와 관계있는 사안은 아니었지만, 내가 봐도 독일에 유익하고 현명한 제안이었다.

그런데 보수 정당에서 이 제안에 반대하는 서명 운동을 대대적으로 벌이더니 이는 삽시간에 반외국인 캠페인으로 확산되었다. 나는 라디오를 통해 매일 "독일 국적을 덤으로 끼워주다니", "독일 국적이 시장에서 아무나 살 수 있는 물건이냐?" 등등 거물 정치가들의 입에서 나오는 선동적인 연설을 들었고, 이에 환호하는 관중들의 함성에서 마치 나치 시대의 흑백영화를 보는 듯한 오싹함을 느꼈다. 이를 경고하는 각계 지성인들의 노력에도 불구하고 반외국인 캠페인을 벌인 후보들은 선거에서 압도적인 승리를 거두었다.

하필이면 그 무렵에 신나치들이 출몰하여 법치 국가에서 대낮에 생면부지의 외국인을 때려죽이고 유태인 묘지를 파손하는 일이 빈번해진 사실이 과연 우연일까? 하필이면 그 무렵에 내가 슈퍼마켓의 계산대 앞에서 줄서서 기다리는 동안 내 앞에 선 사람과 뒤에 선 사람이 요즘 독일 경제가 외국인들 때문에 어렵다는 소리를 하는 일 역시 우연일까? 몇몇 정치가들에 의해 한 국가의 민도(民度)가 순식간에 뚝 떨어지는 현장을 나는 이렇게 몸으로 경험했다.

나치 시대에 바닥에 떨어졌던 독일의 민도가 사회 전반에 걸친 각성과 노력을 통해 눈부시게 발전하는 과정을 목격한 나의 주관으로 판단하자면, 그때 반외국인 캠페인을 벌여 선거에 성공한 정치가들은 독일의 역사를 20년가량 뒤로 돌려놓았다. 독일 사회가 부끄러운 과거를 거름 삼아 새 시대의 성숙한 시민상을 구현하려고 바친 진실한 노력이야말로 인류의 정신적 문화유산 1호라고 감탄해왔던 나는 이렇게 쉽사리 무너지는 사회상이 허무했다. 장마철에 쉽게 맛이 가는 일등 요리가 떠올라 입맛이 썼다. 나와의 직접적인 이해관계를 차치하고라도, 아끼는 자식이 남의 꾐에 빠져 신세 망치는 꼴을 보는 어미의 심정으로 애증이 끓었다.

"어이구, 나라 망신시키는 촌뜨기들 같으니라구! 독일 국적이 천당 가는 입장권인 줄 아나?" 하고 욕을 하면서 나는 내가 독일 국적을 취득하지 않은 사실을 다행스럽게 여기기 시작했다.

"봐라, 그거 줘도 싫다는 사람도 있단다."

독일은 참 이상하다. 줄 것 다 주고도 고맙다는 소리 못 듣는 나라가 독일이다. 그 이유는 결정적인 순간에 남의 기분을 헤아려주는 재치가 떨어지기 때문이다. 유학생 정책이 바로 그런 예이다. 독일 국민이 내는 세금으로 외국인 학생들에게까지 무료 교육의 혜택을 주는 것은 독일 정부의 후진국 개발 지원 정책의 일환이기도 하지만, 그와 동시에 독일에 우호적인 인사를 키워 세계 각 나라의 요직에 심어두려는 장기적인 경제, 정치, 문화 전략이기도 하다. 남의 나라 자식에게까지 높은 수준의 교육을 베푸는 너그러움에 반하여, 그렇게 투자한 인력을 한시 바삐 내몰아야 한다는 강박감으로 마지막 순간에 인심을 잃는 것은 정책적 모순이고 실책이다.

외국인에 대한 독일인들의 복잡한 감정은 어디서 오는 것일까? 외국인이라면 모두 독일에 눌러앉아서 떡을 빼앗아 먹을 궁리를 할 것이라는 철석같은 믿음은 어디에 기인하는 것일까? 나치 시대에 인종 청소를 한바탕 벌인 독일에는 대체 언제부터, 얼마나 많은 외국인이 살고 있으며, 또 이들은 독일에 어떤 손해를 끼치고 있기에 독일인들이 이토록 절박하게 피해 의식을 느끼는 것일까? 외국인에 대한 거부감이 솔직하게 표현되지 못하고 안으로 곪아버린 작금의 현상은 과연 독일인들이 과거에 이방인을 배척했던 과오를 되풀이하지 않으려는 노력에서 파생된 불의의 사고일까, 아니면 다른 이유가 있는 것일까? 외국인들이 문제일까, 독일인들이 문제일까?

자국의 이익에 따라 이랬다저랬다

독일과 외국인의 인연은 이렇게 시작된다. 2차 대전 직후의 전쟁 복구 사업이 경제 기적으로 이어지던 독일에서는 1950년대 중반부터 노동력이 턱없이 부족하기 시작했다. 자국의 남성들을 전장의 총알받이로

소모해버린 국내에서는 대책이 없는 고로 독일은 1955년부터 외국에서 노동자를 적극적으로 불러들였다. 이때 민족주의적인 국민 정서를 고려한 독일 정부는 독일은 절대로 이민국이 될 수 없다고 누누이 강조했다. 즉 외국인 노동자들은 정해진 기간이 지나면 독일을 뜨는 인력인 듯이 선전했고, 또 그렇게 하기 위해서 노동 계약을 3년으로 못 박았다. 이에 따라 3년에 한 번씩 노동자들이 교체되었다.

이들의 노동력이 독일의 산업에 필요 불가결하게 되자 기업체 측에서는 국가에 이의를 제기했다. 외국인 노동자들을 가르쳐서 일이 손에 익을 만하면 계약 기간이 끝나서 본국으로 돌려보내고 다시 새 사람을 들여오는 방식은 효율성이 떨어지므로, 회사에서 원하는 노동자에 한해서 계약 기간을 연장해달라고 요구했다. 정부는 지속적인 경제 발전을 위해서 이를 허용했다.

노동력의 안정적인 공급으로 독일 경제는 날개를 달았고 더욱 많은 노동력을 필요로 하게 되었다. 장기간 체류하는 외국인 노동자의 숫자는 날로 늘어갔다. 장기 체류의 가능성이 열리자 외국인 노동자들은 가족을 불러들이고, 자식을 낳아 기르며 어느덧 독일에 보금자리를 꾸리기 시작했다. 독일인들도, 외국인들 스스로도 처음에는 임시방편이라고 생각했다.

그런데 모든 성장 곡선이 그렇듯이 독일의 경제성장도 가파른 주기를 벗어나 완만한 주기로 들어섰고, 1980년대에 세계적인 불경기와 맞물려 실업자가 증가했다. 실업 문제를 해소하기 위해 독일이 가장 먼저 생각한 것은 전체 인구의 10퍼센트로 불어난 외국인들을 자국으로 돌려

뮌헨의 거리 풍경.

보내는 일이었다. 그러나 이 외국인들은 두 세대에 걸쳐 이 땅에 살면서 가족을 형성하고, 이웃을 만들고, 합법적으로 경제활동을 하며 세금을 내고, 노후 연금을 불입해온 사람들이었다. 정당한 사회구성원을 법치 국가에서 정부가 원하는 시점에 아무렇게나 쫓아버릴 수는 없었다.

낯선 문화와 다른 종교에 두려움을 가지고 있는 독일 국민들은 이런 사실을 인정하고 싶어 하지 않았기에, 선거에 사활이 달려 있는 정치가들은 몇 십 년 동안이나 눈 가리고 아웅 하는 식의 쇼를 연출했다. 그들은 입만 열면 독일은 이민국이 아니라고 반복하며 언젠가는 외국인의 비율을 대폭 줄일 수 있을 거라고 선전했다. 현실적으로 그럴 것 같지 않은데 정치가들이 그렇다고 하니 국민들은 자체적인 판단 능력을 상실했다. 희망 사항과 현실을 구별하는 현실감각이 없어진 국민들은 막연한 기대와 막연한 피해 의식 속에서 외국인에 대해 무기력하고 복잡한 감정을 키워나갔다.

이렇게 어영부영하는 사이에 산업체의 필요에 따라 독일에 눌러 살게 된 외국인 노동자와 가족들은 그들의 독일화 시점을 놓쳐버렸다. 독일어를 배우고 독일의 민주주의와 공중도덕을 이해할 수 있는 교육의 기회를 얻지 못한 이들은 독일에 거주하면서 2세, 3세에 이르도록 주인 의식은 고사하고 이등 인간으로 전락하여 많은 사회문제를 야기했다.

특히 이들 가운데 압도적인 다수였던 터키의 하급 노동자들은 자기 나라 수도에서도 문화 충격을 받을 정도로 서구 문명과 동떨어진 생활을 하는 산간벽지 출신인 데다가 교육 수준이 낮아 독일 사회에 적응하기가 더 어려웠다. 이들은 끼리끼리 똘똘 뭉쳐 고향의 종교와 풍습을 고수하며 살았다. 그러다 보니 서구식으로 행동하는 딸이나 누이에 대한 명예 살인 등의 사고가 종종 일어나 독일 국민을 충격으로 몰아넣었다. 또한 이들은 출산율이 높았기 때문에 독일에서 태어나고도 독일어를 못하거나 변형된 독일어를 사용하는 터키인 2세, 3세가 무럭무럭 늘어났다. 그로 인해 일부 대도시에서는 학생의 과반수 이상이 독일어에 서툴러 정상 수업에 지장이 있는 학교도 적지 않게 됐다.

이미 마을로 내려온 늑대를 보아버린 마을 사람들에게 양치는 소년들은 이제 '독일은 이민국이 아니다'라고 한목소리로 주장할 수 없게 되었다. 다음 선착장까지만 가는 표를 사서 승선한 몇 백만 외국인들이 아직도 배에 남아 있다는 것을 독일 국민들이 알아챘을 때 배는 이미 망망대해를 향하고 있었던 것이다. 죽으나 사나 그들과 함께할 운명이 되었으니 이제는 더불어 사는 길을 도모하는 수밖에 없다. 게다가 독일은 출산율이 낮아 연금 수령자들을 먹여 살릴 젊은이들이 턱없이 부족한 마당이라 외국에서라도 일꾼들을 끌어들일 궁리를 해야 했다. 그래서 이제는 슬로건이 '이민국이 아니다'에서 '유용한 외국인'으로 바뀌었다.

인간에 대한 예의

'유용한 외국인'이란 독일에 소용이 닿는 외국인이라는 뜻으로 아마 나 같은 사람을 일컫는 말이겠다. 평균적인 독일인보다 교육 수준이 높은 내가 직업적으로나 개인적으로나 지역 사회에 기여하는 바는 평균적인 독일인보다 분명히 클 것이다(내가 독일어로 쓴 전공 서적은 한 지방 문화재청에서 그 도시 고건물의 문화재 여부를 판단하는 척도로 쓰이고 있다). 독일인들과 대화를 하다 보면 으레 "너 같은 외국인 말고"라고 토를 달면서 나를 일반적인 외국인과 구별하는 소리를 자주 듣는다. 물론 이는 나를 아는 독일인들에 한해서다.

지인들의 범위를 벗어나면 상황이 확연히 달라진다. 한번은 번잡한 뮌헨 시내에서 멀쩡하게 생긴 독일 여자가 다가오더니 나를 가리키며 "이거 카탈로그 보고 산 건가요, 아니면 가게에서 산 건가요?" 하고 남편에게 물었다. 여성을 사고판다는 뜻임을 알아챈 남편은 자기 부인을 모독했다며 격렬하게 항의했고, 그 여자는 금방 꼬리를 내렸다. 그때 경찰을 부르거나 그 여자를 때려줬어야 하는 거라고 남편과 나는 뒤늦게 분통을 터뜨렸다. 나는 그 여자가 내 외투를 말하는 줄 알고 백화점에서 샀다고 말할 뻔했다.

지인들이 나를 특별 대우 해준다고 해도 나는 '유용한 외국인'이란 단어가 듣기 싫다. 나치 시절에 쓰던 '특혜받은 유태인'이라는 단어가 생각나서 기분이 나쁘다. 당시에 그나마 좀 나은 신분으로 분류되었던 일부 유태인들은 이 차별성에 얼마나 감지덕지하며 희망을 걸었을까? 그러나 결국 조금 늦게 박해를 당하고 조금 늦게 죽음을 맞았다는 차이밖에 없었다.

'유용한 외국인'이란 소리를 들을 때마다 나는 도살장에서 등심이니 안심이니 하며 소를 부위별로 나누듯이, 나를 소비자 입맛에 맞는 부위로 분류하는 것 같아 심히 불쾌하다. 입맛은 변할 수 있어서 절대로 믿을 것이 못 되거니와, 사람이 어떤 곳에 뿌리를 내려 살면서 바치는 정성을 단순히 효용 가치로 재는 것은 인간에 대한 예의가 아니기 때문이다.

나라의 정책을 세울 때 당연히 고려해야 하는 사실일지라도 그 대상이 인간일 경우에는 적어도 인간과 고기를 구별하는 정도의 예의는 갖춰야 한다. "억울하면 너도 열심히 공부해서 유용한 외국인 축에 끼면 될거 아니냐?"라고 말하는 건 가난이 대물림되는 불공평한 나라에서 억울하면 출세하라고 말하는 것만큼이나 야비한 비아냥거림이 아닐 수 없다.

자자손손 독일에 살아온 토박이만으로는 독일의 살림살이를 꾸릴 수 없다는 사실을 인정한 이상 이왕이면 우수한 사람을 받아들이고 싶은 것은 당연한 이치겠고, 이를 정책에 반영하는 것도 당연한 순서일 것이다. 그래서 독일 정치가들은 머리를 맞대고 앉아 독일 국적을 신청하는 외국인들의 자질을 심사하는 테스트 문제집을 만들었다.

호기심에 읽어봤더니 독일의 정치, 역사, 문화, 지리, 상식에 관한 백 개의 문제 중 내가 자신 있게 맞출 수 있는 것은 몇 개 없었다. '구텐베르크가 발명한 것은 무엇인가?'라는 문제만 내가 한국에서 '우리나라

금속활자가 구텐베르크보다 먼저'라고 달달 외운 터라 자신 있게 답할 수 있었다.

독일어로 건축사 전공 책을 출간한 나도 '1848년에 프랑크푸르트 파울루스 교회에서 열린 모임의 이름이 무엇'인지는 댈 수 없었고, 미술사를 몇 학점이나 이수하느라 '독일 화가 카스파 다비드 프리드리히가 그린 풍경화'를 수도 없이 보았지만 그중 하나에 나오는 바위의 성분이 '백악'인지는 몰랐다. '독일의 의무교육 나이는 몇 살부터 몇 살까지인가?'라는 질문에는 두 아이의 아빠이자 아이들 학교의 학부모 평의원인 남편도 정확히 대답할 수 없었다.

독일에서 공학 박사 학위를 받은 나도, 독일인이면서 물리학 박사인 남편도 이 시험에서 낙제 점수를 면하기 어려웠을 것이고, 이 문제집을 만든 정치가들도 분명히 자기가 만든 문제만 빼고는 다 틀렸을 것이라 나는 장담한다. 물론 다 맞혀야 합격하는 건 아니라지만, 자기네도 못하는 것을 남한테 기대하는 건 점잖지 못하다. 독일의 어떤 시사 잡지가 꼬집었듯이 '독일인들도 이 시험에서 떨어지면 형평성의 원칙에 의해 국적을 박탈해야 하는 건 아닐까?'

우리 가족이 이 테스트 문제로 웃고 있을 때 딸아이가 한마디했다.

"우리 친할머니도 아마 떨어지실걸? 남의 문화와 종교를 인정하느냐는 문제에서 할머니는 동성연애를 반대하고 기독교 이외에는 어떤 종교도 인정하지 않으니까 아마 이슬람 근본주의자와 같은 점수를 받을 거야."

맞다. 역사 속에서 기회를 놓친 것은 비단 외국인 노동자뿐만이 아니다. 독일 국민들 또한 본능적인 배타 의식을 버리고 외국인들을 통해 새로운 문화를 접한다는 긍정적인 호기심을 키울 기회를 놓치고 말았다. 독일인의 상당수가 아직도 공생의 이유와 이치를 이해하지 못하고 독일인이 외국인에게 적선을 한다. 외국인들 때문에 손해를 보고 있다고 믿는다. 그래서 몇몇 잘못된 청소년들이 떼를 지어 외국인을 때려죽이는 사태가 일어나 독일을 최악의 야만국으로 전락시키기도 하는 것이다.

이것은 국민을 속인 정부의 책임이다. 몇 백만 외국인들을 돌려보내는 일은 기술적으로 불가능하고 실리적으로 부당하다는 사실을, 그래서 이들과 함께 살 수밖에 없다는 사실을 진작 고백하고 거기에 맞는 정책을 세웠어야 했다. 독일 국민에게는 새로운 문화와의 접촉이 손해가 아니라 삶을 더욱 풍요롭게 하는 보탬이라고 가르쳤어야 했고, 외국인들에게는 출신국의 전통을 고수하면서도 독일 사회와 자발적으로 융화할 수 있도록 미래에 대한 희망을 주었어야 했다.

물론 그런 사실을 상상할 수도 없고 인정하기도 싫었던 국민의 책임도 있다. 듣기 좋은 소리만 하는 정치가들에게 상을 주고, 진실을 말하는 정치가들에게 벌을 준 이들이 바로 국민이었기 때문이다. 이제 와서 뒤늦게 해결하기 위해 독일 정부가 들여야 하는 막대한 돈과 노력은 전부 국민들이 내는 세금이다. 이 돈을 진작부터 궤도를 제대로 잡는 데 썼더라면 국민의 돈이 꽤나 굳었을 것이다. 결국은 국민이 무지했던 소치다.

9퍼센트가 빠지면 백 퍼센트 행복할 수 없다

　오늘날 독일에서 외국인의 비율은 9퍼센트이다. 독일에서 외국인 노동자를 받기 시작한 1955년에는 1퍼센트였다. 우리나라의 외국인 비율도 1퍼센트를 넘어선 지 얼마 되지 않는다. 상황도 여러모로 비슷하다. 세계 정세로 보나 우리나라의 산업 구조로 보나 외국인 노동자가 앞으로 늘면 늘었지 줄어들 가능성은 적고, 타민족과 대등하게 어울리는 연습을 하지 못한 역사로 인해 우리 국민의 배타성도 독일 국민 못지않을 것이다. 우리는 독일의 실패를 반면교사로 삼아야 한다. 남의 실수를 답습하지 말고 교훈으로 받아들여 좀 더 효율적으로 외국인 노동자 문제를 해결해야 한다. 독일의 보통 사람들이 제때에 깨이지 못해서 자초했던 실수를 우리는 뛰어넘었으면 한다.

　일자리를 찾아 국경을 넘는 것은 일종의 민족 이동의 현상이다. 먹이를 찾아 떠나는 민족 이동은 인간의 역사가 시작된 이래 꾸준히 있어왔고 앞으로도 계속될 것이다. 기득권층의 불안과 텃세로 점철된 그 고난의 역사는 앞으로 세계화로 인한 국가 간의 빈부 격차가 커지면서 더 확대될 전망이다. 사흘 굶은 도둑들이 죽기 아니면 살기로 떼를 지어 남의 집 담을 넘는데 기관총을 가지고 막을 수는 없다.

　우리는 이제 다른 민족과 섞여 사는 일이 불가피해졌다는 사실을 인정하고 받아들여야 한다. 다른 문화를 가진 외국인들이 들어와 섞인다고 고유문화가 파괴되는 건 결코 아니다. 포용력을 갖고 서로를 맞아들인다면 여러 문화의 평화로운 공존이 얼마든지 가능하다. 사실 성공한

다문화 현상의 수혜자는 바로 자국민들이다. 다문화국이 된 현재의 독일이 앞뒤가 꽁꽁 막혀서 독일식만 고집하던 어버이 시대의 독일에 비해 훨씬 재미있고, 맛있는 음식도 많고, 살기 좋아졌다는 사실을 부인할 젊은이는 하나도 없다.

외국인 노동자의 값싼 노동력의 덕을 보는 사회, 외국인 여성이 농촌 청년들의 배우자로 꼭 필요한 사회에서는 싫든 좋든 다문화 현상이 확산되기 마련이다. 우리 힘으로 거스를 수 없는 다문화 현상은 이를 적극적으로 활용하면 인생을 윤택하게 만들어주지만, 소극적으로 방치하면 악재로 변한다. 근세에 동유럽과 아프리카에서 일어난 인종 대학살은 소수의 일등 국민과 다수의 이등 국민이 존재하는 풍토에서 일어났다.

박힌 돌과 굴러 들어온 돌이 장기적으로 공존하는 비결은 둘 다 단단히 뿌리를 내려 자리를 잡는 길밖에 없다. 지반이 안정적일 때는 굴러 들어온 돌이 자리를 잡든 말든 박힌 돌에게 아무런 상관이 없지만, 지진이라도 일어나 지반이 흔들리는 날에는 자리를 잡지 못한 돌들이 이리 비틀 저리 비틀 하다가 박힌 돌의 머리를 깰 수도 있기 때문이다. 굴러 들어온 돌이 있어야 원활히 유지되는 사회라면 어서어서 그들이 자리를 잡아 튼튼하게 박히도록 도와줘야 한다. 다리를 뻗친 채 버티고 있을 게 아니라 조금씩 비켜 공간을 만들어줘야 한다.

텃세의 본능을 극복하기란 심히 어려운 일이지만 나는 우리나라 사람들의 높은 교육 수준을 믿는다. 국민의 힘으로 독재 정권을 무너뜨리고 민주주의를 쟁취한 유례없는 저력이 바로 이 높은 교육 수준에서 비롯했다고 믿는 만큼, 우리의 자존심을 버리지 않으면서 잘못된 배타주의를 극복할 수 있는 능력도 교육의 힘으로 기를 수 있다고 본다.

　인간이 태고에 집단생활을 시작한 것은 생존의 가능성을 높여 종족 보전을 잘하자는 합리적인 이유에서였다. 한 나라 안에 살고 있는 모든 사람은 마치 손과 발처럼 긴밀한 공생 관계에 있다는 것, 몸의 가장 약한 부분이 사람의 수명을 결정한다는 것, 다시 말해서 의치가 곪아도 사람이 죽을 수 있다는 사실을 이해하는 것은 머리가 좋아야 되는 일이지 마음만 착하다고 되는 일이 아니다.

　합리적으로 사고할 능력이 있는 사람이라면 좋은 의치를 해 넣는 데 드는 돈과 수고를 아끼지 않을 것이다. 그 돈이 아깝다면 의치를 해 넣지 않고 잇몸으로 견디는 수도 있다. 먹고 싶은 음식을 다 먹지 못할 뿐이지 이것도 한 가지 방법이다. 그러나 돈도 아끼고 먹고 싶은 음식도 다 먹기 위해 이빨 빠진 자리에 나무 조각을 쑤셔 넣고도 만사형통을 바라는 사람은 머리가 나쁜 사람이다. 요행을 능력이라 착각하는 사회는 지속적으로 건강하게 생존할 가능성이 낮다.

평범한 재능이
특별한 실력이 되는 비결

나의 모교인 칼스루에 공대는 독일에서도 유일하게 건축과 전원에게 집중적인 실측 교육을 실시하는 학교다. 학생들은 소정의 예비 교육을 받은 후, 일주일 동안 어느 경치 좋은 시골 동네에 가서 합숙하며 문화재 건물을 실측하는 실습을 한다. 가정에서 곱게 자란 대학 초년생들에게 이 훈련 기간은 아마도 고된 시간으로 기억될 것이다. 남녀 학생들 백여 명이 체육관 바닥에서 자며 부족한 화장실과 샤워실 앞에 줄을 서는 것도 요즘 청소년들에겐 드문 경험이겠지만, 어둡고 더럽고 위험한 건물에서 난생처음 제대로 된 실측 도면을 짧은 시간 안에 만들어내는 일도 고난도의 노동이다. 실수를 통해 깨쳐가며, 자칫하면 일을 끝내지 못할 것이라는 강박감과 싸우는 정신노동이기 때문이다.

올해 내게 배정된 학생들은 우연히도 전부 여학생이었다. 유난히 학구열이 높고 실력이 뛰어난 그룹이었다. 천재 여섯 명을 맡았다고 생각했을 정도로 배우는 속도가 빨랐고, 내가 힌트 하나만 줘도 자기네들끼리 의논해가며 줄줄이 깨쳤다. 모처럼 적수를 만난 나는 지극 정성으로 가르쳤고, 학생들은 초보자의 도면이 아닌 전문가의 도면을 목표로 기염을 토했다.

조금 시간이 흐르자 이들 모두가 천재가 아니라는 것이 눈에 보이기 시작했다. 뛰어난 학생도 있었지만 유난히 행동이 굼뜨고 사고가 느린 학생도 있었고, 대부분은 평범한 학생들이었다. 나는 평균적인 수준의 사람들로 구성된 이 그룹의 실력이 특별히 뛰어난 이유가 궁금해 유심히 관찰하기 시작했다. 우선 개개인의 성품이 착하고 양보를 잘하는 점이 돋보였고, 친구들 간에 예의가 바르고 서로 배려하는 점이 남달랐다. 무엇보다도 그룹 안의 노동을 분담하는 과정에서 세력 다툼이 없고 평등했다.

수직 관계에 있는 나에 대한 자세도 건전했다. 공손했지만 나를 특별히 어려워하지는 않았다. 가르치는 일을 목적으로 이 자리에 있는 내 앞에서 무엇을 모른다는 것은 부끄러운 일이 아니라고 했더니, 그 말을 액면 그대로 받아들여 자신들이 이해할 때까지 똑같은 질문을 반복했다. 어떤 질문에 대해서는 나도 잘 모르겠다고 솔직하게 말하면, 나를 우습게 보는 게 아니라 오히려 고무적으로 여겨 함께 머리를 맞대고 해결책을 찾았다. 재미있게도 평소에 빠릿빠릿하게 잘 따라오는 학생들은 나와 비슷한 아이디어를 냈고, 평소에 이해가 좀 느린 학생들은 나와는 다른, 그러나 때로는 나보다 나은 아이디어를 냈다.

학생들의 실력에 확신이 든 나는 욕심을 내어 모험을 하나 제안했다.

"이 과목의 목적은 실측의 원리를 이해하고 협동 작업을 연습하는 것이다. 너희는 그 목표를 백 퍼센트 달성했고, 이대로 간다면 분명히 최고 점수를 받을 것이다. 하지만 개개인의 입장에서 보자면 각자 맡은 일만 잘했을 뿐이라 실측에 대한 불안감은 여전히 남을 것이다. 초보자로서 당연한 일이다. 너희가 초보자의 단계를 좀 더 빨리 뛰어넘고 싶다면 역할을 바꿔가며 일해보기를 권하고 싶다. 그러면 속도가 느려지고 실수가 늘어 성적은 약간 떨어질지도 모른다. 너희가 여기에 온 이유가 전문가의 도면을 만들기 위해서인지 아니면 전문가가 되기 위해서인지 생각해보고 결정하기 바란다."

학생들은 당장에는 내 말에 고개를 끄덕였지만 좀처럼 역할을 바꾸지 못했다. 이제 막 일을 배우는 초보자들에게 무리한 요구라는 생각이 들어 나도 기대를 접었다.

그러나 내가 잠시 다른 곳에 갔다 오니 학생들은 어느새 각자 다른 일을 맡아서 하고 있었고, 조금 있다가 또 역할을 바꿨다. 기특해서 나중에 물어봤더니 이제 막 손에 익은 일을 놓고 다른 일을 하기가 너무 겁이 났는데 친구들끼리 서로 격려하고 이끌어주며 일을 바꿨다고 했다. 물론 그런 상황에서는 실수도 더 많이 생기고, 마지막엔 시간이 모

문화재 실측 현장에서
학생들과 함께.

자라 밤늦게까지 남아서 일을 했지만 학생들은 끝까지 침착했고 화목했다(나중에 평가회에서 학생들은 최고 점수에 조금 못 미치는 성적을 받았으나 대단히 만족했고, 내게 특별한 감사 인사를 전했다고 들었다).

기차를 타고 집으로 돌아오며 나는 이런 젊은이들이 이끌어갈 독일의 미래를 상상했다. 평범한 재능을 특별한 실력으로 승화하는 토양이야말로 독일의 경쟁력이란 생각이 들었다. 그 비결은 아마도 구성원들 사이의 인간적인 예의와 배려일 것이다.

남을 배려하는 마음이 칭찬 덕목 1호

집에 돌아왔더니 내가 만난 학생들보다 한 살 어린 우리 아들이 막 아비투어 시험을 치르고 있었다. A4 용지 2, 30장씩을 써내는 논술형 시험이라 한 과목 시험을 치르는 데 대여섯 시간이나 걸렸고, 하루에 한 과목씩 며칠에 걸쳐 이루어졌다. 내가 없는 동안 제 여동생이 싸 주는 빵으로 점심을 때우며 무난히 잘 치렀다고 했다.

그런데 아들은 시험 기간 중에도 짬짬이 학교의 졸업 문집 만드는 작업을 했다. 쉬지 않고 공부만 해봤자 오히려 능률이 떨어지기 때문에 중간에 다른 일을 하는 것이 나쁘지 않다고 했다. 나는 우리 집에 모여서 같이 편집 일을 하는 여학생 두 명도 우리 아들만큼이나 날라리일 거라고 무턱대고 믿어버렸다. 그렇지 않고서야 시험 전날에도 졸업 문집을 만든다고 모일 수는 없지 않은가.

그날 저녁을 함께 먹으며 나는 여학생들에게 아비투어가 끝나면 무엇을 할 계획인지 물어봤다. 한 여학생이 자기는 그간 공부에 질렸기 때문에 1년쯤 놀다가 다시 공부하고 싶은 마음이 들 때 대학에 진학할 거라고 대답했다. 그러면 그렇지, 순 날라리로구나. 독일에서는 공부를 못해도 학생자치회에서 인정받으며 활동할 수 있으니 얼마나 좋아.

졸업식 날이 되었다. 독일에는 등수라는 건 없지만 성적이 좋은 학생들에게는 상으로 책을 주었다(성적은 1부터 6 사이에서 매겨지는데 5와 6은 낙제 점수이고 숫자가 작을수록 성적이 좋은 것이다. 평균 1.8 이하면 상을 준다). 90명 졸업생 중에 대략 10퍼센트에 해당하는 학생들이 상을 받았는데, 시험 전날에도 공부는 안 하고 졸업 문집을 만든 날라리 학생 세 명이 모두 포함된 것이 얼마나 신기했는지 모른다. 뿐만 아니라 다시 공부하고 싶은 마음이 생길 때까지 진학을 미루겠다는 왕날라리 아가씨는 전 과목에서 거의 만점을 받았다고 했다. 또한 난독증에 아직도 구구단을 못 외우는 우리 아들이 고학년으로 가면서 성적이 나아졌다고는 해도 상까지 받으며 졸업하리라고는 꿈에도 상상하지 못했다.

졸업식은 대형홀을 빌려 저녁을 먹으며 자유롭게 진행되었다. 체육 선생님이 사회를 보면서 마침 같은 시간에 치러지는 월드컵 결승전의 스코어를 간간이 알려주는 친절을 베풀었다. 학생들은 각자 자기가 좋아하는 음악이 울리는 가운데 차례로 무대에 올라가 교장 선생님에게 성적표를 받았고, 여학생들은 양 뺨에 교장 선생님의 키스를 받았다. 부상으로 독일물리학회나 수학학회의 회원증과 함께 1년 회비를 면제받는 학생들도 서넛이나 있었다. 고등학교의 마지막 2년 과정은 전공을 정해서 공부했기 때문에 학생들은 과목별로 무대에 올라가 전공 선생님과 함께 자유롭게 지난 2년을 추억했다. 우스갯소리도 많이 나왔지만 가슴 뭉클한 장면도 많았다. 학생들이 선생님 앞에 단체로 엎드려 절을 하기도 했고, 어떤 선생님은 너희 같은 학생들을 만나서 내가 많이 배웠노라고 학생들 앞에 무릎을 꿇고 절을 하기도 했다.

독일의 68운동은 무엇보다도 학교 개혁을 성공적으로 실현했다. 구세대의 저항이 만만치 않았지만, 변화의 필요성이 사회 전반의 공감을 이끌어내 개혁의 시동이 걸리자 학교는 빠른 속도로 변화했다. 구태 의연했던 학교 시스템은 시대에 맞도록 개편되었고 권위적이던 학교 분위기도 민주적으로 바뀌어갔다. 학생자치회와 학부모평의회가 결성되어 학교 측에 대항하여 힘의 균형을 이루는 한편 새로운 삼각 공조 체제를 열었다. 1970년대 중반에 독일 고등학교에 다니면서 개혁이 자리 잡는 과정을 직접 체험했던 나는 30년이 지난 오늘날 아들의 졸업식에 참석해서 그 결과를 확인했다.

학생들은 학창 생활을 빛내준 몇몇 친구들을 거명하며 특별히 감사를 표했다. 그 이유가 전부 희생적인 봉사와 남의 부탁을 거절하지 않는 착함 등 경쟁 사회와는 거리가 먼 성격이라는 점이 인상적이었다. 나중에 졸업 문집을 보니 친구들이 여러 학생들에 대한 단상을 적었는데, 남을 돕고 배려하는 성격이 학생들이 가장 높이 평가하는 칭찬 덕목 1호라는 점이 참으로 신선했다(개인적인 경험이라 독일 전반으로 보편화할 수 있을지는 잘 모르겠다).

나를 가장 놀라게 한 것은 학생자치회장의 연설이었다. 자기들은 "너희는 암만 공부를 열심히 해도 나중에 일자리를 얻지 못할 것이다. 행여

김나지움 13학년 때 북해로 마지막 수학여행을 떠난 아들과 친구들.

일자리를 얻었다 하더라도 곧 실직할 것이다"라는 세뇌 속에서 학창 시절을 보냈다고 했다. 넉넉하고 안정된 분위기에서는 아이들도 저렇게 착하게 크는구나 싶었던 나는 그제야 시대를 되돌아봤다. 통일 이후의 지긋지긋한 경기 침체와 불안 속에서 자라난 세대가 바로 이 아이들이었다. 그럼에도 너희들은 이렇게 컸구나.

학교의 모든 일을 적극적으로 챙기면서도 전 과목 만점의 성적을 받아 대학 입학과 동시에 세계 굴지의 회사에 고액 연봉으로 스카우트된 학생자치회장은 어떤 학생을 지목하여 감사를 전하며 연설을 맺었다. 아무런 감투도 쓰지 않고 뒤에서 조용히 궂은일을 도맡아 학교를 실제로 이끌어왔다는 그 학생은 내 맞은편 자리에 앉아 담담한 얼굴로 싱긋 웃어 보였다.

나는 내가 맡았던 건축과 학생들을 떠올렸다. 평범한 아이들이 모여

서로 도와가며 천재적인 발전을 이루는 사회가 바로 이런 것일까? 각박한 경쟁 시대에 이런 상생의 현명함은 어디에 기인하는 것일까? 독일의 교육 시스템에서 나오는 것일까? 요즘 세상은 혼자서 처리할 수 있는 일이 거의 없을 정도로 거대하고 복잡다단하다. 사람 이름 앞에 등수를 붙여 따로따로 경쟁시키는 시스템에서 어떻게 효율적인 분업과 협동을 배울 수 있는 것일까?

공교육 발전을 위해서 학부모 평의원으로 열심히 일하는 남편은 독일 교육의 앞날을 걱정한다. 교육 시스템이 타성에 젖어 다시금 개혁이 필요한 때가 되었다고 열을 낸다. 작금의 시스템으로는 세계화 시대에 경쟁할 수 있는 창조적인 인적자원을 배출하기 어렵다는 것이다. 창조적인 인적자원을 배출하기 위해, 즉 기회의 평등과 재능의 개별적인 계발이 좀 더 원활하게 이루어지고 학생의 인격이 좀 더 존중받는 학교 풍토를 만들기 위해 오늘도 독일 사회는 많은 고민을 하고 있고 (핀란드를 모델 삼아) 교육 제도를 꾸준히 개선하고 있다. 학생들은 인적자원이기에 앞서 그들의 유일한 인생을 값지게 살 권리가 있는 영혼들이기에 더욱 그렇다.

과학 기술 강국 독일의
대학 평준화 정책

　한국의 교육 문제에 대해 걱정스러운 이야기를 들어온 지는 오래되었다. 그런데 2008년 8월 한 신문의 칼럼을 읽고 진심으로 걱정이 되었다. '올림픽 금메달은 거저 얻는 것이 아니라 선수들이 자기 인생의 상당 부분을 바쳐 치열하게 경쟁한 대가다. 이와 마찬가지로 교육 분야에서도 경쟁을 통해 학생들에게 더 나은 질의 교육을 제공해야 한다. 혹 부작용이 있더라도 감수하고 경쟁의 필요성을 인정하자'는 논지인데, 그 배경에는 한국의 현실이 경쟁을 배제하고 있어 학생 수준이 하향 평준화하고 있다는 우려가 깔려 있다.

　하지만 나는 우리나라 학생들이 이미 심한 경쟁에 노출되어 있고, 이런 현상이 장기적으로 국가의 경쟁력을 약화시킬 거라 믿는다. 이런 믿음은 독일 고등학교에서 '하향평준화'를 극복하는 모습을 바로 옆에서 지켜보면서 더 확고해졌다.

"선생님의 신념을 존중합니다"

수학에 흥미가 많았던 아들이 수학 전공반에 들어갔을 때의 일이다. 모인 학생들의 실력이 최상과 최하로 딱 나뉘는 보기 드문 현상이 일어났다. 성적 분포도를 보면 마치 장구처럼 최고 점수와 낙제 점수가 양쪽으로 몰려 있는 형국이었다. 이럴 때는 선생님의 신념에 따라 우등생들이 희생되기도 하고 열등생들이 희생되기도 하는데, 선생님은 열등생들을 위하여 반복과 복습을 바탕으로 한 수업 방식을 선택했다.

전공 반에 들어와 앞서가는 공부를 기대했던 우등생들은 당연히 이런 상황에 실망했고, 이러다가 진도가 늦어져서 아비투어 시험에 지장이 있을까 봐 불안해했다. 자식들의 진로가 달린 중요한 문제라 결국엔 학부모회의까지 열리게 되었다. 우연스럽게도 우등생들의 부모만 참석한 그 회의에서는 그간 쌓였던 불만인 하향 평준화에 대한 성토가 터져나왔다.

하지만 잠시 후 대학에서 물리, 수학 선생이 될 대학생들을 가르친 경험이 있는 한 아버지가 입을 열었다.

"내 아이의 발전을 위해서는 실망스럽지만, 열등생들을 버리고 가지 않는 선생님의 신념을 존중합니다. 만약 진도가 늦어질 기미가 보이면 내가 따로 가르쳐서 우등생들이 좋은 점수를 놓치는 일이 없도록 돕겠습니다."

우등생들과 부모들은 그 말에 일단 안도했다. 하지만 아이들은 스스로 방법을 찾아내 그 아버지가 가르칠 필요도 없게 되었다. 함께 모여 공부하면서 서로 묻고 가르쳐주며 자기네들끼리 깨쳐나갔다. 그 아버지는 만약의 경우를 위해 심적으로 대기하고 있었을 뿐이다.

졸업식 날 부모들은 그 말썽 많았던 수학 전공반의 평균 점수가 2점(미국식으로 B에 해당)이란 소리를 듣고 얼마나 놀랐는지 모른다. 낙제 점수로 시작한 열등생들이 한 사람도 빠짐없이 상위권의 성적을 낸 것이다. 또 이 사건에서 자칫 피해자가 됐을 수도 있는 우등생들은 협동 작업을 통해 스스로의 힘으로 창조적인 공부를 경험하고 좋은 점수까지 유지했다.

이런 결과는 열등생을 버리고 가지 않겠다고 결정한 선생님과 스스로 해결책을 찾으려 한 학생, 이 모든 것을 믿고 기다려준 학부모가 만들어낸 합작품이다. 특히 이 경험을 통해 아이들이 얻게 된 자신감과 자부심을 무엇으로 살 수 있을까 생각하면 가슴이 뭉클하다. 만약에 학생들에게 등수를 매겨 친구들끼리 경쟁하는 시스템이었다면 이런 자율적이고 창조적인 공부가 가능했을까? 나는 여기서 독일 교육이 지닌 잠재력을 보았다.

독일은 한국과 마찬가지로 이렇다 할 천연자원 없이 전적으로 인적 자원에 기대어 과학 기술의 힘으로 먹고사는 나라다. 그렇기 때문에 한국 못지않게 교육에 대한 관심이 크다. 지금 독일에서는 몇 가지 교육 개혁이 진행되고 있다. 하나는 유럽연합 안에서 우수한 두뇌의 자유로운 이동을 촉진하기 위해 대학의 학제를 통일하는 사업(1999년 볼로냐 회의)인데, 디플롬이었던 대학 과정을 베첼러와 마스터로 나누어 정비하는 작업이 활발하게 진행 중이다. 또한 독일의 초·중·고 학과 과정이

13년제에서 12년제로 바뀌고 있는 것도 변화다. 세계화 시대를 맞아 독일의 경쟁력을 강화하기 위해서는 한 살이라도 젊은 고급 인력을 하루라도 빨리 배출해야 한다는 취지에서 나온 정책이다. 그리고 마지막 하나는 아직 의견을 나누는 단계에 있는데, 이것 역시 독일의 경쟁력을 강화하자는 취지이지만 접근하는 시각이 한국과는 좀 다르다. 이 글의 주제이므로 상세히 설명해보려 한다.

독일이 이런 변화에 적극 나서고 있는 것은 지금의 상태로는 우수한 인적자원을 지속적으로 확보하기 힘들겠다는 판단에 따른 것이다. 저조한 출산율에 따른 인구 감소와 불합리한 교육제도로 인한 인재의 낭비가 그 원인이라는 것이 전문가들의 공통된 의견인데, 지금 독일에서 일어나는 인재의 낭비는 크게 두 가지 이유 때문이다(사실은 하나가 더 있는데 주제에서 벗어나기에 생략하겠다).

기회의 불평등과 하향 평준화

첫째는 재능이 꽃필 기회를 얻지 못하고 일찌감치 탈락하는 '기회의 불평등' 현상이다. 독일에서는 초등학교 4학년 성적에 의해서 대학 교육을 받을 학생과 직업 교육을 받을 학생의 진로가 결정된다. 하지만 아이들의 성장 속도가 얼마나 제각각인지, 열 살짜리 아이가 주변 환경의 영향을 얼마나 많이 받는지는 아이를 키워본 사람이라면 다 알 것이다. 그런데도 초등학교 4학년 때의 성적이 상위 30퍼센트인 아이들만 대학 진학을 목표로 하는 김나지움에 입학할 수 있다. 이 과정에서 부모들의 능력과 관심이 크게 작용하는데, 무상 교육에 공교육 위주의 나라인지라 따로 사교육비를 쓰는 건 아니지만 생활비를 버느라 바쁘거나 학력이 낮은 부모들은 늦된 자녀들을 독려하여 상위 30퍼센트에 들 수 있도록 도와줄 여력이 없다.

부모의 생활수준과 교육 수준에 따라 자녀들의 진로가 일찌감치 결정되는 현상은 통계상으로도 입증된다. 부모가 대졸 학력인 가정에서는 83퍼센트의 자녀들이 대학에 진학하고, 그 이하의 학력을 가진 부모 밑에서 자란 자녀들은 23퍼센트만이 대학에 들어간다. 여기에 부모의 경제력까지 합치면, 대졸 출신 공무원의 자녀들은 학력이 낮은 노동자의 자녀들보다 5.5배나 높은 대학 진학률을 보인다. 가난과 무지를 대물림하는 '기회의 불평등'이 하류층 자녀들이 고급 인력으로 클 수 있는 기회를 막아 막대한 국가적 낭비를 초래하는 것이다. 이것은 인권 운동가들의 주장이 아니라 경제, 교육, 행정 전문가들의 공통된 의견이다. 돈 한 푼 안 들이고도 공부시킬 수 있는 독일에서도 이럴진대, 선행 학습과 사교육에 막대한 사유재산을 쏟아 부어야 하는 우리나라에서 '기회의 불평등'은 얼마나 크며 또한 그에 따르는 국가적 손실은 얼마나 막대할까?

'능력의 평등'과 '기회의 평등'은 구별되어야 한다. 일을 잘하는 사람과 못하는 사람이 똑같은 대가를 받는다면 일에 대한 의욕을 잃겠지만, 기회가 평등하게 주어지는 사회에서는 구성원 모두가 열심히 노력한다. 자칫 잘못하면 보조금을 받아 연명했을 사람도 세금을 납부하는 사람으로 성장할 수 있다. 지금 독일 사회는 그 잠재력에 눈독을 들이고 있다. 하지만 아직도 논쟁은 계속되고 있다. 지금까지 독일이 거둔 성공을 현재의 교육제도 덕이라며 개혁을 반대하는 사람들도 있기 때문이다.

어려서부터 학문계 일꾼과 산업계 일꾼을 나누어 양성하는 기존의 학제는 패전 독일의 산업이 급성장하는 과정에서 실제로 효용성이 컸다. 그때도 학력의 대물림은 있었지만 경제가 빠른 속도로 성장하는 시기에는 이것이 가난의 대물림으로 이어지지 않았기 때문에 크게 문제되지 않았다. 하지만 이제 고속 성장의 시대는 지나갔고 세계화 시대가 도래했다. 독일 산업의 양상도 제조에서 정보로 바뀌었고, 사회가 양극화되는 현상까지 나타나고 있다. 그러니 기존의 교육제도를 시대 변화에 맞게 개선하지 않으면 양극화 현상은 심화되고 국가 경쟁력도 약화될 것이 분명하다.

학부모로서 이 사회를 오래 관찰해온 경험에 비춰볼 때 이제 독일에서 '기회의 평등'을 목적으로 하는 교육 개혁이 실행되는 것은 시간문제다. '기회의 평등'이 국가 경쟁력과 직결된다는 것은 개인적인 이해관계를 떠나서 독일의 미래에 관심을 가지는 사람들이면 누구나 공감하는 사실이기 때문이다.

둘째, 인재의 낭비는 한국에서 한목소리로 우려하는 '하향 평준화' 현상에서 비롯된다. 독일에서는 초·중·고·대학이 공립이고 평준화인 까닭에 수재들을 따로 모아 가르치는 영재 교육이 대단히 미진하다. 이에 대해 독일 내에서도 불만이 없는 건 아니다. 그래서 영재 학급을 운영하는 학교도 소수 있고, 실력이 특출한 고등학생이 대학 과목을 미리 수강할 수 있는 제도도 일부 마련되어 있었다.

그렇지만 가장 결정적인 차이는 독일에서는 어느 누구도 대학 평준화를 풀자고 주장하지는 않는다는 것이다. 평준화 시스템 때문에 독일의 어느 대학도 세계적인 명문 대학의 랭킹에 들지는 못하지만 독일인들은 개의치 않는다. 한두 개 대학의 실력이 국력은 아니라고 믿기 때문이다. 독일의 대학에서 여태까지 훌륭한 인재를 충분히 배출해냈다는 것은 이미 '과학 기술 강국'이란 호칭이 증명하고 있으니 새삼 말할 필요도 없겠다.

강한 나라를 만드는 건 경쟁이 아니라 협동

여기에는 어떤 요인이 숨어 있을까? 아들이 다녔던 수학 전문반의 경험에서 알 수 있듯이 이는 자율성과 창조성의 힘이라고 생각한다. 독일 대학의 특성은 자율성과 창조성이다. 부지런히 달달 외워 남보다 하나 더 안다고 되는 공부가 아니라, 스스로 계획하고 실행하는 공부가 대학 교육의 주를 이룬다. 시험 볼 때 책, 참고서, 필기 노트를 사용해도 되는 경우가 허다하다. 달달 외워서 풀 수 있는 문제가 아니라 응용 능력을 묻는 창조적인 문제가 출제되기 때문이다. 옆 사람과의 경쟁이 아니라 자기 자신과 싸우는 시스템이랄까? 자율성과 창조성을 바탕으로 깊이 있는 공부와 연구를 하는 것은 치열한 경쟁 시스템에서 옆 사람의 눈치를 보면서는 절대로 불가능하다. 그래서 볼로냐 회의의 결과에 따라 새로 도입된 베첼러와 마스터 학제가 실용적이긴 하지만 이런 진득한 공부가 불가능하다고 우려하는 목소리도 적지 않다.

한국에서 고등학교, 아니 중학교에까지 도입하려고 하는 시스템, 즉 학교마다 순위를 매기고 수재들을 따로따로 경쟁시켜 국가 경쟁력을 확보하는 시스템의 대표적인 경우가 미국이다. 미국으로 모이는 우수한 인재를 보며 이것이 경쟁 시스템의 미국식 학제 덕이라고 말하는 사람이 있는데, 이건 경우가 다르다. 미국은 필요한 고급 인력을 외국에서 조달하는 이민국이다. 자국민의 공교육이 시원찮아서 고급 인력을 스스로 배출하지 못해도 괜찮은, 그래도 국가 경쟁력에 지장이 없는 나라다. 그러나 독일이나 한국이 미국 같은 이민국으로 노선을 바꿔 아무리 '그린카드'를 남발한다고 해도, 미국에 가려는 전 세계의 고급 두뇌들을 끌어들일 수는 없다. 끌어들이기는커녕 국내의 상위권 인력을 미국에 빼앗기지 않으면 다행이다.

작금의 부조리한 우리 교육 현실에 대해 한편에서는 집안에서 교육에 관한 결정권을 주도적으로 행사하는 학부모의 책임을 묻기도 한다. 물론 우리나라 어머니들의 치맛바람은 대단하다. 하지만 그들의 치맛바람은 만국 공통의 자식 사랑에서 비롯한 것이고, 자식 사랑은 시스템에 따라 다른 형태로 나타날 뿐이다. 부모들이 각자 자기 아이를 위해 바치는 정성이 경쟁의식이 아닌 연대의식으로 모일 수 있다면 이들은 한 국가의 중요한 시스템인 교육의 파수꾼 역할을 할 수 있다.

예를 들면, 독일에서는 학교 교육 기간이 13년에서 12년으로 줄었는데 교과 내용은 줄지 않아 학생들의 수업 시간이 길어졌다. 그러자 부모들이 감시 역할을 자청하고 나섰다. 부모들은 아이들이 학교에 있는 시간, 집에 와서 숙제하는 시간, 자유 시간을 비교해가며 어린이의 건강과 인권과 창조적인 교육이 보장되고 있는지 꼼꼼히 살핀다. 교과과정 가운데 구시대의 유물로 아이들에게 쓸데없는 부담만 준다고 여겨지는 내용은 과감히 삭제할 것을 요구하기도 한다. 선진국의 일꾼에게 필요한 실력은 남보다 빨리 땅을 파는 부지런한 삽질이 아니라 빛으로 가는 자동차를 상상할 수 있는 창의성이란 걸 부모들이 잘 알기 때문이다. 무엇보다 부모들은 존엄한 인간이 시장의 인적자원으로만 취급되는 기현상을 초반에 알아채고 연대해서 막아내는 든든한 보루이다.

이런 움직임에는 새로운 학제에 해당되지 않는 고학년 학생의 부모들까지 적극적으로 힘을 보탠다. 내 아이의 문제가 아니라 우리 아이들의 문제이고 나아가 우리 사회의 문제라고 여기기 때문이다. 우리나라 부모들의 의식 구조가 잘못되어서 개인적이고 이기적인 치맛바람이 부는 게 아니다. 따로따로 경쟁하는 사회구조 속에서는 그렇게 될 수밖에 없다. 그렇게밖에는 자식을 위해 해줄 수 있는 일이 없어서 그렇다.

남의 나라 이야기를 길게 늘어놓는 이유는 이런 남의 나라가 바로 우리나라의 경쟁국이기 때문이다. 유럽연합을 보라. 독일과 비슷한 가치관을 가진 나라들이 서로 경쟁하는 대신 더욱 효율적으로 뭉치려고 교육까지 개편해가며 힘을 기르고 있지 않은가? 우리 학생들은 앞으로 이런 유럽연합에 대항해 먹이 싸움을 벌여야 한다.

이들과의 경쟁에서 밀리지 않기 위해 우리 학생들이 먼저 배워야 하는 건 경쟁이 아니라 협동하는 기술 아닐까? 상생 관계에 있는 친구들을 경쟁상대로 보게 만드는 교육제도는 얼마나 비현실적인가? 나의 안위를 위해서라도 절대로 쓰러져서는 안 되는 옆의 동지를, 내가 밟고 지나가야 하는 적으로 여기도록 하는 교육제도 아래서 과연 우리나라가 국제적인 경쟁력을 가질 수 있을까?

　사람을 쓸데없이 초조하게 만들어 창조적인 사고를 배워야 할 귀중한 시점을 놓치게 만드는 등수 경쟁은 과연 누구에게 이익이 될까? '분할하라. 그리고 지배하라(divide et impera).' 이것은 기원전부터 서구 사회에 전래하는 널리 알려진 병법이다. 적을 따로따로 경쟁시켜 자기네들끼리 힘을 빼게 만든 후에 효율적으로 잡아먹으란 뜻이다. 그런데 우리 아이들끼리 자진해서 경쟁이라니?

사람을 위한 법, 자연을 위한 법

나는 고지식한 편이다. 그런데 남편은 나보다 조금 더 고지식하다. 수년 전 딸아이가 옆 반 남학생에게 생전 처음으로 데이트 신청을 받고 자전거로 단 둘이 소풍을 다녀온 날 저녁의 일이었다. 내년에는 그 남학생과 호숫가에서 텐트를 치고 하룻밤 자고 오기로 약속했다며 아이가 발그레 상기된 얼굴에 아롱아롱 빛나는 두 눈으로 즐거운 상상에 젖어 있을 때 남편의 입에서 총알같이 튀어나온 말은 이랬다.

"어, 그거 불법이야."

미성년자들끼리 여행 가서 텐트 치고 자고 오면 경찰이 부모를 잡아간다고 했다. 아직 성(性)에 눈도 안 뜬 순진한 마음으로 그리고 있던 즐거운 꿈이 무참히 깨져버린 딸아이는 흥분해서 따지고 들었다. 딸아이는 개인의 자유에 국가가 간섭하는 건 부당하다고 소리를 쳤고, 남편은 청소년 보호에 대한 국가의 의무를 들먹이며 목소리를 높여서 그야말로 세대 간에 열띤 논쟁이 벌어졌다.

법도 사람이 살자고 있는 법

나는 웃음을 억지로 참으면서 참견을 했다.

"불법이 아니라면 당신은 허락해줄 거야?"

"아니, 그럼 당신은 괜찮다는 거야, 뭐야? 쟤 나이 이제 열두 살이야. 그리고 정말로 불법이라고."

"에구, 쟤가 율리우스랑 사귈지 안 사귈지도 아직 모르는데……(미리부터 불법씩이나 들먹이고?)."

이때 딸아이가 끼어들었다.

"맞아, 엄마. 나 율리우스랑 어쩌면 안 사귈지도 몰라. 하지만 만약에 내년까지 사귄다면 우리가 호숫가에서 자고 오는 게 불법이 안 되도록 엄마가 어떻게든 도와줄 거지?"

"그래, 그래. 걱정 마."

그로부터 얼마 지나지 않아서 딸아이는 율리우스와 사귀지 않기로 했다고 말했다. 학교에서 병 돌리기 놀이를 하다가 율리우스가 술래가 되어 딸아이의 손에 뽀뽀를 하라는 명령을 받았단다. 그런데 딸아이가 싫다고 확실하게 말했는데도 율리우스가 자기 손에 벼락 키스를 했다나? 아이는 그 자리에서 율리우스와 끝을 냈다고 했다. 자기는 '나인 (Nein, 영어의 No)'을 '나인'으로 알아듣지 못하는 남자와는 사귈 수 없다고 했단다.

우리 남편의 고지식함은 아마도 얼굴에까지 쓰여 있는 모양이다. 신혼여행으로 배낭을 메고 우리나라의 방방곡곡을 다닐 적에 설악산에서 한 스님을 만나 이런저런 대화를 나눈 적이 있다. 그때 우리가 신혼이라니까 스님은 나와 남편의 얼굴을 가만히 뜯어보더니 "남자가 다 좋은데 패기가 없어요"라고 한마디 하셨다. 칭찬은 아니었지만 패기 없는 것 하나만 빼고는 다 좋다니 뭐 악담도 아니니까 우리는 웃으면서 헤어졌다. 하산하면서 나는 남자에게 패기가 없다는 말은 무슨 뜻일까 뒤늦게 생각해보았다. '패기가 없으니 부인을 때리지는 못할 거고, 그건 좋은데 그럼 돈을 못 버나?' 하며 혼자 실실 웃었다. 그러고는 곧 잊어버렸다.

그런데 살면서 정말로 이 스님 말씀이 생각날 때가 있다. 특히 위에 쓴 일처럼 고지식하게 굴거나 규칙이라면 무조건 준수하는 남편의 철저한 준법정신을 대할 때마다 스님 생각이 난다. 그게 패기랑 상관이 있는 건지는 모르겠지만. 나도 남편과 다를 바 없이 일반적으로 고지식하고 겸손하게 법을 준수하는 사람이긴 하다. 그런 내가 남편과 팽팽한 의견 대립을 감수하면서 어기기로 작정한 독일의 법이 몇 개 있다. 하나는 아이들 학교에 있는 규정이다. 학생이 아파서 사흘 이상 결석을 할 경우에는 결석계에 반드시 의사의 진단서를 첨부하게 되어 있다. 책임감 없이 아이들을 방치하고 등교를 챙기지 않는 부모들을 규제하기 위해 생긴 법이니 따지고 보면 좋은 법이다.

그러나 아이를 키워본 부모들은 알 것이다. 아이들은 하루 이틀 심하게 고열이 나거나 토사곽란을 하다가도 사흘째 되는 날 씻은 듯이 호전되는 경우가 많다. 증상은 없더라도 이틀 동안 먹지도 자지도 못한 아이를 학교에 보내는 건 무리다. 그렇게 앓은 후라면 적어도 하루는 집에서 조용히 쉬어야 재발하지 않는다. 그런데 단지 학교에 진단서를 제출하기 위해 병세도 없는 아이를 들쳐 업고 병원에 가는 게 무슨 의미가 있을까. 게다가 병으로 허약해진 아이가 오며 가며 고생하고 온갖 균이 우글거리는 병원 대기실에 앉아 있다가는 없던 병도 걸리기 십상이다.

그래서 나는 이 규정을 어기기로 결심했다. 그런데 나보다 더 고지식한 아비와 그만큼 고지식한 자식들은 사흘 이상 학교를 빠지게 되면 아주 안절부절못하며 나를 들볶는다. 진단서 떼러 병원에 가야 한다고 난리다. 그러나 나는 결석계에 자세한 병과를 쓰는 것으로 대신한다. 남편이나 아이들이 언젠가는 우리가 교장 선생님에게 호출을 받을 거라고 전전긍긍하면 나는 큰 소리를 친다.

"걱정 마. 내가 교장 선생님께 잘 말씀드릴 테니."

법도 사람이 살자고 있는 법이다. 사람 잡는 법은 준수하지 않는 게 옳지 않겠나. 우리가 자식들이 학교 땡땡이치는 것을 방관할 부모가 아니라는 것은 선생님들이 더 잘 안다.

두 손 두 발 다 든 남편이 아이들에게 "너희 엄마는 어미 사자야. 자식들을 위해서는 범하지 못할 법이 없지" 하자 딸아이가 좀 민망스럽다는 듯이 "음, 그런데 문제는 그 어미 사자가 사슴의 학교에 있다는 거지" 했다. 아무튼 나는 교장 선생님께 호출당할 때를 대비해 미리 할 말을 준비해놓고 기다리고 있는데 아직 한 번도 이것이 문제가 되지 않았다.

생명을 함부로 대하는 상술

다른 하나는 환경법에 관한 것이다. 우리 가족은 전반적으로 환경보호 운동을 적극적으로 실천하고 있다. 그러나 내가 작정하고 어긴 환경법이 하나 있다. 애완동물의 사체를 마음대로 땅에 묻지 못하도록 한 규정이다. 무질서한 매장으로 인한 토양 오염을 막기 위해 만들어진 것이므로 나름대로 의의가 있는 규정이다.

독일에서는 애완동물이 아프면 동물병원에 데리고 갔다가 가망이 없다 싶으면 너무 오래 고생하게 하지 않으려고 보통 안락사를 시킨다. 그러면 동물병원에서 사체도 처리해주기 때문에 주인들은 사랑하는 애완동물을 잃은 슬픔 이외에는 뒤처리 문제로 골치 아플 일은 없다. 그러나 우리의 사랑하는 기니피그 '메를린'이 아팠을 때 나는 다른 결정을 내렸다.

몇 년 전 여름, 온 가족이 스위스로 자전거 여행을 떠나기 하루 전날이었다. 만반의 준비를 갖추고, 두 주일 동안 비울 집을 정리하고, 마지막으로 이웃에게 열쇠를 맡기며 우리의 기니피그 두 마리를 돌봐달라고 부탁하는 순간이었다. 평소 명랑하던 메를린의 태도가 이상했다. 자는 것처럼 누워 있는데 머리가 규칙적으로 조금씩 흔들리는 것 같았다. 그러고 보니 눈도 살짝 돌아가 있었다.

기니피그 메를린을 쓰다듬고 있는 딸아이.

일요일 저녁에 비상근무를 하는 동물병원의 전화번호를 신문에서 알아냈다. 그리고 아픈 메를린을 흔들리는 자전거로 운반할 수는 없었기에 부랴부랴 자동차를 빌렸다(자가용이 없는 우리는 '자동차 나눔회'의 회원인데, 이는 6500명의 회원이 230대의 자동차를 공동으로 사용하는 시스템이다. 일정한 회비를 내고 차가 필요할 때마다 전화나 인터넷으로 신청하면 용도에 따라 필요한 차종을 저렴한 가격으로 금방 빌릴 수 있다).

메를린을 안아 드는데 몸이 축 늘어졌다. 메를린의 신상에 관한 중대한 결정을 해야 할 상황에 대비하여 우리 식구 모두가 차에 올랐다. 아이들은 벌써부터 눈물바람을 하며 메를린의 코앞에 자꾸만 오이 조각을 들이댔다. 일요일 밤에 온 식구가 기니피그 한 마리를 안고 눈이 벌게서 우르르 몰려들자 동물병원의 여의사는 금방 돈 냄새를 맡았다. 제대로 진찰해보지도 않고 이런저런 병명을 대면서 며칠간 매일 항생제와 비타민 주사를 맞혀야 한단다. 그러다 우리가 내일 여행을 갈 계획이었다고 하자 뜬금없이 메를린의 나이를 물었다. 7년, 그만하면 오래 살았다고, 어쩌면 자연스러운 노화 현상일 수도 있다며 갑자기 의견을 바꾸더니 안락사를 권했다. 그게 이 사랑스런 생명의 고통을 줄이는 일이라고 아이들에게 말했다.

우리 식구들은 모두 내 얼굴만 처다보았다. 나는 그 의사에게 신뢰가 가지 않았다. 생명을 건지기 위해 최선을 다하는 의사가 아니라 주인의 편의를 위해 양심에 어긋나는 짓도 할 수 있는 사람으로 보였다. 또한 우리의 여행 계획 때문에 오랫동안 정을 나눈 생명을 미리 해치워버리는 일이 아주 마음에 들지 않았다.

금방 맞장구를 치며 아이들을 설득할 줄 알았던 내가 마뜩지 않은 표정을 짓자 수의사는 또 다른 제안을 했다. 최후의 수단으로 강력 항생제와 강력 비타민을 주사하면 효과가 있을지도 모른다고 했다. 그것도 석연치 않았지만 우리에게는 다른 방법이 없었다.

그런데 상상도 할 수 없는 일이 일어났다. 메를린에게 주사를 찌른 순간 그때까지는 죽은 듯 움직이지도 않던 녀석이 별안간 괴성을 지르며 거의 한 자 이상 펄쩍 뛰어오른 것이다. 주사바늘은 휘고, 약은 다른 곳으로 튀고, 진찰대가 순식간에 메를린의 똥오줌으로 흥건해지자 의사도, 조수도 당황했다. 아이들은 새하얗게 질려 미동도 못 했다. 나도 숨이 막히는 것 같았다. 결국 항생제와 비타민 B만 맞히고 비타민 C는 의사가 먼저 포기했다.

물에 빠진 사람이 지푸라기라도 잡는 심정으로, 혹시나 살릴 수 있을까 하여 비타민 주사를 맞히는 데 동의하긴 했지만, 거금을 치르고 나오면서 속으로 '이 도둑놈!' 하는 욕이 절로 나왔다. 동물을 산 가격의 열 배쯤 되는 치료비가 아까워서가 아니라 죽어가는 짐승을 그렇게 괴롭혀가며 돈을 버는 상술에 혐오감이 들어서였다.

불법이라 해도 내 너를 이자 강변의 숲에 묻어주마

우리는 자전거 여행을 무기한 연기했다. 죽어가는 메를린을 남에게 맡기고 떠날 수는 없었다. 자전거 여행 중에 들르기로 약속한 스위스에 사는 친구에게 전화를 걸어 우리의 사정을 이야기하고 양해를 구했다

(결국 그해 여름에는 자전거 여행을 못 하게 되어 대신 기차로 스위스의 친구 집에 며칠 다녀왔다).

메를린은 닷새 동안 물 한 방울 마시지 않고 미동도 없이 엎드려만 있다가 죽었다. 아이들이 안약 넣는 기구로 물이라도 좀 먹여보려고 했지만 나는 가만히 두는 게 메를린을 위해 가장 좋을 것 같다고 말했다. 본래 짐승들은 죽을 때가 되면 굴속에 들어가 조용히 누워서 기다린다고 하니 우리도 그런 환경을 만들어주자고 했다. 메를린과 함께 사는 부비도 메를린을 건드리지 않고 가만히 내버려두었다.

메를린이 아프다는 소문을 들은 친구 하나가 기니피그에게 링거를 잘 놓는다는 다른 수의사를 추천해주기도 했지만 우리는 주사라면 치가 떨렸다. 메를린은 우리가 안아주는 것조차 힘들어했기 때문에 더 이상 괴롭히지 않기로 했다. 며칠 동안 서서히 굶어 죽는 것이 가혹하다며 동물을 키운 경험이 있는 친구들이 안락사를 권했지만 나는 단호히 거절했다.

메를린이 주사를 맞으며 난리를 칠 때 나는 무심코 '이 바보야, 누가 너를 죽인대? 다 너를 살리려고 그러는 거야' 하고 생각했다. 그런데 만약 그때 그 주사가 정말로 안락사를 위한 주사였다면, 동물이 어차피 죽어가는 그 상황에서도 '그렇게는' 죽지 않으려고 마지막 힘을 다해 발버둥치는 꼴을 보았다면 우리 마음이 어땠을까 싶었다. 죽음의 고통이 길어서 나쁘다는 건 우리의 생각일 뿐이고, 자연스러운 상태로 죽음을 서서히 준비하는 시간을 갖는 게 메를린의 권리일지도 모른다는 생각이 들었다.

메를린이 숨을 거두자 우리는 사체 처리에 대해 의논했다. 동물병원이나 개인이 가져온 애완동물의 사체를 받아 처리해주는 곳이 있다는 말을 들은 적이 있지만 나는 그렇게 하지 않기로 했다. 그곳에서 사체를 어떤 방법으로 처리하는지 자세히 들었기 때문이다. 한때 생명을 가졌던 존재라기보다 단순한 유기체 쓰레기로 취급한다고 했다. 참고로 덧붙이자면 독일에서 작은 애완동물 사체의 합법적인 처리 방법은 일반 쓰레기통에 넣는 것이다(이 법은 훗날 바뀌었다).

뮌헨에는 애완동물만을 전문으로 화장해서 뼈를 곱게 빻아주는 화장터가 있었다. 그러나 그것은 또 다른 관점에서 나의 기준을 벗어나는 일이었다. 애완동물을 생명체로 인정하고 사랑하는 것은 중요하지만 어느 선까지 인간과 같고 다르냐는 것은 각자가 정할 일이다. 이 지구상에는 아직도 인간의 권리를 누리지 못한 채 살아가는 사람도 많은데, 기니피그나 쥐의 화장은 내게 다른 측면에서 비도덕적으로 보였다.

내가 메를린을 이자 강변의 숲에다 묻자고 하자 식구들은 난감한 표정을 지었다. '불법인데…….' 하는 표정이었다. 그러나 그 법은 우리의 양심으로는 지킬 수 없는 법이었다. 법이나 양심 중 하나를 골라서 선택해야 할 상황에서 나는 양심을 택했고, 나머지 식구들은 불안했지만 대안이 없었으므로 할 수 없이 내 의견을 따랐다.

우리는 자전거로 이자 강변을 오랫동안 배회하며 마땅한 자리를 물색했다. 몰래 묻어야 하는 거라 수없이 오가는 산보객들의 눈에 띄지 않는 자리를 찾기가 쉽지 않았다. 나뭇가지가 사방으로 커튼처럼 늘어진 나무를 발견해 그 밑에 묻자고 제안하자 남편과 아이들은 겁이 나는지

밖에서 보인다며 또 망설였다.

"벌써 몇 시간째야?"

나는 신경질이 버럭 났다. 이게 황소냐, 말이냐? 주먹만 한 사체가 토양을 더럽히면 얼마나 더럽힌다고? 너희들 벌벌 떠는 꼴을 보니 이렇게 묻으려는 사람도 이 도시에서는 우리 하나밖에 없겠구나. 아무리 말 못하는 짐승이지만 몇 년간 정을 나눈 애완동물을 분쇄기로 갈아서 쓰레기 취급을 해? 누가 와서 시비만 걸었단 봐라. 내가 본때를 보여줄 테다. 경찰? 내가 삿대질을 해줄 거다. 검찰? 내가 신문에 낼 거다. 지킬 수 없는 법을 만들어놓고 사람을 범죄자로 만드는 일에 대한 책임은 누가 져야 하는지 세상에 대고 물어볼 거다. 화가 치밀어 올라 점점 더 격앙된 목소리로 투덜대면서 나 혼자 땅을 팠다.

돌이 많은 단단한 땅에 조그만 꽃삽으로 깊게 구멍을 파려니 시간이 오래 걸렸다. 허우대가 멀쩡한 남편과 나보다 덩치도 크고 힘도 좋은 자식들은 겁이 나서 멀리서 망을 보고 있고 나 혼자서 미친 여자처럼 땅을 팠다. 주인과 함께 산책 나온 개들이 가끔씩 코를 킁킁거리며 가까이 다가오곤 하기에 나는 메를린이 들어 있는 구두 상자 위에 큰 접시만 한 돌을 얹어서 단단하게 묻어주었다. 그러고는 아이들과 남편을 불러와 작별 인사를 하게 했다.

집에 돌아와서 나는 이불을 뒤집어쓰고 엉엉 울었다. 며칠에 걸친 마음고생이 끝나서 그랬는지, 죽은 메를린이 불쌍해서 그랬는지, 이제 혼자 남은 부비가 가엾어서 그랬는지, 애완동물을 잃고 눈이 빨개진 내 새끼들이 안돼서 그랬는지, 그 스님 말씀대로 패기라고는 눈곱만큼도 없는 남편과 그 닮은 꼴 자식들이 야속해서 그랬는지, 그런 그들과 사느라고 억척이가 되어버린 내 팔자가 서러워서 그랬는지 이유는 나도 모른다. 단 하나 내가 아는 사실은 언젠가 부비가 죽으면 나 혼자서 또 그렇게 묻을 거라는 거다.

***

몇 년 후. 내가 며칠 집을 비운 사이에 부비가 죽었다. 남편과 아이들은 내가 슬퍼할까 봐 내겐 알리지 않고 자기네들끼리 부비를 이자 강변의 메를린 옆에 묻어주었다고 한다.

키를 낮춰 곁에 눕는 마음

　요즘은 날씨가 화창해서 모모를 만나러 몬테소리 유치원에 가는 길이 유난히 행복하다. 물이 많을 때는 뽀얀 옥색으로, 물이 줄면 맑은 초록으로 반짝이는 이자 강을 따라 단풍이 지고 낙엽이 날리는 오솔길을 자전거로 달릴 때면 얼마나 기분이 좋은지 내가 돈을 받고 이 일을 하는 게 미안할 정도다. 모모는 말을 할 수도, 혼자 앉아 있을 수도 없는 만 네 살의 지체장애 아기지만 일반 유치원에 다니고 있다. 장애인들이 특수 시설에 격리되지 않고 가정과 일반 사회에서 생활할 수 있도록 도우미를 지원하는 공익 단체에서 나는 모모를 소개받았다. 명색이 자원봉사지만 한 시간에 8유로의 수고비가 지급된다. 장애아 통합 교육은 독일에서도 아직 실험 단계에 있다.

　그날도 모모는 피곤한 얼굴을 하고 있다가 나를 보고는 방글방글 웃었다. 유치원에서는 모모의 사심 없는 미소만 아름다운 게 아니다. 아직 젖살이 통통한 세 살배기들이 기저귀를 차고 뒤뚱거리며 이 세상에 열심히 적응하는 모습이 얼마나 애틋하고 감동적인지 모른다.

　뒷마당에서 아이들을 차례로 목마 태워 자두를 하나씩 따게 하고, 자두 한 알을 아이들 숫자만큼 나눠 먹여 서로 나누는 것을 가르치는 유치원 선생님의 느린 템포도 나에겐 감동적이다. 선생님이 설거지하는 법이나 청소하는 법을 무슨 신성한 의식이나 치르듯 고요하게 시범을 보이면 아이들은 숨을 죽이고 구경한다. 막상 하라면 어찌나 못하고 딴 짓을 하는지 나는 막 도와주고 싶은 마음을 꾹 참아야 한다. 선생님들은 세월아 네월아 인내심 있게 기다리며 조언해줄 뿐이다.

지난 시간에는 색색의 줄을 가지고 얼마나 재미있게 오래 놀았는지 모른다. 줄을 만져본 느낌에 대해 이야기를 나누고, 바닥에 길게 늘어놓고 조심조심 밟고 다니기도 했다. 물질이 흔한 세상에서 별것 아닌 물건을 소중하게 다루며 상상력을 깨워주고 환상을 심어주는 모습을 보니 내 마음까지 덩달아 부자가 되었다.

그 나잇대 아이들은 크는 속도도 다르고 성향도 천차만별이라 하나의 기준만으로 늦된 것인지, 성격 탓인지, 지능 탓인지, 집안의 습관인지, 혹은 장애인지 구별하기가 힘들다. 그래서 모모 말고 몇몇 다른 아이들에게도 경미한 장애가 있다는 것을 최근에야 눈치 챘다.

더구나 아이들은 친구가 정상인지 비정상인지 가릴 줄 모른다. 그냥 다 다를 뿐이다. 아이들은 간혹 내게 묻는다. 모모가 더 크면 말을 할 수 있느냐고, 모모가 더 크면 신발을 혼자 신을 수 있느냐고. 나는 아무렇지도 않게 그렇지 않다고 대답한다. 아이들은 왜 그런지 묻지 않는다. 그냥 행동으로 옮길 뿐이다. 기저귀를 찬 두 살 반짜리 아기가 뒤뚱뒤뚱 모모의 신발을 가져와 신겨주려고 애를 쓰는 모습을 봤을 때는 괜히 눈물이 나려고 했다.

장애아 모모와 함께.

처음부터 그런 건 아니지만 율동 시간의 많은 놀이들이 점차 모모를 중심으로 이루어지고 있다. 음악에 맞춰 자유롭게 뛰어다니다가 선생님이 신호를 하면 약속한 장소로 모이는 놀이가 있는데, 요즘은 모모가 있는 곳이 자주 목적지가 된다. 다른 아이들이 뛰어다니면 나는 모모를 스케이트보드에 눕혀서 밀고 다닌다. 모모는 속도가 너무 빠르면 불안해하고, 너무 느리면 심심해한다. 신호 소리가 나서 아이들이 모모가 있는 곳으로 모여들 때는 아이들이 흥분해서 모모 위로 엎어지거나 모모를 밟지 않도록 정신을 바짝 차려야 한다.

모모를 스케이트보드에 태워 밀거나 내가 안고 뛸 수 없는 놀이도 있는데, 이럴 때는 모모에게 앉아서 하는 역할이 맡겨진다. 바로 드럼을 두드리는 일이다. 모모가 명령을 내리는 대장이 되는 셈이다. 모모의 드럼 소리에 맞춰 뛰는 아이들은 아직 때가 안 묻어서 그런지 대장 역할을 샘내지 않는다. 잘 뛰는 놈은 뛰고, 못 뛰는 놈은 앉아서 명령을 내리는 일이 당연하고 공정하게 받아들여지는 것이다. 생각해보면 참 합리적인 역할 분담인데도 힘에 따른 서열과 능력에 따른 역할 분담에 익숙한 내 눈에는 이런 일이 신비스럽기까지 하다.

서로 안다는 것은 서로 신뢰한다는 것

그날 나는 더욱 특별한 경험을 했다. 율동 시간 전에 아이들을 운동 복으로 갈아입힐 때였다. 나는 모모의 옷을 먼저 갈아입힌 후, 다른 아 이들을 도와주느라 모모를 잠시 바닥에 눕혀놓았다. 옷을 다 갈아입은 아이들이 모모가 누워 있는 곳으로 슬금슬금 모여들더니 그 옆에 눕기 시작했다. 서서 기다리지 않고 나란히 누워서 기다리니 모모는 장애가 없는 사람이랑 똑같아졌다. 그 순간만큼은 모모에게 도우미가 필요하지 않았다.

이 세 살배기 아기들이 대체 무슨 일을 한 건가? 개인의 결함이 드러 나지 않는 방법을 찾아 자연스럽게 전체의 이익을 도모하는 현명한 공 생의 법칙을 실현하지 않나. 물론 우연적이고 일회적인 사건이었지만 그것을 본 내 마음속에서는 인간에 대한 신뢰와 함께 슬픔이 솟았다. 이 런 아이들을 어른들이 망가뜨리는 거구나. 이런 아이였던 우리가 자라 는 동안 이렇게 망가졌구나.

모모가 갑자기 손을 뻗어 아이들을 만졌다. 아이들은 서로 몸을 겹쳐 누운 채로 모모를 마주 쓰다듬기 시작했다. 몇 달 전만 해도 모모가 갑 자기 손을 뻗쳐 아무나 만지는 것이 무서워 모모 옆에 앉지 않으려고 울 던 아이들이었다. 웬 조화일까? 그동안 아이들은 갑자기 손을 뻗치는 모모의 행동에 악의가 없다는 것을 알게 된 것이다. 서로 안다는 것, 서로 익숙해진다는 것은 신뢰한다는 것과 통하는 모양이다. 그를 믿고 그의 특성을 인정한 후에는 그를 따라 하는 것에 대한 거부감이 사라진 걸 보니 말이다.

내 생각으로는 안고 비비는 한국 엄마식 돌보기도 한몫을 하지 않았나 싶다. 나는 꼭 필요한 경우가 아니면 모모를 휠체어에 앉혀두지 않는다. 안고 다니거나 같이 누워서 논다. 그래야 모모가 더 효율적으로 보고 배우고 놀 수 있다고 믿기 때문이다. 또한 나는 한국에서 아이를 업어 키우듯이 신체 접촉을 많이 하는 게 아이의 정서에 좋다고 생각해 모모를 많이 쓰다듬는 편인데, 어떤 때는 다른 아이들이 부러운지 자기 머리를 쑥 들이밀기도 한다.

이렇게 서로에게 적응하는 상황의 수혜자는 모모 하나가 아닐 것이다. 솔직히 말해서 나는 모모가 다른 아이들의 우호적인 태도를 감지하는지 어떤지 잘 모르겠다. 어쩌면 모모는 자신을 직접 돌봐주는 사람 하나만 자신에게 잘해주면 그냥 만족하는 아이일지도 모른다. 그러나 분명한 것은 이런 상황이 다른 꼬마들에게 도움이 된다는 사실이다. '나와 모모가 다르다는 것'을 극복하고 함께 어울려 놀 줄 아는 아이들에게는 다른 사람과의 차이를 극복하는 게 별로 어려운 일이 아닐 것이다. 이들은 모모 덕분에 잠시나마 상생의 본능을 발휘할 기회를 가졌다. 그 경험은 훗날 이들이 차가운 경쟁 사회에 내동댕이쳐진 후에도 남과 자신을 대할 때 자연스러움과 너그러움으로 나타날 것이다. 남과 자신에게 너그러운 사람은 경쟁적인 사람보다 감정의 소모가 적어 실력 발휘에 거침이 없다. 남과 자신에게 너그럽다는 것은 개인의 행복이자 사회의 힘이 아닐까?

이런 생각을 한 그날, 어스름이 서려 빛이 살짝 바랜 저녁 공기를 가르며 나는 천천히 자전거 페달을 밟았다. 모모가 밝게 웃던 모습이 떠올랐다. 모모는 행복한 아이라는 생각이 들었다. 모모가 행복할 수 있는 곳에 사는 내가 어찌 행복하지 않을 수 있으리.

완경의 섹스

요즘 남편과의 잠자리가 뜸하다. 내가 먼 곳으로 일하러 다니면서 몸과 마음이 늘 피곤하니 당연한 일이다. 인간의 몸은 화학 공장이라고 생각하는 나는 부부 간의 섹스에 신경을 쓰는 편이다. 호르몬 분비가 윤활하지 않으면 부부 금슬이 메마를 수 있다고 믿기 때문이다. 이 세상 그 누구와도 취하지 않는 은밀한 동작을 나눈 뒤에 남편을 바라보는 내 시선이 조금은 더 애틋해지는 현상이 화학인지 심령인지는 알 수 없지만 (안타깝게도 나를 바라보는 남편의 시선은 전혀 그렇지 않다).

오래간만에 남편을 유혹했다. 그렇지만 유혹하는 마음 한구석에는 남편이 원하지 않을 수도 있다는 생각, 그래서 남편이 거절해도 괜찮겠다는 생각이 있었다. 남편도 '당신이 원하면 해도 괜찮겠다'는 식의 뜨뜻미지근한 반응을 보였다. 어찌어찌 어긋날 듯 말 듯 소통이 이루어져 둘이 침대에 나란히 누웠다.

남편이 돌아눕더니 등을 긁어달란다. 등이 가려운데 뭐가 났는지 좀 봐달라고 했다. 나는 잘 안 보이기도 하고, 한쪽 팔꿈치로 턱을 괴고 누운 자세가 불편하기도 해서 대강 슬슬 긁어줬다.

"왜 이렇게 성의가 없어?"

"잘 안 보여서 그래."

남편이 웃음을 터뜨렸다.

"이젠 섹스할 때도 돋보기가 필요한 거야?"

둘이서 정신없이 웃느라고 에로틱한 분위기는 다 날아갔다. 그냥 이렇게 시시덕거리다가 잠이 들어도 괜찮겠다는 생각도 들었다. 어찌어찌 어긋날 듯 말 듯 소통이 이루어져 다음 과정으로 진전이 되었다. 왜 그런지 팔다리가 뻐근하고 자세 바꾸기가 영 힘들었다.

"아, 왜 이렇게 끙끙대는 거야?"

남편이 불평했다. 나는 친구가 해준 얘기가 떠올라서 정신이 번쩍 들었다. 육십대의 홀아비 오라버니에게 오십대 여성을 소개해줬는데 몇 번 만나더니 오라버니가 그만 만나기로 했다고 하더란다. 차에 타고 내릴 때 그 여성이 끙끙 신음 소리를 내는 게 노인이랑 연애하는 것 같아서 영 기분이 안 좋더라는 거다. 그 말을 들었을 때 나는 "우와, 웃기셔. 자기는 노인 아니야?" 하면서 흥분했다. 그러나 속으로는 '나는 남의 남자 차에 타고 내릴 때 절대로 끙끙 소리 내지 말아야지' 하고 앙큼하게 다짐했다.

사실 남의 남자한테만 조심할 일은 아니다. 아무리 자기 남편이라 해도 침대에서까지 끙끙대는 건 좀 너무하지 않은가. 푼수라서 남편에게 별의별 소리를 다 하는 나지만, 이 얘기는 꿀꺽 삼켰다. 그러고는 그다음 날 당장 인터넷 검색으로 국민 보건 체조 동영상을 찾았다. 그걸 보면서 맨손체조를 하니 뼈마디에서 똑똑 소리가 났다. 컴퓨터 앞에서 체조하는 나를 보고 남편이 얼굴을 찡그렸다.

"아침부터 웬 행진곡이야?"

차마 당신 때문에 한다는 말은 나오지 않았다. 그래서 소리는 죽이고 그림만 보면서 체조를 했다. 확실히 신명이 덜 났다.

오랜 부부 사이의 의리

우리 부부 사이에 서로 원하는 횟수가 현저히 줄어든 이유에는 나이 탓도 있을 것이다. 한동안 불규칙하던 생리가 완전히 멎으면서 동시에 성관계를 할 때 힘이 들기 시작했다. 콘돔의 불편에서 벗어나 자유로운 성생활을 누릴 줄 알았던 나는 남편의 애무에 시원찮게 반응하는 내 몸이 민망하고 또 남편에게 미안했다.

산부인과에 정기 검진을 하러 갔더니 완경으로 인해 질 점막이 건조해졌다고 한다. 내진을 마친 의사가 현미경을 들여다보며 이젠 질 박테리아 대신 피부 박테리아가 서식한다고 했다. 어째 내진할 때 예전 같지 않게 아프더라니. 의사는 내게 호르몬 요법을 권했다. 나는 펄쩍 뛰며 다시 생리하기는 싫다고 대답했다.

의사는 소량의 에스트로겐 호르몬을 좌약으로 투입하면 성관계를 할 때 편안해질 뿐 생리가 돌아오는 건 아니라고 했다. 예전에는 55세면 막을 내렸던 여성의 수명이 무려 30년이나 연장된 오늘날 자연만 고집하는 것은 삶의 질에 도움이 되지 않는다고, 독일 사람들은 '전부' 아니면 '무'라는 철저한 사고방식에 사로잡혀서 피곤하게 산다며 의사는 호르몬 좌약을 처방해줄 테니 한번 써보라고 거듭 권했다.

나는 남편에 대한 의리로 거절했다. 남편도 이젠 변강쇠가 아닐 터, 나 혼자만 호르몬 도핑으로 변함없이 촉촉한 젊음을 과시한다면 노장이 부담감을 갖지나 않을까 염려되어서였다. 내가 편안하게 건조해야 그도 편안하게 다소곳할 것 아닌가?

남편과 상의해서 전희를 정성껏 하는 것으로 이 문제를 해결하기로 했다. 하지만 같은 결과를 위해 바치는 수고가 늘어서 그런지, 즉 편익 대비 비용이 높아져서 그런지 어느덧 횟수가 조금씩 줄어들기 시작했다. 또 언제부턴가 내가 통증을 느끼기 시작했다. 전희 덕분에 윤활유가 충분한데도 마치 새색시처럼 아픈 것이다. 기분이 고조되면 통증도 사라지지만 이튿날 소변을 볼 때 너무 쓰라리다. 의사는 이런 현상이 오리라는 걸 이미 알고 있었을 것이다.

남편에게만은 미주알고주알 입이 가벼운 나도 이 사실에 대해선 입을 닫고 있다. 관계할 때 아프다는 얘기를 입 밖에 꺼내는 날, 우리 부부는 플라토닉 러브를 향해 돌아오지 않는 다리를 건너게 될 것이다. 통증이 좀 있어도 즐겁다는 건 내 사정이고, 내게 통증을 주는 행위를 즐길 수 없다는 건 남편의 강박관념이다. 다른 데서는 우락부락 무심해도 섹스에 관한 한 남성의 심리는 그렇게 예민하고 섬세하고 비이성적이다. 세월을 먹은 남자일수록 더욱 그렇다.

부부 관계는 감정이 지배하는 동네

앞에서 남편과 나눈 섹스의 횟수만큼 깊어진 애틋한 눈길을 거론했다면, 이제는 우리가 함께한 세월만큼 깊어진 상처에 대해 얘기할 차례다. 우리 부부는 평생에 걸쳐 무수한 상처를 주고받았다. 서로에게 적응하지 못해 성욕의 주기가 곧잘 어긋나곤 하던 시절에 우리는 간혹 짜증 섞인 혹은 노골적인 무시의 눈길로 상대방을 거절했고, 이것은 각자의 마음속에 상처로 남아 있다. 예를 들어 내게 통증을 주는 섹스는 즐길 수 없다는 남편의 강박관념도 실은 내가 임신했을 때 일어난 어떤 일의 후유증이다. 내가 이를 기억하는 이유는 남편이 내게 먼저 상처를 받았고 그 여파가 다시 내게 돌아왔기 때문이다. 지금 나와 남편이 보이는 불합리한 행동은 바로 이런저런 묵은 상처에서 비롯한 것일지도 모른다.

내가 파트너에게 입힌 상처가 결국엔 내가 치료해야 할 상처로 직결되는 분야가 바로 섹스다. 어렴풋한 마음의 상처가 육체를 통해 구체적으로 반응하는 분야도 섹스다. 너와 나의 개념이 사라지고, 영혼과 육체의 개념이 동화되는 세계. 이래서 부부는 한 몸이라고 하는가 보다.

묵은 상처의 영향에서 벗어나기 위한 내 나름의 방법은 '따지지 않는다'이다. 핑퐁을 주고받는 와중에 튀어나간 공이 누구의 라켓에서 튀어나갔는지를 따지는 것은 닭이 먼저인지 알이 먼저인지를 따지는 것만큼이나 무의미하다. 우리가 만든 공동의 상처라고 생각하면, 내가 입은 상처가 덜 원통하고 내가 입힌 상처가 덜 부끄럽다. 깊은 곳에서 따끔거리는 생채기는 시간이 지나도 늘 신경이 쓰인다. 그렇다고 자꾸 들여다보고 가끔씩 건드려보는 것은 백해무익하다. 생채기는 잘 아물면 단단한 굳은살로 남아 보호막의 구실을 하지만, 자꾸 건드려 덧나면 암세포로 발전할 수도 있다.

상대의 실수뿐 아니라 나의 실수도 너그럽게 웃어넘기는 유머 감각을 기르기 위해 나는 매일같이 내가 특별히 잘난 존재가 아니라며 오만을 지우는 연습을 한다. 우리 깜냥에 이만큼 해낸 것도 대견하다. 주고받은 상처도 딴에는 열심히 살아보겠다고 한 짓이다.

나는 사회적으로는 공정하고 정확한 과거 청산을 부르짖는 사람이지만 부부 관계에서는 그러지 않는다. 사람과 사람 사이는 주관과 감정으로 얽힌 동네지 공정성이나 정확성이 지배하는 동네가 아니기 때문이다. 가끔 남편이 우리의 과거에 대해 황당무계한 소리를 할 때가 있는데 이럴 때 나는 "그런가?" 하고 만다. 그걸 따져서 위자료를 받을 상황도 아니고, 아무려나 남편이 그렇게 믿고 기분 좋아서 밤이고 낮이고 내게 서비스를 잘한다면 그것도 공동의 이익이 아니겠는가?

나는 영화 주인공보다 더 멋진 인생을 사는 사람이지만 꼭 영화 주인공처럼 보일 이유는 없다. 나는 영화처럼 드라마틱하고 숨넘어가는 분위기를 좋아하지만 우리 집 남자는 순발력을 요구하면 혼란을 느끼기 때문에 늘 길게 준비할 시간을 줘야 한다.

"나 조만간 당신이랑 자고 싶어."

"그래? 돌아오는 일요일 저녁에 춤추고 와서 할까?"

며칠 후 춤을 출 때 내가 눈웃음을 치면서 사인을 보낸다.

"오늘 저녁에 우리 같이 자는 거 맞지?"

친구 집에서 생일잔치를 하다가
볼에 기습 뽀뽀를 하는 남편.

그러면 남편은 미리부터 마음의 준비를 해서 그날의 진행에 차질이 없다. 젊어서는 나도 이런 남자가 더럽고 치사하고 한심해서 복수하네 이혼하네 이를 갈았다. 지금 생각해보면 나도 참 기운이 넘쳐나서 별걸 다 가지고 정력을 소비했구나 싶다.

요즘 나의 남편이 가장 섹시하게 느껴지는 때는 아침에 일어나기 전에 나란히 누워서 라디오를 들을 때다. 그와 살을 맞대고 누워 있으면 마치 섹스할 때처럼 몸과 마음이 합쳐지는 기분이 든다. 나는 너무 기분이 좋아서 깜빡 잠이 들곤 하는데, 섹시하다면서 꾸벅꾸벅 조는 모습이 황당하기 짝이 없다. 이렇게 값싸고 품질 좋은 호사를 옛날에는 누릴 수 없었다. 남편은 효율성 없는 신체 접촉을 싫어하는 사람이어서 잘못 건드렸다간 괜히 집적거려놓고 책임 안 지는 치한 취급을 받을 우려가 있었다. 그러나 이제는 아침부터 편안하게 그의 배를 쓰다듬어도 괜찮은 것이, 남편도 근년 들어 웬만해선 쉽사리 단단해지거나 불량한 눈빛을 보이지 않기 때문이다.

좀 더 나이를 먹으면 우리 부부는 자연스럽게 플라토닉 러브의 길로 들어설 것이다. 그러면 나는 아침마다 라디오를 들으며 남편의 둥근 배를 쓰다듬는 것으로 섹스의 충만감을 뿜어 올릴 것이다. 그렇게 해서 나의 화학 공장에 윤활유를 공급받아 황혼 이혼의 유혹을 물리칠 것이다.

자유와 자긍심에 빛나는 삶

젊은 날의 초상

독일에서 보낸 젊은 시절, 나에게는 꿈이 하나 있었다. 비 오는 날 풀밭에 한번 누워보고 싶다는 거였다. 원대한 꿈도 아니었지만 이루기가 쉽지 않았다. 매일매일 가슴이 뛰던 스물다섯 살의 어느 날, 공원으로 나갔다. 비가 주룩주룩 내리고 있었다. 나의 가슴은 사랑, 불안, 환희, 절망으로 뜨겁게 불타올라 금방 터질 것만 같았다.

비가 내리는 어스름한 공원은 한적했다. 나는 조용한 곳을 찾아 몸을 뉘었다. 차갑게 젖어오는 옷에 몸이 식어갈수록 마음은 점점 편안해졌다. 내가 풀밭이 되어가는 것 같기도 하고, 내 몸이 머리 위로 불투명하게 떠 있는 하늘과 합쳐지는 것 같기도 했다. 온몸이 흠뻑 젖자 나는 내가 풀밭의 일부라고 믿게 되었다. 풀밭의 눈으로 보는 나무는 위대하게 높았고, 하늘은 경건하게 깊었다.

얼마나 그렇게 누워 있었을까? 인기척이 났다. 어려 보이는 청년이 걸어오고 있었다. 그도 비를 맞고 있었다. 나를 바라보는 표정이 자연스러웠다. 나도 자연스럽게 눈으로 인사를 했다. 지나치려다 말고 그가 말을 걸었다.

"춥지 않으세요?"

"조금."

"왜 그러고 계세요?"

"풀밭이 되고 싶어서요."

"아, 그거 좋은 생각이군요."

그는 작별 인사를 하며 자기도 그렇게 하고 싶지만 감기 뒤끝이라 오늘은 못 하겠다며 미안하다는 표정을 지었다. 나는 그에게 좋은 저녁이 되기를 바란다고 말했다. 저만큼 멀어져가던 그가 다시 돌아왔다.

"그러다가 폐렴에 걸리실까 봐. 너무 오래 계시진 마세요."

"네, 고마워요."

그가 다시 멀어지자 나는 한기를 느꼈다. 훌훌 털고 일어나는 마음이 사뭇 가뿐했다.

자전거 위에서 맞바람을 맞자 온몸이 얼어붙는 것 같았다. 몸이 부들부들 떨리고 이가 와다다다 부딪쳤다.

가까스로 집으로 돌아왔다. 서둘러 욕실로 가서 젖은 옷을 몸에서 떼어내고 따뜻한 물로 샤워를 했다. 속은 여전히 서늘하고 허전했다.

부엌에는 더운 김이 서려 있었다. 옆방에 사는 남학생이 토마토 수프를 끓이고 있었다. 젖은 머리로 부엌에 들어서는 나를 흘낏 보더니 접시를 꺼내 한 그릇 더 퍼서 아무 소리 없이 내 앞으로 밀어주었다. 얼음장처럼 차가웠던 속이 수프가 들어가자 순식간에 따스하게 풀렸다.

비가 오는 날 자기 자신을 위해서 수프를 끓이는 그가 위대하게 보였다. 결혼이 이런 것일까 하는 생각을 처음으로 해보았다. 비 오는 날 서로 뜨거운 수프를 퍼 주는 것.

나중에, 그가 나에게 수줍게 프러포즈했을 때 나는 그때 내가 그런 생각을 했다는 사실을 까맣게 잊어먹고 퇴짜를 놓았다.

더 나중에, 피곤한 표정으로 회사에서 돌아온 그를 위해 과일을 갈아 주스를 짜면서 나는 그날의 토마토 수프를 떠올렸다.

오늘의 내 모습 자체가 바로 인생의 의미

25년의 세월이 만났다. 누군지 참 신선하고 풋풋한 아가씨란 생각

이 들어서 완경의 나는 풀밭에 누운 젊은 날의 나에게 다정하게 말을 건
넸다.

"우리는 아직도 뜨거운 수프를 퍼 주고 있단다."

젊은 날은 드러누운 채로 한쪽 눈만 살짝 실눈을 떠서 완경을 올려다
보다가 툭 뱉었다.

"뜨겁긴 뭐가 뜨거워? 아침부터 꾸벅꾸벅 졸면서 배만 쓰다듬는다
며?"

완경은 머쓱해졌다. 누구든지 앞의 글 '완경의 섹스'를 읽은 사람이
라면 그 여자 참 행복하고 의젓하게 산다고 생각할 줄 알았는데, 그게
아니네. 완경의 속내를 알아챈 젊은 날이 딱따구리처럼 쏘아붙였다.

"완경의 섹스! 뜨아, 그렇게 지루하고 진부한 인생이라니. 난 절대로
그렇게 살지 않을 거야. 난 원대하고 상큼한 인생을 살 거야. 상처, 강박
관념, 치료……. 이렇게 재수 없는 단어의 나열이라니. 이건 사랑이 아
니라 사랑에 대한 모욕이야."

완경의 나, 아찔함을 느꼈다. 정말 그런가? 내가 원하던 인생과 이렇
게 다른 길을 가놓고도 여태까지 내가 행복하다고 느낀 것은 결국 내가
이룬 것을 소중하다 믿고 싶은 '자기만의 거짓말'이었나? 평생 누더기
를 기워놓고 조각보라고 믿은 것일까?

젊은 날의 내 잣대로 점수를 매긴다면 지금 내 현실은 과연 몇 점짜

리 인생일지 갑자기 궁금해진 죄로 나는 약간 불안해하며 내 인생을 되돌아보았다. 선택의 기로에 섰을 때마다 나름대로 신중하게 판단하며 열심히 살았다는 소리를 변명처럼 하다 말고 난 그만 쿡쿡 웃어버렸다. 미래에 대한 막연한 동경과 비교될 때 지지 않을 자신이 있는 현실이 있을까? 세상의 잣대에서 자유롭고 싶은 사람이 왜 과거의 잣대까지 끌어들인담? 과거의 내가 어떤 점수를 줄지 지금의 내가 어떻게 알 수 있으며, 설령 안다고 해도 그게 뭐 대수람? 시간 많으면 나가서 설거지나 하시게. 드디어 나는 꿈에서 깨어났다. 꿈에서 깨어나고도 일말의 억울함이 남아서 풀밭에 누운 젊은 애에게 한마디 하고 돌아섰다.

"저도 가진 거라곤 꿈밖에 없으면서…… . 쯧쯧."

젊어서는 막연히 '나중에 알게 되겠지' 하고 믿었던 인생의 의미를 중년의 연륜에 기대어 정리하자니, 오늘을 보내는 내 모습 자체가 인생의 의미라는 말밖에는 다른 말이 떠오르지 않는다. 내게 주어진 시간을 꺼 나가는 것 자체가 인생의 의미라니 좀 허무하지만, 한편으로는 내 마음이 깃털처럼 가벼워진다.

'어차피 하루하루 꺼 나가는 인생인데 까짓 거 비 오는 날 풀밭에 드러눕는 자유 정도는 누리며 살자구. 남이야 뭐라거나 내 양심 정도는 지키며 살자구. 남편에게 이롭고 자식들에게 이로운 일이 결국은 내게 이로운 일이란 걸 알았다면, 그리고 그 이치가 가족을 넘어 이웃, 사회, 지구로 확장되는 게 당연한 일이란 걸 깨달았다면, 남이야 뭐라거나 말거나 나만큼은 나의 양식을 믿고 실천하자구. 풀밭에 드러누운 지지배가 뭐라고 흉을 보거나 말거나.'

이때 풀밭에 누운 젊은 처자가 빽 소리를 질렀다.

"내가 뭘 어쨌다고 그래? 난 당신의 자유와 사랑에 대해서 물었을 뿐이야. 세속의 잣대를 자기가 갖다 대놓고 나한테 뒤집어씌우고 있어. 너 콤플렉스 있니?"

"그래, 나 콤플렉스 있다! 나도 가끔은 절망하고 후회하거든. 나도 조금은 치사하고 비겁한 보통 사람이거든."

어쩌면 난 곧 콤플렉스를 극복하게 될지도 모른다. 바로 이 책을 통해서. 여기서 나는 나처럼 조금은 치사하고 비겁한 보통 사람도 자유와 자긍심에 빛나는 삶을 살고 싶어 한다는 걸 고백하고 싶었다. 그렇게 해서 지구 저편에서 이미 그렇게 살고 있거나 또는 그렇게 살려고 생각하는 사람들의 격려를 받고 싶었다. 나 같은 보통 사람도 내 인생과 지구의 주인으로 살아갈 자격이 있다는 걸 다른 보통 사람들과 더불어 확인하고 싶었다. 그러면 나는, 너는, 우리는 허세의 갑옷을 벗어버리고 편안하고 가볍게 실천하며 살 수 있지 않을까? 너와 나와 우리의 행복을 위해서.

시아버지 헤르만 디스텔호스트
(Hermann Diestelhorst)의 작품으로,
찰리 채플린의 영화 〈모던 타임즈〉의
마지막 장면인 미래를 향해 걷는
연인의 뒷모습을 표현한 목판화.

고등어를 금하노라

첫판   1쇄 펴낸날 2009년 9월 21일
16쇄 펴낸날 2022년 5월 25일

지은이 임혜지
발행인 김혜경
편집인 김수진
편집기획 김교석 조한나 김단희 유승연 임지원 곽세라 전하연
디자인 한승연 성윤정
경영지원국 안정숙
마케팅 문창운 백윤진 박희원
회계 임옥희 양여진 김주연

펴낸곳 (주)도서출판 푸른숲
출판등록 2003년 12월 17일 제2003-000032호
주소 경기도 파주시 심학산로 10(서패동) 3층, 우편번호 10881
전화 031)955-9005(마케팅부), 031)955-9010(편집부)
팩스 031)955-9015(마케팅부), 031)955-9017(편집부)
홈페이지 www.prunsoop.co.kr
페이스북 www.facebook.com/prunsoop   **인스타그램** @prunsoop

ⓒ임혜지, 2009
ISBN 978-89-7184-819-7(03810)